Foon

Ander werk van Marente de Moor

Petersburgse vertellingen (1999, 2016)
De overtreder (roman, 2007)
De Nederlandse maagd (roman, 2010) AKO Literatuurprijs;
European Union Prize for Literature
Roundhay, tuinscène (roman, 2013)
Gezellige verhalen (2015) J.M.A. Biesheuvelprijs

Marente de Moor

Foon

Amsterdam · Antwerpen
Em. Querido's Uitgeverij BV
2019

Bekroond met de Jan Wolkers Prijs 2019

De auteur ontving voor het schrijven van dit boek een projectsubsidie van het Nederlands Letterenfonds.

Nederlands letterenfonds
dutch foundation for literature

Eerste, tweede (e-book) en derde druk, 2018;
vierde en vijfde druk, 2019

Omslag Brigitte Slangen
Omslagbeeld © Terry Bidgood / Trevillion Images
Foto auteur Eddo Hartmann

ISBN 978 90 214 1200 9 / NUR 301
www.querido.nl

1

Ik hoor niets, maar het begint al licht te worden. Voor mij tekent zich het behang af met de kegeltjes en driehoekjes, achter mij wacht de kamer. Met de half verduisterde ramen en de gebroken vensterbanken. Met het fluwelen stoeltje waarop mijn overgooier hangt alsof ik er nog in zit. Met de eettafel, vier poten in het tapijt, de kast met de porseleinen dieren en nog maar drie kristallen glazen. Met de drempel die me zo de kolere wenst, en de gang die me zal spiegelen als een zwarte sloot. In de gang staan twee deuren op een kier, de een leidt naar de keuken met de afwas, de ander naar de kamer met hem erin.

De voordeur is goed dicht. Toch glijdt tussen deur en drempel het ijs van de veranda naar binnen en duwt tegen die veranda de tuin, waarop nog zo'n dertig centimeter sneeuw ligt. Achter de tuin staat het hek naar het pad, daarop zullen mijn voetstappen de eerste zijn en de laatste, zoals de meeste dagen. Laten we daar niet te lang bij stilstaan, laten we doorlopen, links het huis van Serpjakov passeren, met de ramen die dof en grijs zijn geworden als de ogen van een staarlijder, en rechts de bushalte, ook al verlaten. Zo'n tien jaar, schat ik, misschien langer. In ieder geval was het in hetzelfde jaar dat de bussen wegbleven en onze enige buurman vertrok. In het jaar dat ik me liever niet herinner.

We noemden hem Serpjakov de Vriendelijke. In deze streek was zijn karakter al even uitzonderlijk als zijn complete gebit. We houden het erop dat hij het zich in ieder geval kon veroorloven breeduit te lachen. En hij dronk niet, zelfs niet toen zijn vrouw overleed. We weten niet waarom hij is weggegaan, hij had juist de daklijsten van zijn huis in de lak gezet. Misschien nam hij wel die laatste bus en kon hij gewoon niet meer terug, misschien is het niet meer dan dat.

Na de bushalte komt het veld, dat eens een akker was, met nog een stuk of twintig gebouwen, kleine en grote, waaronder een schooltje, de bakkerij en de artsenpost. En daarachter ligt het complex van de oude batterijenfabriek. Alles is leeg en verlaten, en vanbinnen met hetzelfde grijze gruis bestoven. Volgens mij komt het van de tijd die te snel verstrijkt. De dagen vliegen steeds sneller om, de tijd probeert af te remmen, daar komt stof bij vrij. Verder, naar het moeras. Dat heeft nog nooit iemand iets opgeleverd, niet in vredestijd tenminste. In dit land is moeras bedoeld voor muggen en vijanden, als je die uitroeit heb je er niets meer aan, ligt het maar zo'n beetje te stinken als een bezopen veteraan op de keukensofa. Achter het moeras komt de rivier, met wat aftakkingen. Kilometer na kilometer vervelende wildernis volgt elkaar op tot aan de provinciegrens, als we een flink stuk naar het zuidoosten trekken komen we bij de hoofdstad, die heeft nog wat duizendjarige steden achter de hand. Verder, verder, koepels, poorten, burchten, heel veel steppe, bossen met bomen die almaar hoger worden, dorpen met mensen die steeds minder zeggen, de klok rent vooruit, het wordt later of moet ik zeggen eerder, in ieder geval rukken er zeven tijdszones uit het oosten op tot aan mijn bed. Vóór mij dus deze kegeltjes en driehoekjes. Ik heb ze een week na de verhuizing op de wand geplakt. Wat dacht ik toen? Dat er snel een beter behang overheen zou komen. Niet dat ik er na een oogwenk van eenendertig jaar nog naar zou liggen staren.

Een minuut of vijf zal het nog stil blijven, alles slaapt nog. De trein trekt alleen 's nachts door deze bossen, zoals de vossen en de dassen. Achter deze muur liggen dingen die me geruststellen. De keurig opgestapelde houtvoorraad, de beek met de snoeken, forellen en kreeftjes, het bos, dat we altijd het sprookjesbos noemden omdat er tot ver buiten het seizoen goede paddenstoelen groeien. Ze houden ons in leven, ook al beweren de autoriteiten dat we sinds 2012 niet meer bestaan. Ze hebben ons uit de registers geschrapt, achter de naam van ons dorp staat het inwonertal nul. Verder, wat hebben we daar verder nog... de grote weg. Asfalt en rails. Het zwarte meer, dat echt zo heet, en de mijnen, die de partizanen in het mos hebben rondgestrooid in de hoop dat er een Duitser zijn voet op zou zetten. Van daaruit is het nog een uurtje rijden en je bent bij Europa, de Letten. De anderen. Mijn positie tussen het een en het ander, met honderdvijftig kilometer voor de boeg en negenduizend in de rug, is niet erg evenwichtig te noemen.

Zonder me om te draaien strijk ik over het laken achter me. Nee, die tijden zijn voorbij. Lev ligt niet meer hier maar daar, in de studeerkamer met zijn droge handen op de deken en zijn vochtige benen eronder. Misschien slaapt hij nog, zoals al het andere in onze belachelijke bedoening. Dit is het moment van de dag waarop alleen de bodem zich roert, *de damp uit de aarde, die alles bevochtigt,* met alles wat daarin smelt en kruipt. De schepping voltrekt zich hier de laatste tijd elke ochtend. Elke dag scheurt God de vorige bladzijde uit zijn schriftje en begint hij opnieuw. Ik wou dat ik er iets van kon horen, maar voor geluiden moet je omhoogkijken. Dan hoor je, van boven naar beneden op volgorde van binnenkomst: gekwetter, gekras, gezoem, geritsel, gefladder, gehinnik, geblaf, geblaat, gesnuif, getok, en, heel laag op de poten, gegrom. Belangrijk is de raaf die nu over de vensterbank scharrelt. Je kunt hem niet over het hoofd zien. Hij is bijna zo groot als het kozijn en honderd jaar oud. Als hij wil praten zie je het aankomen, dan trekt hij zijn bek al open voordat de woorden opbollen in zijn strot. Het is bijna allemaal gescheld wat eruit komt; hij zegt 'klootzak' en 'rot op'. Maar nu niet, hij kijkt me aan met zijn ene oog en maakt zich klaar om op de ruit te tikken. Men zegt dat vogels op ruiten tikken omdat ze hun weerspiegeling aanzien voor een concurrent, maar dat is weer zo'n theorie die klakkeloos in vele collegebanken is overgenomen, want wie hier woont weet dat dit land de beesten toebehoort en dat die beesten altijd iets van ons moeten. Van mij dus, de laatste inwoner met nog een behoorlijk stel hersens. De eerste keer dat ik de raaf hoorde dacht ik dat het een mensenknokkel was, zo zwaar en ritmisch sloeg zijn snavel tegen de ruit. Ik deed het gordijn opzij, hij gaf me te verstaan dat er eten moest komen en ik gehoorzaamde. Had ik niet moeten doen. Sindsdien wekt hij me iedere ochtend twee keer, met een tussenpoos van een halfuur, en aangezien dit de tweede keer is moet het dus wel zeven uur zijn.

'Verdomme!'

Hoor, de mens heeft zijn eerste woord gesproken.

'Nadja!'

Dat ben ik. De vrouw. Die zich omdraait en het raam herkent en het stoeltje, de lompen, glazenkast, porselein, drempel, gang, voordeur, sneeuw, rommel, modder, en ziet dat alles op haar wacht. Alleen die spiegel was ze vergeten, met dat lichaam erin. Soms hoopt ze dat het haar blik is, die zich met de jaren heeft verscherpt, dat haar oordeel harder is geworden en niet haar vlees zachter, als de ondergraven fundamenten van een pakhuis. En óf ze haar bepakt en bezakt hebben, zoals ze dat met alle vrouwen van het platteland van deze wereld hebben gedaan. Sommigen zullen zeggen: zij daar, dat is een heks. En dan zegt zij: dat is niet eens zo'n slecht idee.

'Nadjoecha!'

Ik kan nog niet antwoorden. Mijn stem wordt later wakker dan de rest van mij. Draait zich nog een keertje om daarbinnen, zwijgt humeurig. Er komt een moment dat mijn stem helemaal niet meer opstaat, omdat ik eenvoudigweg niets meer te zeggen heb over deze belachelijke bedoening. Ik stamp maar op de vloer, daarop komt alles in beweging: mijn borsten in de spiegel, mijn glazen in de kast, mijn dieren in hun nachtverblijven. Alleen mijn man blijft liggen om te schreeuwen. Zoals zoveel mensen schreeuwt hij omdat hij weinig te zeggen heeft, in ieder geval minder dan vroeger.

'Nadjjj! Heb je al naar het water gekeken?'

Jezus, de dag is begonnen. Waarvoor eigenlijk? Waarom wordt er in dit van God en alleman verlaten oord niet ook eens een dag vergeten? Gewoon, een etmaal dat wordt overgeslagen, zodat ik meteen aan de nacht kan beginnen. Kan iemand mij vertellen waarom ik nu voor de tienduizendste keer deze overgooier aantrek, in deze stinksloffen schiet, mijn vlecht opbind? Niemand die het ziet. Wat ik schoonmaak, is morgen weer vuil, wat ik voer, heeft morgen weer honger. Wat zou er gebeuren als ik bleef liggen? Dan zou er gewoon een nieuwe dag aanbreken die door niemand werd gezien. Maar kijk, ik loop weer naar mijn man, die al overeind zit, bloot, droog en boos. Zijn heftig op en neer gaande borstkas is ondanks alles behaard en gespierd, alsof hij nog steeds het meeste werk doet hier. Hij is bijna twintig jaar ouder dan ik. Lenja, Levonja, Lev Valerievitsj, professor L.V. Bolotov, geef de man een naam, ziet eruit alsof hij in de kracht van zijn leven is, maar kan zelfs geen hout meer hakken. Of vertikt het gewoon.

'Heb je al naar het water gekeken,' herhaalt hij vlak.

'Nee, nog niet. Ben net op.'

'Het zal wel weer minder zijn dan gisteren.'

'Gisteren was het prima.'

'We zouden de waterstraal moeten opmeten.'

Hij vouwt zijn handen over zijn geslacht, dat groter lijkt dan toen we nog neukten. Het schijnt dat geboren imbecielen ook grote piemels hebben. De natuur rooft en troost.

'De diameter noteren en naar het waterbedrijf ermee. We moeten op onze rechten staan.'

In het middelste van de drie ramen die deze kamer rijk is, verschijnt onze bok. Pontificaal. Met een tong als een bedorven biefstuk schudt hij de klanken uit zijn kop. 'Bloeblabloeblahaha!' Het is een van de raadselen in en om dit huis, hoe ons schattige geitje na drie jaar dwergschap begon te groeien, de baard in de keel kreeg en voortaan het geluid voortbracht van een volwassen zwakzinnige. Het was toch echt een vrouwtje, daar kan een mens zich niet in vergissen, geiten zijn geen konijnen. Maar in die derde zomer begon er van alles aan vast te groeien. Sik, hoorns, kloten. Kijk hem nu staan, vier poten in de sneeuw. Knal hem af, zegt Lev, zonder zich naar het beest om te draaien, want hij laat zich in zijn badjas en in zijn sloffen helpen. Hij volgt mijn handelingen niet maar kijkt naar boven, naar de lucht.

'Heb je nog iets gehoord vannacht?' vraagt hij.

'De gebruikelijke paniekgeluiden.'

'Nee, ik bedoel uit de hemel.'

'Ach, die.'

'De Grote Geluiden.'

'Ja, ja.'

Als hij zo wijs kijkt als nu, lukt het hem even om me aan het twijfelen te brengen. Als hij zo kijkt denk ik opeens dat hij donders goed weet wat ons te wachten staat en dat ik het ben die het spoor bijster is.

'Het is gewoon iets meteorologisch,' probeer ik. Het woord 'meteorologisch' klinkt geruststellend, roept het beeld op van weerklerken die alles in de hand hebben.

'We zijn er nog niet vanaf,' hamert hij, 'daar kun je gif op innemen.'

'Bloeblabloeblahaha!'

Lev grijpt naar zijn hoofd.

'God, naar de slacht met dat monster! Ik kan dit er niet ook nog bij hebben. Het is al erg genoeg allemaal.'

Dit is onze belachelijke bedoening. Zo ziet ons huishouden eruit sinds de kinderen het huis uit gingen en wij achterbleven met elkaar. Als Lev toen had geweten dat hij ook tot de belachelijkheden zou gaan behoren, had hij zichzelf wel afgeknald, maar nu loopt hij naar de badkamer, stapt in de badkuip, draait de kraan open en zeept zichzelf in. O, ik hoop nergens op. Heldere momenten als deze duren nooit lang, later zal ik hem overeind moeten helpen, zal hij met betraande ogen door me heen kijken terwijl zijn eten afkoelt. Zal hij brullend naar buiten stormen en de hemel afspeuren. Zal hij weer terugrollen in bed, zeggen dat we Klimov moeten bellen. Zjenja Klimov, ornitholoog, vraagbaak, hartsvriend, zo'n tien jaar dood. Hij stierf in het jaar dat de bushalte verdween, en de buurman, en zoveel meer, in het jaar dat ik me liever niet herinner.

Maar aan het jaar 1984 denk ik graag. De dag van onze verhuizing was een benauwde, een gevoel dat in onze herinnering is bezegeld met vele matpapieren foto's. De reis verliep traag. Drie mannen en een zwangere vrouw in een rode Lada Niva met aanhangwagen. Traag, stoffig, oorverdovend. Over het geraas van de motor heen gilden Klimov en Evtjoesjkin mee met 'Een miljoen rozen', de hit die keer op keer werd gedraaid, niet alleen die dag trouwens, maar het hele jaar, en het jaar daarvoor, en de jaren daarna. Alla Borisovna, ons aller lieve hese Moedertje Vaderlands. En ik was dus zwanger, wat ik goed voelde toen we dit hobbelige pad afreden. Net als de Lada was ik te zwaarbeladen, met een vracht die niet hier was verwekt maar in een studentenkamer in Leningrad, op de slaapbank die we met ons meesleepten en waar ik nu nog op lig, tussen de andere moderne rommel die slecht paste in het traditionele Russische huis dat op ons wachtte. Zoals de televisie die Lev de nacht voor ons vertrek uit de flat van zijn ex-vrouw had gesmokkeld, waarop we toen één kanaal konden ontvangen maar sinds een paar jaar ook dat niet meer, en die desondanks nog steeds de wacht houdt in de eetkamer, voor de vorm, als een hoogbejaarde, blinde butler. De eetkamer is eigenlijk onze slaapkamer. Het was de bedoeling dat we boven gingen slapen, zoals de kinderen. Iedereen verklaarde ons voor gek dat we de geboorte van onze oudste niet in de stad afwachtten. Maar wij wilden nog genoeg frisse lucht inademen voor die tijd en een bedje timmeren van ons eigen hout. Romantisch waren we!

Een miljoen, een miljoen, een miljoen vuurrode rozen, zie je wel, uit het raam? Wie echt verliefd is, tovert zijn leven om in bloemen voor jou.

Ja, nu krijg ik het niet meer uit mijn hoofd.

'Nadj, het stopt! Het stopt nu voorgoed.'

Lev zit op zijn hurken in de badkuip en probeert water op te vangen uit de hoestende kraan. Het heeft de kleur van slappe thee en de druk neemt af met de week. Ik deel deze angst, deze wel. Zonder water kunnen zelfs wij niet leven. Als wij, de vergeten bewoners om de oevers van de Malaja Smota, van het water worden afgesloten, zullen we moeten vertrekken. Ik kan wel sneeuw gaan rapen, maar een arm vol is net genoeg voor een keteltje thee. En je weet niet wat erin zit, want echte vervuiling heeft geen kleur. De fabriek is al bijna twintig jaar dicht, toch meen ik soms nog de teer te ruiken waarmee ze vroeger die batterijtjes verzegelden. Lev zegt dat ik me weer van alles in mijn hoofd haal als ik zeg dat het geurspoken zijn.

'Oi, oi, oi,' zegt hij, druipend in zijn ellende, maar als hij zich uitrekt laat hij doodgewoon een scheet. Ook nieuw. Professor Bolotov liet geen scheten, hij was een keurige man die nooit de deur uit ging zonder een in zessen opgevouwen zakdoek waarmee hij zijn neus afveegde als hij op het punt stond iets te beweren. Elke dag een schone.

'Kom, handdoek, eten.'

Ik let op mijn woorden, want in deze stemming grijpt hij alles aan voor een meningsverschil. Lev blijft een stellig mens. Geen sprake van dat hij met de jaren versimpelt tot een zachte ziel; hij geniet er nog steeds van om mij vast te praten. Zijn woorden planten zich ongeslachtelijk voort, als bacteriën, zonder enige invloed van buitenaf delen ze zich op en groeien ze uit tot gedachten die niet meer uit zijn hoofd zijn te praten. Hij heeft nooit van koetjes en kalfjes gehouden. Toen ik hem leerde kennen, kon hij hele avonden vullen met getheoretiseer, zonder ook maar een moment mijn blik te ontmoeten. Ik had de leeftijd waarop je redenaars nog bewondert. Pas als je oud en eenzaam bent leer je koetjes en kalfjes te waarderen. Want een redevoering kun je tegen een boom afsteken, en een discussie met een boek voeren, maar voor koetjes en kalfjes zijn twee mensen nodig van vlees, bloed en goede wil.

Lev is nog het meest van vlees en bloed als hij snuffelend aan de keukentafel gaat zitten. Hem laat ik eerst eten, dan de beesten. Woef, woef, piep, piep. De bijkeuken is al een kwartier gevuld met hondenzenuwen. Teef Bamsja acht het namelijk wel goed mogelijk dat er een dag wordt vergeten, met haar erbij. De tijd ligt in de hand die de deur opent en haar aait. Ze ontploft van blijdschap en draait rondjes om haar as voor ze kan piesen en vreten. Dan is het de beurt aan de kippen en de geiten, die uit hun nachthok ontsnappen zonder zich iets van elkaar aan te trekken omdat ze hun profielen alleen naar mij richten, op mijn handen vol boekweitkorrels en gedroogde brandnetels. Daar kronkelen de katten om mijn benen, schopt het paard tegen de staldeur, roept Lev vanaf de veranda of dat alles was, die soep. Ik ben de god die vandaag weer is opgestaan.

Het huis kraakt in de wind, weet het ook niet meer. De eerste keer dat ik het zag, wist ik meteen dat het vrouwelijker was dan ik. Wijzer. Ranke, witgelakte trekken, op de gevel bloeide een clematis, die de winter van '93-'94 niet zou overleven. Binnen klonk elk geluid van buiten lieflijk. Zelfs het vuil rook lekker, het stof op de vloer was zacht. Ik ging op de veranda zitten en keek naar onze bedoening, die toen nog geen spoor van belachelijkheid vertoonde maar precies zo idyllisch was als ik had gehoopt, en het huis ondersteunde mijn vermoeide rug. Na de reis van tien uur hadden we geen puf meer om uit te pakken. We haalden wat vis uit de rivier, maakten een vuur en wat we voor het slapen nodig hadden sleepten we naar het bordes. Lev stond er ongeveer zo bij als nu, in opgestroopte hemdsmouwen. Zeker van alles waar ik geen weet van had. Ik dacht dat ik hem wel in zou halen. Dat onze leeftijden naar elkaar toe zouden groeien dankzij het kind in mijn buik, dankzij die magische optelsom van moeder en kind.

'Ik denk dat het terugkomt,' zegt hij weer. We zitten op de veranda onder een deken en delen een mok opgewarmde thee. Hij kijkt naar de lucht. Ik kijk naar hem. De Grote Geluiden, zoals hij ze noemt, komen niet van onweer of storm, maar klinken nog harder en overkwamen ons drie keer. Ze hebben Lev nerveus gemaakt. Leg je erbij neer, zeg ik, we zijn met pensioen, tijd om ons over te geven aan dagen die zich herhalen met alle rituelen en mysteriën van dien. Als je met pensioen bent moet je in je kopje thee blazen en zeggen: Dat was me wat.

Hij is stiller geworden, de beweringen hebben plaatsgemaakt voor steeds dezelfde vragen: of ik het heb gehoord, of ik weet wat het is en of ik denk dat het terugkomt. Ik weet niet wat enger is, dat hij gelijk heeft, en er inderdaad een groot onheil over ons is gekomen, of dat ik voor de rest van onze dagen aan zijn waanzin ben overgeleverd.

De lucht ziet er dreigend uit, te donker voor dit uur van

de dag. Maar is het wel dit uur van de dag? Mensen in de stad kunnen zich niet voorstellen hoe snel de tijd op het land verstrijkt. De ochtenden zijn van de dieren, voor wie geen uur het eerste of het laatste is, van hun vreten en hun stront. De middagen zijn van de gewassen, van hun schimmels en hun plagen, hun scherpe randen in je vingers en hun harde wortels onder je voeten. Tussendoor komt het zinloze huishouden en voor de avonden ben je te moe. Hier gaan dingen echt kapot, komt het onvoorspelbare verschrikkelijk ongelegen, hier zit het weer werkelijk tegen. Er zijn dagen dat ik niets terugzie behalve het spoor van mijn eigen laarzen. Stadsmensen denken dat dit het land van de vergezichten is, dat we hier gelukzalig voor ons uit staren tot het donker wordt, maar dat is niet zo, het zicht zakt eindeloos omlaag, in de nooit opdrogende modder en sneeuw, die je laten bukken. En juist daar, uit het geploeter, komen herinneringen boven waarvan je hoopte dat je ze had begraven. Ik wilde vandaag een tochtje maken met Plov voor de slee, om eens rustig om me heen te kijken. Om me te concentreren op wat er groeit of juist dood is gegaan, op wat er uit de paardenaars in de sneeuw valt en dampend de insecten en vogels lokt. Maar het is alweer donker.

'Ik voel het,' zegt Lev, 'het komt terug.'

'En wat dan nog?'

Hij kijkt me even stomverbaasd aan, duikt in zijn thee. Veel verder zal ons gesprek vandaag niet voeren.

Rond middernacht heerst hier een stilte als op de maan. Ik heb de aardappels voor morgen geschild, de was opgehangen, de beesten in hun hokken geduwd, Lev in bed gestopt. Ik kom op adem in mijn stoel aan de rand van de veranda.

Hier wacht ik op jouw trein. Vertel me, machinist, wat heb je al op een haar na gemist? Waarschijnlijk leg je steeds hetzelfde traject af, waarop je liever niet wordt verrast, maar wat gebeurt er als er een roedel herten voor je wielen komt en je niet meer kunt remmen? Die kans zit erin, zeker hier, ook buiten de bronsttijd. Ook die beesten zijn niet meer bang voor ons, verzeker ik je. Steeds klinkt mijn ademhaling, soms ook de aarzelende roep van een uiltje, maar die is niet aan mij gericht. De trein wel, die is alleen voor mij bestemd. En jij, machinist, bent als enige daar, als enige werkende, wakker in je cabine. Je beloofde dat er elke nacht een trein zou komen. Misschien stop je nu wel. Wacht, nu nergens aan denken, niet te hard ademhalen nu, thee doorslikken, ogen dicht, luisteren. Daar kom je, daar komt de ijzeren vloedgolf aangezwollen. Elke nacht hoop ik op zoveel mogelijk wagons. Zonder die wagons kan ik niet meer slapen, ze sussen me zoals mijn oma dat kon. Niets zo geruststellend als de gedachte dat er vlakbij nog iemand wakker is, aangekleed. In functie. Elke nacht, voor de duur van een wisselend aantal wagons, delen jij en ik deze verlaten kilometers van ons land. Je bent altijd op tijd, machinist, ondanks je eenzaamheid, die misschien nog wel groter is dan de mijne. Ritmisch hameren jouw treinstellen, wagon na wagon na wagon na wagon na wagon. Hoor je ze zelf ook, in je cabine? *Een miljoen, een miljoen, een miljoen, een mil-joen, een mil-joen.* Je volgt het liedje in mijn hoofd. Ik hou mijn ogen dicht, mijn hart probeert het gebonk in te halen, misschien laat je nog een fluitsignaal klinken, maar helaas, je bent alweer voorbij. De cadans lost op in een veel trager slinkende ruis, tot ook die door de wind wordt weggenomen. Dit was het voor vandaag. *Het was een korte ontmoeting en 's nachts voerde de trein haar weg, maar in haar le-*

ven bleef het waanzinnige lied van de rozen... Ja, waanzinnig, dat zou ik best wel eens kunnen worden.

2

We zijn zoölogen. Althans, Lev is de professor, ik heb mijn studie niet afgemaakt. Ik wilde, heel ambitieus, afstuderen op de evolutie van echolocatie; het vermogen van microvleermuizen om zich te oriënteren door signalen uit te zenden en de echo weer op te vangen. Ik concentreerde me op de Icaronycteris, een uitgestorven geslacht van microvleermuizen. De belangrijkste fossielen moesten nog gevonden worden en aan DNA-onderzoek deden we nog niet. In de orde der handvleugeligen lag de sleutel van onze evolutie, maar ik durfde hem niet in het slot te steken. Wat ik gek genoeg wel durfde: mezelf voortplanten. Mijn god, wat wilde ik graag een kind op deze wereld zetten. Ik was zelf nog geen twintig, en in alles zou ik hem volgen, een man die al een dochter had van mijn eigen leeftijd.

Lev was mijn leraar, zo begon het drie jaar eerder. Hij gaf biologieles op mijn school N°45, een bovenbouw met internaat dat bètabolleboosjes klaarstoomde voor de universiteit van Leningrad. De meeste leraren combineerden het lesgeven met hun eigen promotieonderzoek en waren hooguit tien jaar ouder dan wij, maar de grote Lev Valerievitsj was al zesendertig en in zijn pelsvacht van baard en haardos zaten grijze haren. De wolharige mammoet, noemden we hem. Paste goed bij zijn achternaam, *Bolotov*, letterlijk 'van het moeras', waarin hij zo te zien sinds de jaren zestig geconserveerd was gebleven. Met zijn rare vestjes en gebreide stropdas. We wisten niet wat we ervan moesten denken, want wij, van de studierichting scheikunde en biologie, onderscheidden ons van de wiskundigen juist door onze goede smaak. We luisterden naar de band Aquarium op clandestiene cassettebandjes en namen, binnen de mogelijkheden van ons schooluniform, de androgyne houding aan van zanger Boris Grebensjtsjikov, die begin jaren tachtig, net als Bowie, zijn vestjes al inruilde voor een pak. In het laatste jaar, toen de internaatfeeksen hun greep op ons begonnen te verliezen, tekenden we onze ogen in met kohl. Zo, met die zwart omrande droefogen, gluurde ik vanonder mijn te lange pony naar Lev Bolotov, die net zo geestdriftig kon vertellen over de paring van de Kamtsjatkamarmot (ogenblikkelijk na de winterslaap) als over de wonderen van de limnologie. De erotische tongval van dit woord ontging mij, ik hongerde nog naar niets anders dan naar de kennis waarin deze man zich had opgesloten.

Dat veranderde in de zomervakantie na mijn eindexamen. Ik was ingeloot voor een expeditie door het reservaat van Basjkortostan, waar Lev een biologisch station voor jongeren had opgezet. In ruil voor cartografisch veldwerk waren ons observaties toegezegd van dieren die we tot dusverre alleen in de vitrines van het Zoölogisch Instituut hadden gezien, waar ze door allang begraven taxidermisten, vaak nog voor de revolutie, aan theatrale mise-en-scènes waren onderworpen. (De meest wonderlijke blijft die van de blonde labrador in zijligging, overvleugeld door zes vale gieren aan plastic draadjes. Wat had die lobbes in 1923 in de Kaukasus te zoeken?) Otter, houtsnip, edelhert, somde Lev veelbelovend op. Springmuis! Bruine beer! Lynx! Heel misschien zouden we de oehoe te zien krijgen. Wangzakeekhoorn, die zeker. Hij zou zijn best doen. Mijn ouders haalden me op van het internaat en kregen een paar dagen om me bij te voederen. Wat is er van je geworden, jammerde mijn moeder terwijl ze een zomerjurk in mijn rugzak probeerde te stoppen, een ventje, een knulletje zonder baard, moet je zien hoe je loopt, dat worden nooit meer de benen van een vrouw. Maar mijn vader, de speleomineraloog, veegde heel andere tranen weg. Die was het liefst met me meegegaan om de zwavelafzettingen in de grotten van Sjoelan-Tasj te onderzoeken.

Zoals ik het me nu herinner, ben ik mijn pubertijd door gekomen zonder veel benul van mijn seksualiteit, en was mijn blik zelden op mezelf gericht, maar steeds op de planten en dieren, waarvan ik de voortplanting bestudeerde zonder bijgedachten. Waarschijnlijk gold dat voor ons allemaal, want lessen over dit onderwerp wekten nooit gegiechel op, niet eens stomme verbazing, en zelfs al hadden de jongens met ons een zaal gedeeld, dan nog waren we braaf in slaap gevallen. Wij, van schoolinternaat N°45, bewaarden onze eigen biologie voor na het eindexamen. Ik ben in die twee jaar niet verliefd geweest, niet op een popster dus laat staan op de klasgenootjes van het mannelijk geslacht die naam- en stemloos wegzakten in mijn herinnering tot ik ze terugzag in een of andere wetenschappelijke publicatie, een baard en een titel rijker, maar onverminderd neerslachtig. Zelfs een schooldiploma en een treinkaartje Leningrad-Moskou-Oefa veranderden weinig aan de immanente bedremmeldheid van de groep die me die zomeravond in 1982 voor het Moskovski-station stond op te wachten. Totdat Lydia Ersjova over het plein kwam aangestapt.

Haar zou ik nooit vergeten. Zelfs als wij geen vriendschap voor het leven hadden gesloten, zo hecht dat ze mij erom zou gaan haten, zou ik me nog herinneren hoe ze eruitzag. Zwiepende krullenbol. Rugzak aan een schouder gesjord, stevige beentjes alpinistisch ingesnoerd. Ik zou me altijd herinneren hoe haar donkere alt het verkeer overstemde: 'Wat, de mammoet nog niet hier? De sukkel.' Ze vrolijkte iedereen op. Wij zaten trouwens fout, dat werd ons duidelijk toen Lev het plein opstormde. We hadden binnen afgesproken, niet buiten, en als we de trein nog wilden halen moesten we opschieten, hop, hop naar perron nummer 3, wagon nummer 24, de amanuensis en vier koffers met laboratoriummateriaal waren al ingeladen, hou jullie kaartjes bij de hand, doorlopen, jullie zijn toch geen kinderen meer.

Hij zag er heel anders uit dan voor de klas, door zijn bruinverbrande huid en zijn zomerkleren. Niemand in die tijd, zelfs Boris Grebensjtsjikov niet, droeg een ongebleekte linnen broek met een van hennep gebreid vest erboven. Ik wist toen nog niet dat zijn vrouw die kleren had gemaakt, anders waren de dingen misschien wel anders gelopen. Maar ik was hem nu zo dicht genaderd dat ik de blonde haren op zijn bruine armen kon zien, en ik besloot dat hij veel weg had van Gojko Mitic – de Joegoslavische acteur die alle indianen in onze Sovjetwesterns voor zijn rekening nam. Vanaf toen was er niets meer aan te redden. Uit de sprookjes die ik verzon werd ik pas vijfentwintig jaar later wakker. Men zegt dat dit de periode is die iemand nodig heeft om zich los te maken van een sekte, maar ik dwong Lev in zijn droombeeld, niet andersom. Hem valt niets te verwijten.

In de trein naar Moskou volgde ik Lydia elk halfuur tot middernacht naar de schuddende en sissende vestibule tussen de rijtuigen om te roken, maar Lev voegde zich geen enkele keer bij ons. Ik zag hem pas weer de volgende ochtend, toen we met onze verdubbelde bagage achter hem aan strompelden naar het Kazanstation, te slaapdronken om een woord te wisselen. De conducteur van de trein naar Oefa bracht mij en Lydia, de enige jonge vrouwen van zijn wagon, onder in een gestoffeerde tweepersoonscoupé met zowaar een wastafeltje erin. Dat zouden we de komende dertig uur gebruiken om in te plassen, besloten we, dan konden we op onze bedjes naar de radio blijven luisteren en verschoond blijven van de stank en het spleetogige gestaar op de gang. Maar even voorbij Rjazan waren de sigaretten op en zei Lydia dat ze papiroski ging bietsen bij de mammoet. Dit zou wat haar betreft de eerste proef van de expeditie zijn: op welke voet zouden wij, geen scholieren meer maar ook nog geen studenten, met Lev Bolotov door Basjkortostan trekken?

'Moet jij eens opletten,' zei ze, 'één papiroska en de rook is opgetrokken.'

Maar tot onze teleurstelling troffen we in de coupé alleen de amanuensis aan, die veilig in zijn boek bleef zitten. Ook de jongens in de coupé ernaast hadden geen idee waar de mammoet uithing. Toen hij bij de volgende halte nog steeds niet in het rijtuig was verschenen, begon de amanuensis zich zorgen te maken. Maar Lev Bolotov leek mij geen mens die iets misliep of vergat, maar een beest, dat reageerde op dingen als daglengte, temperatuur en honger. Dat hij daarna op een halfduister station in Mordovië, blootsvoets en op zijn dooie gemak, langs ons raam wandelde terwijl het fluitsignaal al had geklonken, droeg bij aan de mythe. Die nacht, tussen de hard gesteven lakens in het bovenste bed, liet ik mij door de treinwielen in mijn eerste verliefdheid wiegen. Op de cadans, die toen maar liefst achthonderd kilometer duurde, leerde ik de liefde kennen als een mechanisch proces, dat zich, eenmaal in gang gezet, moeilijk laat stoppen, dat duwt, trekt, schuurt, roest en in herhaling valt.

Die weken in Basjkortostan waren uniek in die zin dat alles steeds nieuw zou zijn. Nieuw, maar nooit opnieuw. Dat begrepen we toen we de avond erop in de bus langs de koude oever van de Kaga reden. Sprakeloos hielden we ons vast in de haarspeldbochten. Er was een klein paard dat, bij gebrek aan een kudde, een eindje met ons mee rende. Zijn vaandelstaart verschoot in de lucht van kleur. De ondergaande zon joeg een rode mist over de rotsen met vogels erin, die zich niet lieten determineren. Dit was het land van de sjamanen, hadden twee vrouwen gezegd die halverwege vanuit het uitgestrekte niets waren ingestapt. Of we dat even in onze oren wilden knopen. Zo op het oog verschilden ze in niets van willekeurig welke Sovjetdames van hun leeftijd, maar toen het donker werd bedekten ze opeens hun haren en zongen ze een lied in een taal die ver van de onze was afgedwaald. Of andersom. Wie weet wie als eerste het woord nam in dit land van ons? Dit immense land, dat bijna een eeuw lang werd afgekort tot vier letters, waarvan drie dezelfde? Het alfabet, ja, dat deelden we, met Basjkieren, Oedmoerten, Boerjaten en al die andere sprookjesvolken, maar hun tongen haalden er iets heel anders mee uit.

Koengir Boega, aoe, seoe, zongen de vrouwen, tot de nacht viel waarin we moesten uitstappen. We merkten dat de lucht anders rook. We waren geen zee overgestoken, bevonden ons op nog steeds hetzelfde grondgebied, maar de lucht was vreemd, er hing een overvloed aan hemellichamen in die we niet kenden. Ik heb nooit begrepen waarom sommige mensen zo genieten van een heldere sterrenlucht. Vinden ze het soms gezellig dat ze hier zijn, en niet daar? De laatste mens op de maan, een Amerikaan, keek naar de aarde en zei bij zichzelf: allemaal leuk en aardig, maar dat daar is echt, dit niet. Op de aarde bevindt zich de realiteit, hier niet, althans, niet de mijne. Zo heeft hij dat gezegd en zo voelde ik het toen ik uitstapte in het reservaat. Er hoeven maar één, twee tijdzones te verstrijken en daar tuimelden we als kosmonauten in de ruimte, met als enige houvast de letters van ons Sovjetrijk, die overal dezelfde woorden spelden, op monumenten, winkels en hotels van Minsk tot Chabarovsk, maar zodra de straten verdwenen en de gebouwen uit het zicht waren nam de lucht het woord, en die klonk overal anders. Aoe, seoe.

Tot onze verbazing kende de amanuensis, die droge boekenwurm, dit lied uit zijn hoofd. Later, toen we ons hadden geïnstalleerd in de barakken, vertelde Viktor Grigorjevitsj dat Koengir Boega de naam was van een roodbruine stier die volgens de overleveringen zijn uitgehuwelijkte herderinnetje terugbracht naar haar ouderlijk huis. Aoe, seoe, nachten zonder dromen over een pad zonder water met een kudde van negen kalveren. Er was een echte weg naar deze sage vernoemd, een weg die van noord naar zuid door de bergen liep en werd gebruikt om troepen te verplaatsen. Ik hoorde het met een half oor aan. Al was de beste man in zingen uitgebarsten, hij was de opperaap niet en zou dat nooit worden. Bovendien wilden we allemaal slapen. Niet in de stapelbedden die ons aan het internaat herinnerden, maar in een tent zoals Lev die avond voor zichzelf in het bos opzette. Komt nog, zei de opperaap, komt nog wel. En zo ging het. Alles kwam nog wel. Meer dan we hadden durven hopen en meer dan hij had beloofd.

Dankzij de opportunistische Lydia, die de amanuensis ervan overtuigde dat je het intekenen van kaarten nooit aan vrouwen moest overlaten, mocht ik het grootste gedeelte van de dag doen wat ik het liefste wilde: dieren betrappen. Ik volgde de uitwerpselen van een lynx en kwam uit bij herten, die mij ook zagen, maar doorgraasden toen ik op nog geen vier meter afstand op mijn hurken ging zitten. Ik beschreef de vlucht van een sakervalk in mijn logboek, vond aan de oever van de beek het hol van de Russische desman en zag verderop in de rivier ook zijn snuit boven het water uitkomen. Als een huiskat bracht ik Lev mijn mooiste trofeeën, maar hij was niet onder de indruk. Gut, ja, die beesten had je hier. Had ik die uitwerpselen niet meegenomen? De volgende dag, toen ik de pootafdrukken van een wolf had gevonden, vroeg hij of het niet de herdershond was van de opzichter. Nee, zei ik, dit waren ovale, uitgerekte poten. Ik gaf niet op, bracht hem drollen, plukken haar en braakballen. En hij gaf ons te eten. Ingevette, gouden karpers op een spies. Paling van tien centimeter doorsnee. Een eend, eigenhandig de nek omgedraaid, geplukt, uitgeklapt en platgeslagen op het rooster met knoflook en lente-uitjes.

De stilte die langs de Kaga over ons was gekomen verliet ons niet meer, we aten, keken en luisterden zwijgend, maar vroegen ons van alles af. Om te beginnen, wat de bedoeling was van deze expeditie. Het cartografische veldwerk van de jongens, met Lydia's tekeningen van de langs de paden aangetroffen plantensoorten, maakte nog minder indruk dan mijn determinaties. Eindelijk begon ik te begrijpen dat niet wij de natuur in kaart brachten, maar andersom, dat we werden gadegeslagen, vooral na zonsondergang. Dat we over de tong gingen bij voorovergebogen bomen en de dieren die zich erin verborgen. Uiteindelijk nam Lev Bolotov ons mee op een tocht die dat vermoeden bevestigde. Het was vijf uur 's ochtends toen hij me als eerste wakker maakte. Hij ademde op mijn wang. Hij rook naar de regen op zijn jas. Slaapdronken klampte ik me aan hem vast.

'Opstaan, we gaan. Kleed je aan en rol je deken op.'

Ik denk dat mijn jonge lichaam me wel verried. Dat hij mijn hart voelde bonken onder het laken, mijn pupillen groot zag worden in mijn slaapogen, want hij maakte zich van me los met een glimlachje, het glimlachje dat ik nog vaak zou zien omdat hij zo kijkt als hij gelijk krijgt. Toen het licht aanging zag ik verderop in de zaal de jongens in hun omwoelde lakens liggen. Weerzinwekkend vond ik ze, met hun slappe onderbroeken om hun bleke lijfjes. Volgens Lydia lieten ze hardop scheten in hun slaap, iets waar ze meisjes nog nooit op had kunnen betrappen. Verder dan dit ging haar onderzoek van de andere sekse niet. Lev sjorde aan de stapelbedden en zei dat we op pad gingen. We mochten niets anders meenemen dan onze dekens. We liepen naar het licht, naar het oosten. Net als wij droeg de amanuensis een opgerolde deken onder zijn arm, maar Lev had zelfs die niet bij zich. Soms haalde hij zijn handen uit zijn zakken om een steen op te rapen en weer weg te gooien. Na een uur werd het warmer en stak hij van wal tegen de amanuensis, waarna we allemaal begonnen te praten, koortsig maar over niets bijzonders, alsof we van de zon een nieuwe taal hadden gekregen om uit te proberen. Misschien waren we bang. We kwamen maar geen mensen tegen. We daalden steeds verder af tot er geen stenen meer op ons pad kwamen en je onze stappen niet meer kon horen. Na een uur bereikten we een open plek in een bos. Lev haalde een vuursteen tevoorschijn, die hij met een andere, ter plaatse gevonden kei begon af te bikken.

'We zijn er,' zei hij, 'en we zullen hier blijven tot morgenochtend. We verdelen ons in twee groepen, elke groep bouwt een hut die groot genoeg is om met zijn vieren in te slapen. Wie de mooiste bouwt, wint deze.'

Hij haalde een flesje wodka uit zijn binnenzak. Opwinding alom, maar ik had spijt dat ik niets anders had meegenomen dan dat dunne dekentje. We hadden nog veertien uur tot zonsondergang om in ons onderdak en voedsel te voorzien. Alles wat we nodig hadden, zei hij, lag onder handbereik, zoals de twijgen, die zich perfect lieten buigen, en het gras, dat al een meter hoog stond. Er was een beek met veel vis, goede klei, mos en bladeren. Denk rustig na, zei hij, bedenk dat we een hut voor een nacht bouwen, niet voor een leven. Hij deelde ons op in twee groepen, ik mocht bij Lev blijven, maar Lydia kwam bij de groep van de amanuensis terecht. Die glimlachte verontschuldigend naar het hem toegewezen ploegje.

Viktor Grigorjevitsj was dertig jaar oud, een leeftijd die het midden hield tussen zijn lichaam, dat sinds zijn kindertijd weinig leek te zijn veranderd, en zijn kalende en al vroeg ingevallen hoofd. Op school voerde hij de proeven uit voor de onderwijzers. Om hun lessen te illustreren hoefden ze maar het schoolbord omhoog te schuiven en daar was het laboratorium met de amanuensis erin. We zagen de hele tijd zijn baard bewegen, zo te zien zei hij van alles, maar door het dikke veiligheidsglas was hij niet te horen. Hij goot de vloeistoffen in de maatkolf, liep weg om iets te pakken, de boel ontplofte en geïrriteerd knalde de scheikundeleraar het bord weer omlaag, Viktor Grigorjevitsj in zijn sprakeloosheid achterlatend. Lev kon mannen als Viktor van zich af laten glijden als natte sneeuw, terwijl ze later vaak meer aanzien zouden genieten dan hij, omdat ze in hun bleke jaren al hun concentratie op de wetenschap hadden gericht, en op de wetenschap alleen. Aangeboren charisma is zeldzaam. De meesten krijgen het niet van de Lieve Heer maar halen het bij andere stervelingen, door die te vleien. Zo, als een kat die kopjes geeft, bereiken sommige mensen wat ze willen zonder er nadrukkelijk om te vragen. Ik was die dag al twee keer Levs eerste keus geweest, kon mijn geluk niet op. Ik besefte nog niet dat er ook voor een dominante grijze wolf het moment komt dat hij door de achterpoten zakt, als de angst hem op de hielen zit.

Of we nog vragen hadden.

'Wat als er vannacht beren komen?'

Nou, dan kwamen ze maar. Zouden we tenminste nog wat beleven.

Natuurlijk hadden we niets te zeggen over hoe de hut eruit zou komen te zien. Terwijl de jongens aan het werk werden gezet om gras te verzamelen en te bundelen, leerde Lev mij stammetjes buigen tot een kegelvormig geraamte. Ik probeerde me voor te stellen hoe we in de hut de nacht zouden doorbrengen, hij, ik en twee jongens die luide scheten lieten in hun slaap. Die middag voelde ik in de beek hoe de vissen langs mijn enkels gleden, en vond ik het niet minder dan rechtvaardig dat we deze krengen in de val lokten. Ik zou in de bomen zijn geklommen om nesten te ruimen, zo'n honger had ik. En ik was niet de enige. Wie nog medeleven toonde met de dieren, deed dat vanaf die middag niet meer. De natuur van Basjkortostan, ongerept, hard en in alles onze meerdere, liet elke sentimentaliteit onbeantwoord. Intussen begon ik sterk te betwijfelen dat wij, slappe, blote tweebenigen, het hoogtepunt vormden van de evolutie, zoals ons was wijsgemaakt. Met dat vooruitgangsdenken was de ellende begonnen. Want waarom zou je betreuren dat de oceanen werden leeggevist, bossen weggekapt en dieren uitgeroeid, als het beste nog in het verschiet lag? Het idee dat als er geen Schepper was, er maar beter zo snel mogelijk eentje moest komen, kwam vaak bij me op, maar vervulde mijn jonge, socialistische ziel met dezelfde schaamte als mijn gedachten aan Lev. Basjkortostan had me opgezadeld met alles wat vadertje Lenin had verboden: God, seks en de raadsels eromheen.

Voor Lev was haast de grootste zonde. Zoals artsen in opleiding leren om niet bang te zijn van het bloed dat door hun eigen aderen stroomt, leerden wij de tijd te nemen om de natuur te observeren, in plaats van haar als een puzzel op te lossen. Van de tachtig cursisten die door de jaren heen met hem mee op expeditie gingen, zijn er dertig bioloog geworden, van wie vijf hoogleraar. En de natuur is nog altijd zo woedend en gluiperig als toen. Maar de hut, wie had de mooiste hut gebouwd? Die van ons was prachtig om te zien. Een groot, grasharig wezen met een gapende mond als deur. Die van de andere groep was groter en steviger, van dikkere stammetjes gemaakt met een dak van sparrentakken. Viktor had valsgespeeld en een bijltje meegenomen. Na het avondeten was iedereen moe genoeg om in slaap te vallen, en bleef ik als laatste achter met Lev bij het vuur. Beren kwamen er niet die nacht, vleermuizen wel. Watervleermuizen, denk ik. Ik kon ze met mijn blote oor horen knetteren en kakelen.

'Hoor je het dan niet?'

Lev hoorde het niet. Eindelijk had ik iets te pakken waarmee ik hem kon aftroeven. En ook al gloeide ik van trots, de nacht werd met de minuut kouder. Ik kon me niet voorstellen dat ik zou kunnen slapen met mijn botten op die dunne varenbladen. Het zachtste wat er op dat moment voorhanden was, was hij. Hij leek niet meer op de mammoet die in het Zoölogisch Instituut werd tentoongesteld. Deze man, die soepeltjes rond het vuur bewoog om het aan de gang te houden, was verre van uitgestorven. Ik besloot niet meer te denken aan wat de andere cursisten van hem vonden, of de amanuensis, de studenten thuis in Leningrad, zijn vrouw, zijn dochter, wie dan ook. Mijn gedachten over hem waren het enige wat telde en dat bleef voorlopig zo. Maar waar zijn ze nu? Waar is de blik waarmee ik verliefd op hem werd? Er is zoveel tussen gekomen. Over de verliefde Nadja kwam de zwangere Nadja, daarop werd moeder Nadja geplakt, daaroverheen een andere, doorgewinterde Nadja, daarover de moeder van twee, enzovoorts. Vergeet het maar, dat je het er ooit nog af kunt pellen, om bij de oorspronkelijke man en vrouw te komen. Alles zit te stevig aan elkaar geplakt, als behangpapier; je scheurt het patroon kapot en blijft met de snippers achter.

'Nadja!'

Nieuwe ochtend, hetzelfde geschreeuw. Ik heb hem achtergelaten in zijn dagelijkse bad, hij zit daar natuurlijk woest aan de kraan te draaien. Ik wist al dat er niets meer uit komt.

'Nu zijn we echt de klos,' zegt hij als ik in de badkamer kom. 'We zijn voorgoed vergeten.'

'Het komt wel weer op gang. Dit is toch genoeg zo? Je bent nu schoon zat.'

Hij schokt met zijn hoofd tussen zijn schouders, als een reiger.

'Heb je vannacht niks gehoord?'

Elke ochtend dezelfde vraag. Hoelang nog?

'Nee. Het was doodstil, zelfs dat rare uiltje hield zijn mond. Laat het nou.'

Als ik over hem heen buig om de kraan dicht te draaien, schrik ik. Hij ruikt nergens naar. Verdomd, ik ruik de roest in het weglopende water, het propaan uit de geiser, maar hem niet. Ik stap achteruit, snuffel aan mijn hand, dat zit goed. Ik vraag me af of hij zijn geur heeft verloren, of dat ik gewoon ben opgehouden hem te herkennen.

3

Dit is het uur van de dag waarop alles heeft gegeten of is opgegeten. De lucht is koel en vol water, de sparren rekken zich uit in de mist. In het veld gaat een haas op de sneeuw liggen. Hij ziet mij wel, maar is niet meer bang omdat de mensen in de minderheid zijn. Er bestaat een leuke studie over angst en voortplanting bij prooidieren. Beweerd wordt dat ze bang moeten zijn om te neuken. Het zijn hun verveelde soortgenoten in gevangenschap die de strotten doorknagen van jongen die ze net hebben geworpen. Neuken mensen uit zelfbehoud? In de oorlog fokten ze in deze streek in ieder geval als konijnen.

Maar veel later, in een dorp hier niet ver vandaan, moordde een vader zijn gezin uit met een bijl. Regionaal nieuws, jaren geleden, weet ik veel wanneer. Op televisie lieten ze een foto zien van hem met zijn zoontje, daarop glimlachten ze nog. Ze waren net wezen vissen. Het zoontje hield een grote snoekbaars vast, zijn vader stond achter hem met zijn handen op zijn schouders. Op de laatste middag van zijn leven werd het jongetje opgehaald van school. Hij had gedacht dat hij zelf naar huis moest fietsen en was blij verrast met de komst van zijn vader. Die had die ochtend een kwartier lang op het lichaam van zijn moeder ingehakt. Geef je fiets maar hier, jong, zetten we hem in de laadbak.

Hoe ging het op school? Ze namen de bosweg, die zacht is in die tijd van het jaar, van het tapijt van dennennaalden op de grond tot de wollige kruinen in de lucht. Ik ken ook het kruispunt waarop hij achter zijn zoon moet hebben gestaan, ietsje verder dan op die foto, toen hij de bijl op het hoofdje liet neerkomen. Daarna reed hij alleen naar huis, nam hij een douche en belde hij de politie. Het was een keurige man, zeiden de buren, zorgde goed voor zijn gezin en zijn moestuin. Die moestuin heeft hij tot op het laatste moment bijgehouden. Hij had de tomatenplanten gediefd, de bonen opgebonden en in de bolle bedden van de bloemen was geen sprietje onkruid te bekennen geweest. Waarschijnlijk verveelde hij zich niet genoeg. Maar kende hij evenmin angst. Alleen mannen kunnen zich ertoe zetten om een goed volbracht, volwassen gezin om te brengen. Vrouwen kijken toe, of ze vermoorden hun kinderen als muizenbaby's, nog voor ze hun eerste woordje hebben kunnen spreken.

'Kwam Dimka niet vandaag?'

Daar staat-ie, in z'n badjas, met zijn brede voeten bloot in de sneeuw. Ik heb niet gehoord hoe hij uit bad is geklommen. Mijn geurloze man is dus ook nog eens geruisloos geworden. Dit zou wel eens een wederzijds proces kunnen zijn, hoe we ons aan elkaar onttrekken: hij klinkt zachter, ik hoor minder, mijn ogen worden slechter, zijn gezicht wordt steeds bleker en vager. Misschien is het de bedoeling dat je zo samen oud wordt, niets dramatisch, geen ziekte en geen dood, maar dat je gewoon steeds een beetje minder waarneembaar voor elkaar wordt.

'Dat klopt. Ik hoop dat hij sigaretten meeneemt.'

Natuurlijk, er is nog een zoon. Dimka komt meestal op vrijdag, met de boodschappen. Soms rijdt hij op en neer naar Velikieje Loeki, soms, als hij moe is of te veel heeft gedronken, blijft hij onder het puntdak logeren. Als het een heldere nacht is blijft hij wakker, installeert hij zijn telescoop om te drinken met de sterren. Ik heb geen geheugen voor hemellichamen, maar hij kende ze al van gezicht toen hij nog een kind was en ik nog volop zijn moeder. De laatste keer dat hij hier was, beloofde hij me een wonder te laten zien. Hij wenkte me naar de tuin en hield zijn telefoon tegen de nacht. Als hij het apparaat naar een ster richtte, verschenen de naam en de precieze coördinaten op het scherm. Er was geen kunst aan. Nu verheug ik me niet meer op Dimka's komst. Een stoorzender is het, inbrekend op onze frequentie om alles vervormd weer achter te laten. Vroeger pasten we vanzelfsprekend bij elkaar, tegenwoordig woont hij meer in zijn auto dan in zijn flatje, handelt hij elke maand in iets anders, heeft – voor zover ik dat kan beoordelen – niemand lief, maar zuigt hij zich vol met wat hij 'de actualiteit' noemt. En daar weten wij natuurlijk niets van. Wij zitten hier maar in onze belachelijke bedoening.

'Misschien kan hij ons vertellen wat er met het water aan de hand is,' zegt Lev, 'want aan de geiser ligt het niet, die heb ik laatst nog nagekeken.'

'Onzin, de laatste keer dat jij iets hebt proberen te repareren, kreeg je een schok, weet je nog wel? Toen bleef je de rest van de dag als een rups in bed liggen!'

In tegenstelling tot het water vloeit de elektriciteit hier rijkelijk. Alles staat onder stroom. Het is soms het enige geluid dat je binnen kunt horen, maar ook buiten, in de lege straten en huizen, leidt de elektriciteit een eigen leven, vooral in de enige flat van het dorp, waar ze over toonladders van verdieping naar verdieping zingt. In de houten, zelfgebouwde datsja's zitten nog gewone klopgeesten.

'Dimka kan ons vertellen wat er met de lucht aan de hand is,' zegt Lev. 'Wat de Grote Geluiden betekenen.'

Ik kan hem wel door elkaar schudden, zoals hij erbij staat. De kou niet voelend, mij evenmin: alles moet uit de weg voor zijn zorgen.

'Nadja, we zijn vast de enigen niet die dit hebben opgemerkt. Er moet bekend zijn wat er aan de hand is. En zo niet, dan houden ze het stil en dan weten we ook hoe laat het is in dit land.'

Als je Lev van achteren bekijkt, met zijn rug breed in de schouders van zijn badjas, vertoont hij nog weinig tekenen van ouderdom, maar van voren zie je dat zijn overwicht is verdwenen. Daar is geen wijsheid of berusting voor in de plaats gekomen, zoals je wordt beloofd als je jong bent. Helaas! Als hij opstaat maakt hij de behoedzame bewegingen van iemand die het niet meer weet. Hij wil dat ik een antwoord heb maar ik zwijg, want zo zijn we niet getrouwd. Hij had beloofd mij alles uit te leggen. Hij zou mij helpen, niet andersom.

'Het was een zinsbegoocheling,' zeg ik.

Daar heeft-ie niet van terug. We verbeelden het ons maar! En waarom niet, vroeg of laat komt de eenzaamheid vanzelf met iets op de proppen, als een attente gast die een flesje wijn meebrengt om de avond door te komen. Lev gaat zitten, snuift, tikt uit een verfrommeld pakje een sigaret tevoorschijn. Dit soort gebaren beheerst hij nog steeds onweerstaanbaar goed: het lanceren van een sigaret tussen zijn lippen, het zonder haperen aansteken van onze gebrekkige vaderlandse lucifers. En dan altijd die willekeurige knipoog bij het eerste trekje. Daarna beweegt hij de filter naar mijn mond, laat me zijn vingers kussen terwijl ik inhaleer.

Ik dacht dat zijn elan voor de rest van ons leven op mij af zou stralen. Zoals je de kracht van een paard leent als je ermee over de velden galoppeert. Als student vouwde ik zijn weerspannige arm in een hoek om eraan over de straten van Leningrad te paraderen. Ik dacht dat de voorbijgangers zich aan ons vergaapten omdat we zo anders waren dan zij, en ook zo van elkaar verschilden, ik dacht dat ze zich probeerden voor te stellen hoe wij de liefde bedreven. Maar waarschijnlijk was ik de enige die zich daarmee bezighield en vonden ze hem hooguit te oud voor mij en mij te mooi voor hem, want dat werd ik toen steeds meer. Intussen was ik alvast aan het onderzoek naar de Icaronycteris begonnen, overtuigd van mijn speciale vleermuisgave. Helaas kwam ik er al snel achter dat mijn gehoor heel normaal was; de watervleermuizen in Basjkortostan zaten in hun baltsperiode, dan maken ze geluiden op een lagere frequentie, die wel meer mensen kunnen waarnemen.

Ziehier de verraderlijkheid van de vleermuis! Steeds als we denken hem door te hebben, komt er een nieuw mysterie bij. Het begon met zijn vliegkunst. Leonardo da Vinci zag al dat de vleugels van een vleermuis veel ingenieuzer in elkaar zitten dan die van een vogel. Maar hoe flikte dat beest het om in het pikkedonker obstakels te omzeilen en de prooi van zijn voorkeur te grijpen? Eeuwen van marteling volgden. Op zoek naar hun geheime zintuig werden proefdieren blind gemaakt of doof, smeerden we ze de bek dicht of verzwaarden we hun vleugels. Al die tijd dat we de vleermuis niet begrepen, verklaarden we hem voor het gemak tot duivel. Hadden we het daar maar bij gelaten, want toen het raadsel werd opgelost, sloeg de jaloezie toe. Geen dier wordt zo door de mens benijd als de vleermuis. Wat hij kan, willen wij ook. Er staat een prijs op zijn kop, want zijn echolocatie is verfijnder dan welke sonar dan ook. Frequentie en snelheid worden aangepast aan de vorm van zijn prooi en de af te leggen afstand. En een vleermuismoeder herkent het signaal van haar kind uit duizenden.

Dat kan ik ook, dacht ik toen ik een kind kreeg. Op een nacht lag ik als enige wakker op de kraamafdeling van het ziekenhuis in Velikieje Loeki, alle andere moeders sliepen. En twee zalen verderop was Vera de enige baby die niet huilde. Dat wist ik. Samen luisterden we naar de wind die aan de oude kozijnen morrelde en we lachten hardop. Eerder die dag waren de zusters langsgekomen met een kar vol gebakerde zuigelingen, die aan hun moeders werden uitgedeeld alsof het versnaperingen waren. De vrouw in het bed naast me begon de hare meteen uit de windsels te wikkelen, om te kijken of alles erop en eraan zat. Maar ik vertrouwde erop dat Vera helemaal gelukt was, want ze was de mooiste van allemaal. Dat had ik zo al gezien. En Lev ook, van minstens tien meter afstand. Samen met een zooitje andere vaders stond hij twee verdiepingen lager op het gazon op zijn vingers te fluiten tot we met onze pakketjes naar het raam kwamen. Volgens mij is het in Russische ziekenhuizen nog steeds de regel dat de vaders uit de kraamkliniek worden geweerd en kind en moeder pas een week na de geboorte in hun armen kunnen sluiten. Toen we zo naar beneden keken, in onze fris gesteven blauwe overgooiers, leek ons dat ook niet meer dan terecht. Ze waren allemaal dronken, Lev ook. Hij was de oudste van het stel en was als enige niet geschoren. Ik wilde hem eigenlijk helemaal niet zien. Ik drukte mijn bundeltje weer tegen me aan, snoof haar geur op en liep terug naar bed. Toen ik die nacht eindelijk in slaap viel, droomde ik dat ik met Vera tegen mijn borst uit het raam sprong. We vlogen weg van de kliniek, de stad uit. We laveerden tussen de gebouwen, scheerden rakelings over de velden en de dennentoppen. Ik herinner me haar blonde glimlach, haar warme ingezwachtelde lijfje onder mijn vleugel. En ik herinner me heel sterk de wilde geuren van bomen en bloemen. Sindsdien heb ik nooit meer een droom gehad die ik kon ruiken.

Lev slaat zijn arm om me heen.

'Natuurlijk neemt Dimka nieuwe sigaretten mee.'

Er is ook een zoon, ja. Soms komt hij maar twee keer per maand, maar zelfs als hij helemaal niet zou komen heb ik in de kelder genoeg rijst, gerookte worst, pekelvis en licht gezouten augurken liggen. Ik heb zelfs nog een paar kettingen gedroogde paddenstoelen van de voorlaatste herfst, en gerookte knoflook, een geslaagd experiment. Ik heb appelmoes geweckt, bosbessen ingemaakt, er staat nog een pond reuzel in glas. Wat mijn voorraad betreft verdien ik het bezoek van een ploeg uitgehongerde soldaten, van het perfect geschoren, melancholisch neuriënde slag uit onze oude oorlogsfilms, dat zich aan mijn kachel warmt tot het deeg is gerezen. Ach moedertje, wat ruikt dat heerlijk, de dood van uw man zullen we wreken, beloofd! En dan de aftiteling.

'Is Misja Basjkov eigenlijk al dood?' vraagt Lev opeens.

'Ik weet niet wie dat is.'

'Professor Basjkov. Minsk, dynamische geologie.'

'Geen idee.'

'Die heeft hier toen gelogeerd met zijn vrouw. Dasja, heette ze. Dat weet je niet meer, hè?'

Kijk eens aan, de heks is ook eens iets vergeten, wat een triomf.

'Als Basjkov niet dood is, dan moet hij wel minstens tachtig zijn. Dit zou wel eens in zijn vakgebied kunnen liggen, dit fenomeen... deze omstandigheid.'

'Wat, het water?'

'De lucht, mens! Die herrie, bedoel ik!'

Even verbijt hij zich, dan ontspant zijn gezicht.

'Weet je, wij zijn niet de enigen die de Grote Geluiden hebben gehoord. De wetenschap heeft zich er allang over gebogen...'

'Dat zei je zonet al.'

'Deze omstandigheid,' hamert hij door, 'is al lang en breed gedocumenteerd. Ik denk dat we bij de geodynamica moeten zijn. En dat, mijn beste Nadja, is het terrein van Michaïl Basjkov. Ik ben benieuwd, waarachtig, ik kan niet wachten op de verklaring.'

Tevreden kijkt hij uit over het pad waarop hij zijn zoon verwacht, met sigaretten, eten en verklaringen.

'Nadja en ik zijn nergens bang voor,' zei Lev tegen de mensen die we achterlieten, tegen de mensen die dachten: wat moet dat jonge ding in dat gat. Mijn moeder zei dat Rusland genoeg plekken kende waar de tijd had stilgestaan, dat je daar verre van moest blijven, wilde je niet verdwazen. In haar nachtmerries kwam ik terecht tussen woord- en tandelozen die elkaar de harses insloegen om een aardappel. Lydia was natuurlijk vanaf het begin tegen. Dat ik me zwanger had laten maken door de eerste man in mijn leven was één ding, maar dat ik mijn studie en dat met kunst- en vliegwerk bemachtigde kamertje in het centrum van Leningrad opgaf voor een leven in de afgrond van Rusland, maakte haar woedend. Ze had zich ingelaten met iemand die haar leven vergooide, zei ze, haar tijd geïnvesteerd in een vriendschap die haar nooit meer iets ging opleveren. Zo, zonder omhaal formuleerde ze dat. Ik gaf haar alvast de bevindingen van mijn onderzoek, dat ik toch niet zou afmaken, maar tijdens onze hachelijke vriendschap, die zeker twintig jaar zou duren, bleef ik in gebreke, en zij in haar gelijk.

Ze was niet de enige die bezwaar maakte tegen onze plannen. Zelfs Zjenja Klimov, de wildeman van het Zoölogisch Instituut, met zijn blote voeten en zijn schorre stem (het gerucht ging dat hij ook in de winter op het dak sliep van zijn Chroesjtsjov-flat), had zijn twijfels. De avond na de verhuizing hoorde ik hem tegen zijn beste vriend tekeergaan. Waarom die in godsnaam niet had gewacht tot het meisje was bevallen? Het meisje, zo bleef Klimov me zijn hele leven noemen, eerst laatdunkend, later vleiend. En weer zei Lev: Nadja en ik zijn nergens bang voor. Door die bezwering zou ik inderdaad zijn meisje blijven, zo verliefd als een meisje. Door een bondgenootschap te sluiten tegen de angst zouden we al het lelijke trotseren dat op onze weg kwam, en dat was nogal wat, te beginnen met de dorpsgenoten, die inderdaad weinig tanden hadden, maar woorden genoeg. Die onafgebroken spraken, tegen elkaar, tegen zichzelf, tegen het grote boze lot, maar zelden tegen ons. Als ik in de bus stapte, zwol hun gegons aan met de optrekkende motor. Ik leerde dat het geen zin had om iets terug te zeggen, of om terug te duwen als ze voordrongen in de rij. Hun woorden gleden van me weg zoals de blikken van de verkoopsters in hun lege winkels. Wij bleven die stadsbewoners, ook al waren we juist hierheen gekomen om ons te onttrekken aan 'het leven dat ertoe deed;' zoals we dat spottend noemden.

Want in die jaren begon het leven er steeds nadrukkelijker toe te doen. De tijd van het gemompel was voorbij, dromen waren er om verwezenlijkt te worden en wie zich in iets verdiepte wat buiten de actualiteit lag was een lafaard.

Om zijn werk aan het Zoölogisch Instituut af te ronden, moest Lev de eerste twee jaar nog elke week naar het leven dat ertoe deed. Als we dan in het weekend een avondwandeling maakten langs de huizen, zagen we onze dorpsgenoten achter hun vitrages voor de televisie zitten, waarop steeds vaker mensen in beeld kwamen waarvan ze vonden dat ze waren zoals wij: stedelingen met lange haren, modieuze kleren en een weerwoord. In het Kremlin was een glimlachende man aan de macht gekomen. Hij droeg graag een hoed omdat er een vlek op zijn hoofd zat en hij hield zielsveel van zijn vrouw, die zich goed wist te kleden. Daar ergerden de dorpelingen zich aan. Ze ergerden zich ook aan zijn tongval, die zacht was, maar anders. Daarmee vertelde hij aan een tamme menigte dat hij de strijd aan zou gaan met het alcoholisme, dat de drank schaarser zou worden omdat het niet goed was voor het volk. De dorpelingen, die hun ketels voor de zelfstook al paraat hadden, dachten er het hunne van.

Sneeuw verraadt meteen waar de platgetreden paden liggen, en waarom je ze moet vermijden. Hoe meer mensen je voorgaan, des te smeriger en gladder het wordt. Ik hoefde niet meer zo nodig in het dorp te komen. Ik draaide de koppen van onze kippen zelf wel om. Verbouwde zelf wel kool. Al het lieve dat we nodig hadden kwam uit onze straat, te beginnen bij Serpjakov, die ons een auto leende toen ik moest bevallen en de Lada niet wilde starten. En ik kende elke afdruk in onze sneeuw, elk spoor, elk vogel- en kattenpootje, dus ook de stapjes van Vera. Dankzij drie maanden ferm bakeren had zij zoals veel Russische meisjes mooie, rechte voetjes en beentjes. Ik stelde het moment uit waarop ik haar naar de kleuterschool moest brengen, maar toen kwam het Uitvoerend Comité en die namen haar mee.

Voor vijf lange dagen per week, inclusief de maaltijden, die ze nog lekker vond ook. Papje. Soepje. Moesje. Wandelingetje, karweitje, pasje, oefeningetje, slaapje, gehaktballetje, versje. En bepakt met al die verkleinwoordjes kreeg ik haar 's avonds weer mee om hier in bed te leggen.

Lev slaat zijn arm om me heen, dat doet hij altijd als ik aan ons meisje denk.

'Daar groeit nog wat,' zegt hij, wijzend naar het afgerasterde stuk dat onze moestuin moet voorstellen. Er komt inderdaad iets vanonder de sneeuw vandaan, maar ik ga het niet onderzoeken. Deze moestuin doet maar wat. Om te beginnen is het te koud voor deze tijd van het jaar. De afgelopen winters waren te zacht, de zomers te nat, de lentes zo koud dat we uiteindelijk nauwelijks appels hebben kunnen oogsten. De tomaten kregen neusrot, de aardbeien beschimmelden voordat we ze konden plukken. Ik denk dat er nooit meer zoiets komt als de tijd van het jaar. Dat we niet meer zullen weten wanneer we moeten snoeien of zaaien.

'Ik geloof dat de seizoenen zijn verdwenen,' zeg ik.

'Nee, ze zijn er nog wel,' zegt Lev beslist. 'Ze zijn alleen vergeten, dat is iets anders. Ze zijn vergeten omdat de natuur te druk is met iets anders.'

4

Als Dimka eindelijk komt is het al donker. In het nest van onze deken luisteren we naar het aanzwellende geluid van de motor. Deze veranda is het enige bed dat Lev en ik nog delen. Nu is daar ook het licht van de koplampen, ze beschijnen de stervende spar aan de overkant van de weg, en de zacht ritselende elektriciteitsmast, nu de steile nok van Serpjakovs huis. In dit schimmentheater laat Dimka de auto slippend tot stilstand komen, maar de motor laat hij draaien en de muziek bonkt door terwijl hij zijn spullen bij elkaar zoekt. Daar is-ie dan, met boodschappen en uitleg, de realiteit, kortom. Hij laat zich nogal gelden, die zoon van ons. Al een tijdje is alles aan hem zwart, zijn kleding, zijn tatoeages, zijn schoenen, die hij net zo graag poetst als zijn auto, zijn zonnebril, die hij zelfs 's avonds over zijn ogen draagt om te verbergen dat ze rond en blauw zijn als van een kind. Als hij ons kust snijdt zijn parfum door de lucht.

'Hoelang zitten jullie hier al? Zo vriezen jullie nog dood.'

Binnensmonds vloekend gaat hij ons voor naar onze keuken. Knalt het licht aan, zet de boodschappen op tafel. Als Dimka er is, lijkt het of het huis hem toebehoort. Sommige mensen hebben die gave, wandelen misprijzend door de levens van anderen, hopen dat die zeggen: wat denk je wel niet, hier, neem het maar, dan zal je eens even zien wat het waard is. Ik denk dat Dimka het in zich heeft om heel rijk te worden.

'Die klootzakken hebben de weg afgesloten.'

'Welke?' vraagt Lev, alsof het hem nog aangaat. Hij rijdt al jaren geen auto meer.

'Die na de afrit natuurlijk, er zit daar een gat waar water uit komt, hebben ze dan een lintje omheen gespannen en dat is dat. Zoek het maar uit, mensen!'

'Zie je nou wel!' roept Lev triomfantelijk. 'De waterleiding is kapot, ik zei het je toch?'

Uit een plastic tas haalt Dimka een gebraden kip tevoorschijn, knipt met zijn vingers, alsof hij het beest wil dresseren. De oudste van onze katten had het allang door, staat in de deurpost met open bek. Er komt geen geluid uit. Boelka verloor zijn stem bij een blikseminslag aan de rivier. Hij ging altijd mee om paling te vangen, was daar bijzonder goed in, peilde het water en dook dan met een grote boog naar beneden, zoals vossen dat doen in de sneeuw. Zijn buit, die soms groter was dan hijzelf, leverde hij met traag beleid bij ons af. Tien jaar geleden, als het niet langer of korter is, zagen we hoe hij werd geraakt terwijl hij op de waterkant probeerde te klimmen. We zagen hoe zich een krans van vuur vormde rond zijn oren en toen hoorden we zijn laatste schreeuw. Vissen doet hij nu niet meer. Dat is het verhaal van onze kater Boelka.

'Mam, pak er wat glaasjes bij. Ik heb nieuws.'

Ik wil geen nieuws. Ik wil hem over zijn hoofd aaien, maar hij wendt zich af, ritst zijn lammy open. Op zijn hals heeft hij nog zo'n zwarte krabbel laten zetten, iets in glagolitisch schrift, maar de letters hoeven niet verder tot hem door te dringen dan deze paar millimeter in zijn hals, een plek waarop hij ze zelf nooit kan lezen. Deze ondertiteling van Dimitri Lvovitsj Bolotov is voor anderen bedoeld, voor de tegenliggers in zijn leven. Doodop is hij, dat blijft hij maar herhalen terwijl zijn vader hem uitvraagt over de waterleiding. Ontroerd pak ik de boodschappen uit. Ik stel me voor hoe hij de tomaten heeft uitgezocht, hoe hij ongeduldig op de vitrine heeft getrommeld om de vleeswaar van zijn gading aan te wijzen. Met dat lijzige praten houdt hij meestal na een uurtje wel op.

Hij was een schoon kind, een zorgvuldig en bedachtzaam jongetje. Omdat het Uitvoerend Comité hem al vanaf zijn geboorte in de smiezen had, heeft hij nooit mogen genieten van zo'n wolfskleuterjaar als zijn zus. De Sovjet-Unie liep op haar einde, maar de versregels over Lenin en de Partij marcheerden nog steeds de kleuterhoofdjes binnen. In de weekenden probeerden we ze te vervangen door onze eigen onzin. We maakten zinspelingen op de bestaande tekst en verzonnen andere wendingen. In onze versie heetten de volgelingen van Lenin de *Lenivtsy*, luiaards, van de orde der miereneters, die het liefst ondersteboven in de bomen hingen. Voor de partij! Maar de aantrekkingskracht van Vladimir Iljitsj op onze kinderen bleef onverminderd sterk, welke vorm hij door onze sabotage in hun verbeelding ook had aangenomen. Op een dag vonden we Dimka met zijn armen om een tak van de dikke eik achter het huis, benauwd zingend over Lenin, die altijd jong zou blijven. Dat Lenin eigenlijk wel iets weg had van een kapucijnluiaard zagen we jaren later, toen we in het Zoölogisch Instituut een exemplaar bekeken dat minstens zo vakkundig was opgezet als de grote leider in zijn mausoleum.

'Je ziet er beroerd uit, pap.'

'Klopt,' zegt Lev met volle mond.

'Avitaminose. Jullie krijgen hier nog scheurbuik. Kennen jullie dan helemaal geen vaderlandsliefde?'

'Wat heeft het vaderland op met onze gezondheid?'

'Alles. Ons sterftecijfer is hoger dan ons geboortecijfer. Het minste dat je als Rus kunt doen is een beetje in leven blijven.'

Naarmate de avond vordert, hoop ik dat het nieuws waarmee Dimka ons wilde vermoeien in de wodka verzuipt. Hij schenkt zichzelf vaker bij dan zijn vader, die krampachtig probeert zijn ogen open te houden. Ongehoorzaam zwenken ze in de waterige kassen van links naar rechts terwijl Dimka praat. Over de Russen, die nog nooit verslagen zijn geweest, over de Amerikanen, die nooit op de maan zijn geweest, over het gevaar van feminisme en over met hormonen geïnjecteerde importworst, vooral gegeten door jonge Russische mannen, te beginnen bij het leger, zodat hun zaad ervan naar de klote gaat en het Russische geboortecijfer gedrukt wordt, alles is opzet en niets is toeval in de tirades van Dimka, zijn gebaren worden groter naarmate Lev minder sjoege geeft. Zonet balde hij al zijn vuist, nu grijpt hij zichzelf bij de hals, zo meteen slaat hij zichzelf met vlakke hand op de borst.

'Is het jullie opgevallen dat er sinds dat terrorisme geen ufo's meer over Rusland vliegen? Let maar op! Het aantal signalementen is drastisch afgenomen. Vroeger stonden de kranten er vol van, konden ze er wekelijks een uitzending mee vullen. En nu? Geen vliegend schoteltje aan de horizon! Hier niet, in het Westen niet, weg zijn ze!'

'En dat komt door de terroristen?'

'Zeg het maar! Sinds Tsjetsjenië komen ze niet meer! Twin Towers, Irak, Beslan, aanslagen in de metro... geen graancirkeltje te vinden!'

'Misschien komen ze alleen in vredestijd. Ik heb nog

nooit van ufo's gehoord boven Stalingrad of Koersk.'

'Daar hingen al te veel Duitsers in de lucht.'

'Borodino? Slag op het Koelikovo-veld?'

'Da's te ver terug, toen hadden ze nog geen ufo's, toen was iets het werk van God of de duivel, klaar, duidelijk.'

'Interessant,' zeg ik, de fles bij hem weghoudend. 'Misschien zien mensen ufo's bij gebrek aan echt gevaar. Vrezen ze het onverklaarbare omdat er niets verklaarbaars te vrezen is.'

Lev zit er opeens als herrezen bij. Hij denkt aan de hemel, het werk van God en de duivel, aan de zware lucht die daarbuiten ligt te slapen en elk moment in gesnurk kan uitbarsten. Hij buigt zich naar zijn zoon, vouwt zijn handen tussen de zijne.

'Ik wil een zaak van leven op dood met je bespreken,' zegt hij.

Dimka knikt, is een en al oor.

'Het komt erop neer dat we de laatste tijd worden geplaagd door vreemde geluiden.'

Dimka eet weer door. Vreemde geluiden, goed, wie heeft daar geen last van.

'We moeten dit ophelderen,' gaat Lev verder. 'We kunnen hier niet blijven zitten en van niks weten.'

'Dat zei ik toch! Met die ufo's.'

'Ik heb zitten denken. We kunnen Zjenja Klimov bellen...'

'Die is dood,' zeg ik, 'onthoud dat toch eens.'

Lev slaat verstoord op tafel.

'Ik bedoel Misja Basjkov. Vervelende heks dat je bent!'

'Ken ik die?' vraagt Dimka, naar de fles hengelend.

'Nee, het is een oude makker van me, ik denk dat je nog te klein was toen hij hier logeerde. Hij is professor in de dynamische geologie, in Minsk.'

‘Belarus.’

‘Deze geluiden, laten we zeggen, dit meteorologische verschijnsel, ligt in zijn vakgebied.’

Vakgebied! Van gedachten wisselen! Hier spreekt de oude Lev, die zich groot houdt tegenover zijn zoon, en ik mag het morgen weer met de zenuwlijer stellen. Zo gaat het steeds. Voor anderen speelt hij de verstandigheid zelve, trekt hij een sprintje in zijn geheugen waar hij dagen van moet bijkomen.

‘Professor Basjkov, dus. Misschien ook al dood. Laten we hem eens bellen.’

Tot mijn verbazing pakt hij op goed geluk de oude telefoonklapper uit de keukenlade. Ik wist niet eens dat we die nog hadden. Er was een tijd waarin onze vaste telefoon het nog deed en we veel werden gebeld, even kregen we zelfs een aansluiting die ons in en uit het internet gooide, kopje onder, kopje boven. Een kwelling. Gespannen luisterden we naar het gepiep en gekraak, tot het scherm zich vulde met beelden en woorden waar we niet op zaten te wachten. Nu bladert Lev langs de namen alsof wij er nog toe doen. Sommige zijn doorgekrast, maar altijd door hemzelf opgeschreven in de tijd dat we deze mensen nog onder ogen kwamen. Herkent hij ze nog? Daar, de B van Basjkov. Ik herinner me deze man werkelijk niet, zijn vrouw evenmin.

‘Kun jij bellen?’ vraagt hij aan Dimka. ‘Ik wil dat jij het woord voert.’

Dat doet Dimka. Hij toetst het nummer in op zijn toestel en brengt het met een vragend gezicht naar zijn oor.

‘Hij gaat over,’ fluistert hij. ‘Ah! Goedenavond! Ik zoek de professor. Basjkov! Hoe zegt u? Basjkov!’

Zijn vader pakt het mobieltje af en zet het onmiddellijk op een schreeuwen.

‘Hallo! Basjkov! Hallo! Hij slaapt al? Hij is dus niet dood? Bolotov hier! Kunt u hem zeggen dat... wat? Nee, Basjkov! Basj-kov!’

Hij werpt een blik op het ding in zijn hand, snapt er niks van, luistert nog een keer.

‘Ik hoor niks. Stilte.’

‘Uit het netwerk gekeild,’ constateert Dimka. ‘Zo gaat dat nou altijd in dit gat.’

‘In ieder geval is hij niet dood.’

We nemen nog een ronde, proosten op de nog niet dode Basjkov. Daarna staren we zwijgend naar het karkas op de keukentafel. Over een uur komt je trein al, machinist. Ik moet me van deze mannen ontdoen. Ik sta op en schuif mijn armen onder Levs oksels, Dimka komt erbij staan, ik weet niet wat hij nu nog voor ons wil betekenen. Als ik Lev omhoog sjor valt zijn hoofd naar links maar blijven zijn ogen op de grond rechts van hem gericht. De panische uitdrukking van een pasgeborene.

‘Ik kan het zelf wel,’ zegt hij als we al halverwege de gang zijn, maar hij stort zich meteen weer in Dimka’s armen, die nog steeds minder gespierd zijn dan de zijne. Dimka vloekt, Lev laat een scheet, de vloer kraakt, het is onvoorstelbaar wat een herrie we voortbrengen. In het linkerraam lacht de maan zich rot. Ik weet zeker dat ze nog geen twee weken geleden ook al vol was.

‘Slapen jullie nooit meer samen?’ vraagt Dimka als de klus geklaard is. We kijken naar de zinloze massa mannelijkheid op het bed, het snurkt al daarbinnen, de dromen tuimelen zijn harses in, nee, hier hoef ik niets meer aan toe te voegen, dit slaapt prinsheerlijk alleen.

'Moet je meekomen, laat ik je een wonder zien,' zegt Dimka nog een glas later, als we in de tuin staan te roken. Het is guur geworden, het bevroren gras kraakt onder mijn sloffen, we hebben onze kragen omhooggeslagen en blazen daaruit de rook omhoog als kleine potkacheltjes.

'Hoor je wat?'

Niks, merk ik op, het is uitzonderlijk stil voor dit uur van de nacht.

'Moet je opletten.'

Hij haalt zijn telefoontje tevoorschijn, bevoelt razendsnel het scherm, dat oplicht als een parelkwal. Dan tovert hij er het geluid van een bosuil uit. Hoog wijfjesgetjilp, onmiskenbaar. Hij brengt het toestel naar de lucht, de telefoonuil tjilpt nogmaals.

'Sst!'

Nog geen halve minuut later komt het hoopvolle antwoord uit het bos. Een begoocheld mannetje.

'Doe weg,' zeg ik, maar Dimka staart onverstoorbaar naar zijn schermpje, waarop hij met zijn wijsvinger tientallen vogelfoto's laat passeren.

'Hiermee kun je het hele bos op hol brengen, mamma. Zullen we deze doen? Een arend. Jaag je in één klap alle muizen mee weg.'

'Nee, doe weg. Het is duivels.'

'Wat heb jij opeens met de duivel?'

Hij laat zijn telefoon vallen, steunt als een oude man, wankelt terug naar de veranda.

'Daar bestaat trouwens ook een app voor, vleermuizen...'

Ik help hem het huis binnen te komen, naar de zoldertrap, maar er zit geen beweging in, en in de gang begint hij met dikke tong te fluisteren.

'Voor ik het vergeet... weet je van wie ik een bericht heb gekregen?'

'Nee,' zeg ik, het luik openduwend met de stok.

'Raad eens?'

'Geen zin in.'

'Het is een buitenlandse.'

Ik weet meteen over wie hij het heeft. En ik wil niets over haar horen. Ik duw mijn zoon de trap op. Maar hij laat het niet gaan, halverwege draait hij zich om en doet hij zijn nieuws uit de doeken.

'Die Hollandse!'

'Je bed is opgemaakt, ik heb er twee extra dekens op gegooid. Als dat niet genoeg is, moet je Bamsja maar bij je nemen. Ze ligt altijd graag op jouw voeteneinde.'

'Ongelooflijk, vind je niet? Na al die jaren! Ze heeft een kind gekregen. Tenminste, dat zag ik op de foto's. Kom, hoe heet ze ook alweer? Zo'n gekke Hollandse naam.'

'De enige Hollandse die ik ken is de kachel van mijn grootmoeder.'

Zo van onderen heeft hij een pafferig en bleek gezichtje. Het is echt raar. We hebben ons best gedaan, en toch is hij zo geworden. Nog steeds vraag ik me af waar hij die korte benen en die brede heupen vandaan heeft, die hij in hansoppen kleedt van trainingsstof. Daarom zijn we hem 'Dimka' blijven noemen, en geen Dima, laat staan 'Dimitri'. Een groot, mollig, ondergekliederd kind. Voorgoed. De treden die nu onder onze voeten kraken zijn me nog vertrouwder dan hij. Is het de bedoeling dat je als ouder vertedering opbrengt voor je volwassen kind? Alleen krokodillen worden zo langzaam volwassen als wij. De moederdieren kraken de eieren tussen hun kaken en dragen de baby's met ontzagwekkende zelfbeheersing mee in hun bek.

'Als je nog in de badkamer wilt,' zeg ik, 'ga dan je gang, ik moet toch nog naar buiten voor de dieren.'

Mijn hart bonkt alsof ik een marathon heb gelopen en ik ben misselijk. Wat is dit toch in mij? Ik heb in mijn leven genoeg gezien om van te walgen, dat is niets bijzonders, laten we zeggen dat je er in dit land niet aan ontkomt. Toen onze bovenbuurman in staat van ontbinding de flat uit werd gedragen, voelde ik dit niet, terwijl ik nog een kind was. Of is het juist de leeftijd, dat ik moet kokhalzen bij de gedachte aan deze vrouw?

'Mammah!'

Dimka's stem, een octaaf lager nu, maar nog even dwingend als vroeger. Toen zou ik gezegd hebben: als je iets van me wilt, kom je maar naar me toe. Nu sla ik op de vlucht.

Er zijn mensen die bang zijn voor het donker omdat het schaduwen tekent die je nooit hebt gezien en geluiden maakt die je nooit meer zult horen. Ik ben niet bang van deze bomen, ik ken ze goed. Sommige staan hier al sinds ik hier woon zonder een centimeter gegroeid te zijn. Wat weten wij nu helemaal van deze wezens? Onder hun voeten wemelt duizenden malen meer leven dan erboven. Hun solitaire gelijkmoedigheid is maar schijn, onder die bast worden wilde plannen gesmeed. Sommige bomen gunnen elkaar het licht in de ogen niet, worden verteerd door jaloezie. Vroeger kon Lev rustig een paar weken weg op expeditie. Viel ik in slaap zonder de deur te vergrendelen, en als ik niet kon slapen liep ik hier uren in mijn eentje. Ik probeerde dieren te zien voordat ze mij hadden gehoord, en zelfs als ik verdwaalde waren de bomen vertrouwd. Ik wist nog te weinig om te weten wat ik niet zou moeten weten. Mijn ogen wenden sneller aan het donker dan nu, en de hond die toen met me meeliep vond me terug op mijn geur, terwijl ik haar geluid herkende. In haar rondcirkelend gehijg en gesnuffel bracht ik woorden, die in het begin nog zinnen vormden, complete beschouwingen zelfs, maar later herhaalde ik niet meer dan een en hetzelfde woord, om te horen hoe het viel op een plek waar lang niet meer was gesproken.

Deze hond cirkelt niet om me heen, ze loopt ver voor me uit, weet al waar ik heen ga. Ze moest zo nodig mee, terwijl ze ook bij Dimka op het voeteneinde had kunnen liggen. Op een winternacht als deze is alles omgedraaid. De mens die de hond volgt. De hemel die pikzwart is, terwijl de aarde zo wit is dat ze licht geeft. Achter deze wilg loopt het pad naar de open plek waarop we ons laboratorium hebben gebouwd. Van een afstandje zie je niet hoe vervallen het is. Ik ben al lang niet meer binnen geweest en zal dat nu ook niet doen: ik ga op het trapje zitten met mijn rug naar de deur. Een kwartiertje schat ik, hooguit. Als de trein is geweest kan ik slapen, en als ik morgen wakker word, wil ik niets meer horen over de Hollandse. Voordat zij kwam was alles hier nog een droom, waar we het prima mee hadden kunnen uitzingen, Lev en ik.

Als de tijd daar is, zal ik je over haar vertellen, machinist. Over de vrouw die lichtvoetig ons leven binnenkwam maar vertrok met een manke nasleep. Aan de trillingen in mijn voetzolen voel ik dat je niet ver meer bent. Elke keer als ik je hoor naderen, hoop ik... ik hou je aan je belofte, stel de teleurstelling uit voor de duur van het aantal wagons. Wat vind jij er eigenlijk van? Geniet je van deze bossen of vervelen ze je mateloos, omdat je uitkijkt naar een bestemming waar niet één mens maar een menigte naar je uitkijkt? Een groot station, een druk perron? Uit mijn mond klinkt het misschien gek, maar ik geloof niet in het kluizenaarschap. Elk mens wil ertoe doen, het liefst voor andere mensen, een paar, of één heel belangrijk mens. En dat is Lev niet meer. Volgens de arts lijdt hij niet aan dementie, maar aan amnesie, is het niet de leeftijd die zijn hoofd leegrooft, maar de angst. Alsof dat niet hetzelfde is. Misschien ben ik het probleem. Zou ik bang moeten zijn, maar kan ik het niet. Ik las dat de afwezigheid van angst door een parasiet komt, die zich in je hoofd nestelt. Muizen die met toxoplasma worden geïnjecteerd, lopen rustig voor een kat langs tot ze worden opgegeten. Waar zou ik die hebben opgelopen? In Basjkortostan zeker. Misschien moeten we terug. De grote stier Koengir Boega volgen, aoe, seoe, door de Oeral naar de stilte. Moeten we weer een hut bouwen van gras, zodat onze gedachten terugkeren waar ze horen. Had ik mijn dromen niet beter in het land van de sjamanen achter kunnen laten? Dan had ik ze op momenten van eenzaamheid, zoals deze, kunnen openmaken om in plaats te nemen en weg te rijden.

De trein die onze klas terugbracht naar Leningrad bood een heel ander uitzicht dan die op de heenweg, en dat kwam niet alleen door het verschil tussen dag en nacht. Mijn belevenissen stonden tussen mij en Lydia als een onhandig stuk bagage. In de blikken die ze afwendde las ik ergernis, die ik pas veel later zou begrijpen. Zeker, hoeveel meisjes had Lev niet in zijn omhelzing gelokt? Er waren nogal wat expedities. En het was nogal wat, om zo onder de sterrenhemel, naast een knappend vuurtje voor het eerst de liefde te bedrijven, terwijl verderop een jong mannetjeshert, afgewezen door de vrouwenroedel, eenzaam zijn pad vervolgde. Ik bedoel maar! Hoeveel studentes hadden hun armen al om zijn brede hals geslagen, zich aan zijn borst vergaapt zoals die zich boven hen spande, terwijl verderop de steppenvos het afgekloven mensenmaal uit de as probeerde te trekken? Ik heb er nooit naar gevraagd, toen niet en later niet.

'Steppenvossen zijn monogaam,' zei hij toen we het beest betrapten, schriel in zijn zomervacht, zich toch veilig wanend door de smeulende kooltjes tussen ons in. Het schrokte en slikte, schoot weg maar kwam terug in het rode licht om ons te peilen.

'Een paartje blijft voor het leven bij elkaar.'

Een mooie influistering voor dat moment, maar van het vrouwtje was geen spoor te bekennen. We hadden hier met Reinaert de weduwnaar van doen. Verder herinner ik me de geur van het afgekapte gras, de smaak van het zout in zijn wenkbrauwen, zijn duizelingwekkende tong in mijn mond, de angstschreeuw van een haas. Eén schreeuw. Er waren daar zoveel geluiden die eenmaal klonken en daarna nooit weer. Er waren daar zoveel dingen die eenmaal langskwamen en zich daarna nooit meer lieten zien. Wat gebeurde er met mij? Ik wilde een kind van hem, meteen en nog lang en gelukkig. Ik wilde iets voorgoeds van deze man. Niet aan jou besteed, machinist. Jij stormt maar door.

5

Natuurlijk heb ik over Vera gedroomd. Het viel te verwachten dat na mijn zoon ook mijn dochter op bezoek kwam, en ze was zo mooi. Zo gaaf. Ik denk dat ze ongeveer dertien jaar was. Ze was zo bruin als ze toen kon worden. Ze glimlachte al haar witte tanden bloot. Maar opeens nam ze het woord als een volwassene en moest ik haar de mond snoeren. Ik zei het eerst lief. Maar ze begon te veranderen, ze werd steeds bleker en ouder en sprak in een vreemde taal. Ik dreigde te worden teruggezogen naar het jaar dat ik me liever niet herinner, daarom verhief ik mijn stem. Ik wil het niet horen, schreeuwde ik, er is een voordeel aan ons kleine leventje en dat is dat we de actualiteit buiten de deur kunnen houden. Op het moment dat het bloed uit haar ogen spatte werd ik wakker, een uur vroeger dan de raaf.

Nu sta ik in de keuken en draai ik gehaktballetjes tussen mijn handpalmen voor in het deeg dat ligt te rijzen. Twee katers houden vanaf de vensterbank het proces in de gaten. Ze weten dat een mens altijd te veel vulling overhoudt, hoeveel pelmeni hij ook maakt. De bolletjes vallen altijd te groot uit voor de rondjes die je uit het deeg steekt. Rollen, walsen, uitsteken en vouwen gaat sneller met een lopend bandje van twee of drie vrouwen. Niet dat ik daar ervaring mee heb – mijn moeder had het te druk voor dit soort handwerk en vond het zorgelijk dat haar dochter ze niet kant-en-klaar in de winkel kocht – maar ik ken de oorsprong van dit gerecht, een verhaal dat altijd door mijn hoofd speelt als ik het deeg om de vulling vouw: in Siberië hingen de vrouwen bundeltjes pelmeni in de vrieskou buiten de hut, zodat hun mannen alleen maar een keteltje water hoefden te stoken om een maaltje te bereiden als ze op jacht gingen. Maar die brachten natuurlijk weer vlees mee terug, hele rendieren en beren, en daar moesten die vrouwen dan weer van die kleine gehaktballetjes van draaien, dus het lijkt me dat ook zij deeg tekortkwamen. Dit is zo'n meeslepend karweitje waarbij je niet aan de opbrengst moet denken. Dertig stuks worden binnen vijf minuten met een flinke dot room naar binnen geslobberd.

Gelukkig slapen Lev en Dimka nog. Tijd genoeg om me het huis weer eigen te maken. Het water is terug, ik heb het bad alvast vol laten lopen. Ik heb de dieren eten gegeven en door het gietijzeren luikje in de muur twee blokken op het vuur gegooid. Daarbinnen blijft het smeulen, of het nou winter is of zomer, als we het niet nodig hebben en er niet meer naar omkijken. Het prevelt door op eigen kracht in een eigen taaltje. Drie vertrekken van dit huis zijn eromheen gebouwd, zodat elk van een derde warmte profiteert. In den beginne was er de kachel. Een goede kachel troost, en dat heb ik hier vaak genoeg nodig gehad. Vroeger hadden wij alleen een kachel in de datsja, mijn oma noemde die 'de Hollandse', naar de Delfts blauwe exemplaren in het Peterhofpaleis. Als het even kon, gebruikte oma exotische, prerevolutionaire woorden voor de dingen in haar 'antoerazj'. Zo heette het van fruitkistenhout getimmerde kastje een 'trjoemo' en sprak ze over een 'foent' in plaats van over een halve kilo, maar aan niets was ze zo gehecht als aan de Hollandse. Die was kleiner dan de tsaristische, maar net zo rondborstig als oma, en van beide vroeg je je af waarmee die weelde werd gevoed. Ook die kachel was zelfstokend, terwijl oma voornamelijk op Bulgaarse sigaretten brandde. Baboelja. Voor mij, als kind, sloeg dat op zowel oma als de kachel, of de som van de twee. Het warme en begripvolle pièce de résistance in onze datsja. Niet eens zo lang meer of ik ben zelf zo oud.

Uit de slaapkamer klinkt een zachte jammerkreet. Soms huilt Lev in zijn slaap, soms steekt hij lange, bedachtzame betogen af, maar als je dichtbij komt blijkt hij in losse syllaben te spreken die alleen in de verte iets weg hebben van het Russisch. Misschien heeft een linguïstisch fossiel zich in zijn hersenschors genesteld. De ernst glijdt van zijn gezicht als ik hem wakker maak. Hij kijkt me weer even leeg aan als gisteren, en de dagen daarvoor, hij lijkt niet ouder dan zes.

'Het bad is al vol.'

Zijn gezicht klaart op.

'Ik moet er alleen nog een paar keteltjes heet water bij gooien, want het zal wel afgekoeld zijn.'

Als ik hem overeind help krijgt hij een erectie. Dat gebeurt wel vaker, we negeren het allebei nadrukkelijk. Nog voordat we apart van elkaar sliepen was ik al uitgekeken op zijn geslacht, in welke toestand dan ook. Niet op het mijne, met mijn libido is niets mis, het had echt alleen met zijn geslacht te maken, los van de man. Prima pik, maar op den duur ontving ik hem als een stamgast. Daar hebben we die weer.

'Wat moet ik met die badjas?'

'Dimka is er,' zeg ik. 'Dat weet je toch nog wel? Ik hoorde hem zojuist naar beneden komen, nu staat hij in de woonkamer en probeert hij weer eens de televisie aan de praat te krijgen.'

'Het heeft geen nut,' roept Lev tegen zijn zoon, 'die doet het al jaren niet meer.'

'Ja, sinds jij er een trap tegen hebt gegeven,' roept Dimka.

'Ik was het niet, het was het nieuws. Van ellende is het beeld weggetrokken als het licht uit het oog van Galileo.'

Dimka komt in de deuropening, hijst zijn trainingsbroek op. Dezelfde als gisteren, misschien heeft hij erin geslapen. Het misselijkmakende besef dat je een onaantrekkelijk wezen aan de wereld hebt toegevoegd. Ik vermijd zijn onderzoekende blik, maar als we met z'n tweeën aan de keukentafel zitten, vraagt hij me het alsnog. Waarom ik gisteren wegvluchtte en waarheen.

'Ik moest de dieren verzorgen.'

'Luister, mamma. Ze heeft mij gemaild. Niet andersom.'

'Geen idee over wie of wat je het hebt.'

'Waarom ga je het uit de weg?'

'Stop.'

'Ik heb geen contact met haar gezocht, als je dat soms denkt. Ik zat bij Tamonikov een beetje met m'n telefoon te klooien, en opeens was daar die mail. Ik wist niet eens dat die Hollandse mijn mailadres had.'

'Hoor je niet wat ik zeg? Ik weet niet waar je het over hebt!'

'Niet zo schreeuwen,' roept Lev uit de badkamer. 'Ik probeer me hier te wassen.'

Dimka schuift zijn stoel van tafel, kijkt peinzend naar de pap die ik voor hem heb opgeschept.

'Door erover te zwijgen gaat het niet weg, mamma.'

Ah, nu speelt het joch voor psycholoog.

'Je ging trouwens niet naar de dieren, je liep recht het bos in. Je ging naar het laboratorium, pa zegt dat je daar wel vaker rondhangt.'

'Onzin. Er is geen laboratorium meer.'

'Biologisch station dan.'

'Ook dat is het niet. Een vervallen schuur is het, hooguit. Niemand heeft er wat te zoeken. En waarom luister je nog naar je vader, je ziet toch wel hoe hij eraan toe is?'

'O, híj is het probleem,' mompelt Dimka hoofdschuddend.

'Wat zeg je?'

'Niets. Geen probleem dat niet te repareren is.'

'Wat, je vader?'

Hij kijkt me aan alsof ik gek ben. Achter hem, op de vensterbank, strijkt eindelijk de raaf neer. Hij wil fruit. Hij is zo groot dat hij moet bukken om door het raam de appel van me aan te pakken. Hij heeft een vrouwtje gehad, zij was veel kleiner dan hij. Raven blijven gewoonlijk een leven lang bij elkaar, maar zijn vaak verschrikkelijk voor hun kinderen. Van Serpjakov hoorde ik, die het weer van zijn oom had gehoord, dat dit stel vlak na de oorlog zijn eerste nest bouwde in de spar tussen de akker en dit pad, en zo elk jaar opnieuw, maar dat de kuikens het nooit overleefden, omdat het vrouwtje ze uit het nest wierp als het mannetje van huis was. Uiteindelijk is de raaf erachter gekomen, de mensen waren er getuige van hoe hij haar de ogen uitpikte en haar van het nest verjoeg, maar de kuikens, die hij wilde beschermen, gingen hun moeder vergeefs achterna en keerden zich ten slotte tegen hem. Toen heeft dit dorp een kwarteeuw onder een ravenoorlog geleefd.

'Het lab,' zegt Dimka. 'Geen probleem dat niet te repareren is. Hoeveel jaren zijn er wel niet verstreken? Niemand in de wijde omgeving weet nog wat er is gebeurd. Alsof er geen belangrijker dingen spelen in het land! Echt, het boeit niemand. Als jullie het laboratorium renoveren, kunnen we wat geld verdienen. Stadskinderen zat die wat van de natuur willen leren, die met hun witte smoeltjes achter de vuile ramen zitten weg te kwijnen. Afstoffen die handel, leuke excursies uitstippelen, klein beginnen met wat scholen uit de regio, dan uitbouwen. De beertjes er weer bij halen. Kijk niet zo, doe dan tenminste alsof je ze nog op een rijtje hebt! Wilde dieren zijn weer helemaal in, neem Poetin. Dan zie je hem tijgertjes vrijlaten in de Amoer-regio, dan is hij op het eiland Tsjkalov in de weer met de dolfijnen, hij reist wat af voor die beesten, het schijnt dat hij er een talent voor heeft, met name die dolfijnen hebben nogal warme gevoelens voor hem opgevat, zelfs de meest ontoeschietelijke opperdolfijn at uit zijn hand, ik bedoel maar te zeggen... we kunnen het weer eens proberen...'

Daarna buigt hij zich weer over onze telefoon, die hij per se aan de praat wil krijgen.

'Het hoeft niet met beren,' mompelt hij na een tijdje. 'Iets botanisch is ook goed. In ieder geval ligt er goudgeld voor het oprapen, en het is onze vaderlandse plicht om onze stadsjeugd te redden.'

Dat juist Dimka brood ziet in ons oude laboratorium! Lev heeft hele schoolklassen bijgebracht hoe je een prooi besluipt, hoe je giftige paddenstoelen herkent, hoe je een bed bouwt in de natuur. Maar zijn eigen zoon was er vies van, begreep niet waarom iemand op dennennaalden zou willen slapen. Als we 's zomers in het veld onze boterhammen aten, bleef Dimka op zijn hurken de grond afspeuren naar ongedierte. Het enige wat hij de moeite van het bestuderen waard vond waren hemellichamen, waarschijnlijk omdat die gepaste afstand bewaarden. Hij kijkt graag omhoog. Als kind naar de helden van de Sovjet-Unie, als tiener naar de heiligen in de hemel en nu is daar ook nog de president bij gekomen, die andere ongenaakbare ster aan ons firmament.

'Tamonikov zei dat hij me zo twintig pioniertjes kan aanleveren voor de zomer.'

'Pioniertjes! En hoe oud zijn die, in de veertig?'

'Je loopt achter. De pioniers zijn terug van weggeweest.'

Achterlopen op een geschiedenis die zichzelf herhaalt, wat een ellende. Zelfs de originele Sovjetpioniers hebben we destijds nooit over de vloer gehad, en dat was niet alleen omdat ze te jong waren. Toen Lev dit gebied verkende voor een nieuw biologisch station, wilde hij juist ver blijven van de uniformen. We zagen er in die tijd allemaal hetzelfde uit. Kledingwinkels waren leeg, behalve het warenhuis, waar je met een briefje van het leger of welke staatsinstelling dan ook een uniform kon aanschaffen. En als je geen briefje had deden ze ook niet moeilijk, zodat uiteindelijk bijna de helft van de mannen in legergroen rondstapte – of slofte, al naargelang hun leeftijd of de plicht die ze vervulden. Je kunt zeggen: het is maar iets om het lijf in te hijsen, maar in een uniform verdwijnt je gezicht. Geen smoel meer. Niemand lette op de inhoud van die knellende petten, gesteven dassen en gevulde schouders, daarin zat immers toch hetzelfde. Het gehoorzame. Niemand keek naar een kind afzonderlijk, maar alleen naar de hele klas, zoals die de juf volgde in identieke gespschoentjes. Niemand keek de metrodame in haar zwaar opgemaakte ogen, want het was altijd hetzelfde dikke, voortzwikkende wijf in marineblauw en wat ze schreeuwde was ook altijd hetzelfde. En wij laboranten, in onze witte jassen, die net zo smerig waren als die van de bakker, kok, melkvrouw of welke witte jas in de Sovjet-Unie dan ook, wij stonken. Iedereen stonk in zijn uniform, omdat je er meestal maar één van had. Van Leningrad tot Oefa stonken we hetzelfde en draaiden we onze neuzen van elkaar weg. Een land van gehoorzame stinkerds, dat waren we in de jaren van de stagnatie.

Lev zegt graag dat we op de glasnost vooruitliepen, door alvast gezellig aan de grens te gaan zitten. Altijd open en soms bloot, zoals dat woord nou eenmaal voorschrijft. Maar als we echt geïnteresseerd waren geweest in de maatschappij, dan waren we in Leningrad gebleven, waar de haven volliep met contrabande en nog wel eens een Finse punkband verzeild raakte, waar de omwenteling werd bezongen in propvolle keukentjes en de eigenhandige boekdrukkunst overuren draaide. Lydia zei dat we laf waren. Dat we ons achter een romantisch ideaal verschuilden maar eigenlijk te lui waren om de toekomst te helpen aanduwen. Misschien was dat zo. Het bos houdt het bij het oude. De geschiedenis heeft weinig te zoeken in het bos, de toekomst al helemaal niets. Soms vind je een knook, soms een granaat, maar nooit kun je zeggen: hier, precies op deze plek gebeurde het. Je kunt geen bordjes ophangen, er zijn geen voordeuren waarachter plannen werden gesmeed. Wie kan zeggen welke boom de eerste was? Wij waren zoölogen, we speelden geen gitaar, wat konden we doen? Wij bouwden een biologisch station op de oevers van de Malaja Smota en noemden het *Het Laboratorium van Onafhankelijkheid*. Het zou beter, natuurlijker, woester worden dan dat in Basjkortostan. Geen barakken om kinderen in te drillen, ook geen Amerikaanse scoutingkampen, maar iets boers en Slavisch met grote houtkachels en zo min mogelijk elektriciteit. Voor de lichtbronnen van de microscopen moesten we het aggregaat inschakelen, zodat we nooit in stilte tuurden. De deelnemers van onze zomerkampen kregen geen kaarten om in te tekenen, ze moesten in de eerste plaats leren hoe ze in de natuur konden overleven, niet alleen in deze, maar in die van de hele wereld, die in die jaren stukje bij beetje onze kant leek op te schuiven. Nu denk ik dat Lydia zich graag verbeeldde dat ze iets aanduwde. Op de meeste veranderingen moet je maar wachten, tot ze je kant op rollen. Mensen die niet netjes wachten, maar beginnen te duwen, moet je sowieso wantrouwen. Zelfs Viktor Tsoj wachtte alleen maar. *Verandering, wij wachten op verandering,* zong hij, de zwarte blouse half open, het rechterbeen stampend, stuurse blik ver over de hoofden van duizenden jonge mensen. Vier jaar later verongelukte hij en waren we allemaal in tranen.

Als je het niet meer weet, kun je altijd nog gaan koken. Dan zal iedereen het met je eens zijn. In het kamp werd ik de kok. Vanaf een zekere dag raakte ik geen microscoop meer aan en stond ik alleen nog maar te roeren en te kneden. Ik vond het leuk. Ik liet me niet van de wijs brengen door Lydia, die ons ondanks haar scepsis twee keer per jaar nieuwe cursisten aanbracht en hoofdschuddend en kettingrokend bij me kwam staan in de keuken. Steeds dezelfde boetepreek. Wat me bezielde. Met die ouwe. Zonder diploma. Twee bloedjes van kinderen, en zie jezelf eens staan, onze heilige voedster met een schortje voor. Maar daarna verorberde ze met zoveel smaak wat ik had gekookt dat we allebei onze wrevel vergaten. En Vera was dol op haar. Aan tafel wilde ze altijd naast haar zitten, nooit naast de kinderen van het kamp, ook niet toen ze hun leeftijd bereikte. Ze at dan net zoveel als Lydia en probeerde net zo bassend laag te spreken.

Daar is Levs arm. Hij heeft alleen een handdoek omgeslagen, zijn bovenlijf is nog nat.

'Hoe heb je dat bad vanochtend vol gekregen? Nu is er geen water meer.'

'Hoor je dat, Dimka?' zeg ik. 'Geen water. En jij wilt gasten uitnodigen.'

'Ga ik morgen bij het district achteraan,' zegt Dimka, 'en anders installeren we een douche met een pomp bij de beek. Dat vinden stadskinderen enig. Kijk!'

Hij houdt triomfantelijk het mobieltje omhoog.

'Nieuw beltegoed. Nu kunnen jullie weer bellen. Hoewel...'

Hij staat op van tafel, beent de tuin in en houdt het apparaat in de lucht, alsof hij de wolken in de hoorn wil laten spreken.

'Eén streepje maar... Als we hier een zomerkamp willen maken, moeten we bereik hebben.'

Maar we willen helemaal geen bereik, zeg ik later, als hij zich klaarmaakt voor vertrek. We willen geen gasten, geen zomerkamp, we willen niks, we willen rust. Rust waarvan, zie ik hem denken. Dan zegt hij plotseling: 'Gaan jullie eigenlijk wel naar de kerk? Volgens mij heeft pappa daar wel behoefte aan. Hij heeft het veel over de hemel.'

'Hij heeft het over de lucht,' zeg ik. 'Gewone lucht, zonder God erin.'

Hij rammelt met zijn autosleutels, steekt een sigaret in zijn mond, trekt een capuchon over zijn hoofd, schuift een zonnebril over zijn ogen. Hier is geen plaats meer voor een kus. Als hij het portier opent, ruik ik de gemene geur van de luchtverfrisser die in de vorm van een dennenboompje aan de achteruitkijkspiegel hangt. Hij installeert zich in het knerpende leer, start de motor, draait het geschreeuw van de autoradio iets zachter. Kom eens, wenkt hij, en zijn oude, overgevoelige moedertje komt. Het kind heeft nog iets te zeggen.

'Die geluiden waar pappa het over heeft,' fluistert hij, 'de Grote Geluiden... da's slechte boel, dat begrijp je toch wel?'

'Hoezo?'

'Misschien zouden jullie de pope moeten raadplegen. Zou voor jou ook goed zijn. Wat rust in je ziel.'

Ik zwaai niet eens als hij achteruit door onze moddersneeuw het erf afrijdt. De pope! Onvoorstelbaar, hoe dit kind zich onttrekt aan alles waarmee we hem hebben grootgebracht.

'Kom,' zegt Lev, de deken omhoog houdend op het bankje. Hij heeft het goed opgewarmd daaronder. Samen luisteren we nog minutenlang naar de motor van de auto. Daar rijdt mijn zoon, met zijn herrie en zijn luchtverfrisser, als enige over de weg van ons dorp naar de rest van het land.

'We moeten niet alles kapot laten gaan,' zegt Lev na een poosje. 'We moeten ons laboratorium weer eens bekijken. Hoe het ermee staat.'

Hij bekijkt zijn handen, die al lang niets meer getimmerd hebben, maar er nog steeds uitzien als gereedschap. Vingers als beitels, de nagels zijn als fossielen in de huid gegroeid. Ik heb ze nooit goed kunnen aanzien, ook niet toen ik nog verliefd op hem was. Wat heeft hij eraan als hij mij streelt, dacht ik, als hij zelfs de splinters in zijn vingertoppen niet voelt? Maar ik zag graag hoe hij ermee werkte. Zes van zulke handen bouwden in de zomer van 1984 van honderd balken het huis waarin we het biologisch laboratorium zouden huisvesten. Dierenverblijven hadden we toen nog niet, die werden er veel later aan vast gebouwd. Het ging ongelooflijk snel, en dat was maar goed ook, want

Lev kon niet wachten tot iedereen dit bos leerde kennen. Het had hem nogal wat moeite gekost om de autoriteiten te overtuigen van de noodzaak van een biologisch station in deze regio. De relatief korte afstand tot de steden was misschien een voordeel, en vast en zeker leefden hier net zoveel soorten als in het Verre Oosten. Dezelfde beren, herten, hazen, uilen en ooievaars, maar het waren de jaren tachtig en de natuur was uit de mode. Ook al kwam het land op losse schroeven te staan, de jongeren hadden geen behoefte aan overlevingslessen, ze waren gebiologeerd door een onverbiddelijk accuraat wezen dat oprukte uit het Westen en te allen tijde elektriciteit opeiste. En daar had Rusland nog steeds meer dan genoeg van. Wij, idealistische goedzakken, dachten dat het een tijdelijke bevlieging zou zijn, die schermpjes. We dachten dat ze er wel op uitgekeken zouden raken.

'Wanneer heb jij het voor het laatst gezien?' vraagt Lev.

'Gisteren. Maar alleen van buiten. Het is niet meer te herstellen.'

'Hoe weet je dat zo zeker?'

'Er groeit een boom door het dak.'

'Maar je bent niet binnen geweest.'

'Nee, maar er groeit een boom door het dak. Mijn god!'

'Och.'

'Goed, dan gaan we kijken.'

Ik sta op, knoop mijn vest dicht.

'Nu meteen?'

'Ja, nu meteen. Is dat ook weer opgehelderd.'

Ik denk, ik hoop, dat het gebouw onherstelbaar is ingestort. Ik wil dat daarbinnen een ravage heerst waar niets meer aan te verhelpen is. Liever een schoon afgekloven skelet dan een zieltogend lichaam dat het nog moet uitzingen. Ik wil dat Dimka onze oude droom laat liggen, want we hebben geen adem meer om het leven in te blazen. Balancerend op één voet heeft Lev zijn rubberlaarzen aangetrokken, ik doe het hem niet na, nu loopt hij fluitend om de veranda heen, het bos in tot zijn deuntje zachter wordt en zijn sneeuwspoor kleiner. Ik hou hem amper bij. Laat hem iets nieuws in zijn hoofd halen, zei de dokter, dan hoeft hij zich het oude niet te herinneren. Een hobby, of hij geen hobby's had? Ja, de lucht en het water, zei ik, en de dokter, jonger dan ik, riep uit dat meer mensen dat zouden moeten doen, dat we aan het mooiste in het ondermaanse voorbijgaan en daarom zo ongelukkig zijn. Bij het afscheid drukte hij Lev de hand alsof hij een Wijze uit het Oosten was, naar mij keek hij meewarig.

Verdomd dat nu juist die gedachte in me opkomt, terwijl ik het trapje zie waar ik gisteren op de trein heb zitten wachten. Stel je voor dat Lev nu nooit meer terugkwam. Dat hij een tijdje tussen de bomen zou lopen, het laboratorium links liet liggen en de beek overstak, ons sprookjesbos doorkruiste zonder iets te plukken. Dat hij bij de grote weg kwam en de spoorlijn, waar er voor hem geremd zou moeten worden tot de hele trein tot stilstand kwam, maar dat hij zou doorlopen zoals verwarde mensen dat doen, voortgeduwd door hun eindeloze woede, naar het zwarte meer, tussen de bommen en granaten de grens over. Ik denk dat ik hem zou laten gaan en dat ik naar jou zou rennen, machinist. Er is een belofte die ons bindt. Ik ga ervan uit dat je geen vrouw hebt, of hooguit eentje uit een slecht huwelijk, die altijd kwaad is als je eindelijk thuiskomt. Maar ik zou gezellig naast je gaan zitten, om samen te staren naar duizenden kilometers zonder tegenligger, we hoeven niet te spreken, we zouden eindeloos over de ijzeren bielzen varen.

Nerveus roep ik Bamsja bij me, ze kwispelt niet. Er hangt iets in de lucht, dat voelt zij ook. Verderop bestormt Lev de bouwval met een klauwhamer. Daar hengst hij de dwarsbalk van de voordeur, daar schopt hij haar al open. Er zal een geur vrijkomen als uit de hel. Er zullen torren van de rotte zolder in onze nekken vallen. Ik sla de kraag van mijn jas hoog op maar ruik toch wat ik nooit meer wilde ruiken. Houtrot. Larvenpulp. Nog iets rampzaligs. Jaren heeft het hier naar zaagsel geroken, van de verse balken die we van de vrachtwagen laadden. Maar in één dag is die geur weggevaagd. Eén dag was genoeg om alles te bederven. Met mijn neus in mijn das stap ik achter Lev aan over de drempel. Op het eerste gezicht lijkt het mee te vallen. De bedden staan nog steeds op de vliering, met matrassen en al, maar het laboratorium is een plantenkas geworden. Overal groeit wel wat. De onderzoekstafels zijn in bezit genomen door woekergewassen, door het gat waar de magere kastanje naar boven groeit, valt het zonlicht naar beneden. De wortels klauwen op een tapijt van klimop over de planken vloer, de wanden glanzen van de schimmel. Door de knal van de voordeur regent het loof, stof, dode en levende insecten op onze hoofden en in het zonlicht weer omhoog, om opnieuw naar beneden te dwarrelen in een hopeloze cyclus. In de deur naar de hokken hangt een horzelnest in de vorm van een schreeuw – twee ogen, een neus en een opengesperde mond van spinsel –, daarachter is niets te vinden dat er nog op wijst dat hier ooit dieren hebben geleefd. Ik was de laatste die deze hokken uitmestte, nu ligt er nog geen plukje haar. Maar in de medicijnkasten staan nog potten met op formaldehyde geprepareerde organismen, kuikens, vleermuizen en in de vlinderkast hangen poppen die weliswaar nooit meer open zullen gaan. Onbegrijpelijk dat niemand die kunststof replica van een opengewerkte duif heeft gestolen. Lydia heeft die nog voor ons meegebracht, samen met een stuk of tien andere modellen. Lev strijkt over de snijtafel, inspecteert de kachel, tikt opgewekt op een ruitje hier en daar. Aan de muur vraagt een omgekrulde poster iets in een vreemde taal over het vosje op de foto. Daaronder, op de vloer, ligt een kluitje vogellijkjes. De bekjes, opvallend intact, staan wagenwijd open, alsof ze de geraamtes waar ze aan vastzitten nog proberen te voeden. De moeder heeft buiten, in de kruin van de boom, een nest gebouwd, maar de kuikens zijn in dit schimmenrijk gevallen.

'Ik moet hier weg,' zeg ik tegen Lev. 'Ik krijg geen lucht.'

Geen antwoord. Hij bladert bladzijde voor bladzijde door een lege blocnote die hij van de grond heeft opgeraapt.

Als ik buiten kom stopt de wind. In de stilte hoor ik mezelf nog ademhalen, maar Bamsja stopt met hijgen, ze weet wat er komt.

En het komt onmiddellijk.

Ik wou dat ik nog tijd had om Lev te roepen, hem vast te houden en gerust te stellen. Maar daar trekt de hemel zich al open. Zo hard klonk het nog nooit. De eerste toon, traag en kolossaal, sleept zich van oost naar west door het luchtruim. Alsof God met de meubels schuift. Dan valt er een stilte, die, dat weet ik nu al, niet lang zal duren. Er bouwt zich iets op om aan te zwellen. Een register lager nu, snelt een roestige jank over onze hoofden. Het doet geen pijn aan je oren, want het is nergens in het bijzonder op gericht. Het is eenvoudigweg overal. Als het voorbij is zullen we het niet kunnen nadoen, niet met onze stemmen en niet fluitend, we zullen het niet eens kunnen omschrijven. We zullen denken dat we het ons hebben verbeeld. In een nieuwe korte stilte schreeuwt Lev precies zoals vanochtend in zijn slaap. De deur vliegt open en daar komt hij naar buiten gerend, zijn mond open, zijn beide vuisten in zijn ogen gedrukt. Die deur, trouwens. Ik herinner me hoe hij die er ooit in heeft gehangen, op een warme, vruchtbare zomerdag waarop alles gul aan het leven was. Die deur was de laatste hand aan ons leven hier, met één joviale omhelzing was mijn man klaar met de toekomst, en niets, nog geen geur of geluidje, wees erop dat dit net zo goed een plek des onheils kon worden.

Daar zet het weer in. Lev verbergt zijn hoofd in zijn armen, probeert te hurken maar verliest zijn evenwicht. De lucht is betrokken, geeft verder niets prijs, er vliegt niets, er schemert niets, er zijn zelfs geen wolken die dit geluid kunnen meenemen. Ergens uit dat effen vlak komt het tevoorschijn en we kunnen er niet onderuit. Een valse orgeltoon stopt op het hoogtepunt van zijn volume, daarna is het weer zo stil als het was. Mijn hart dreunt in mijn borstkas. De hond staat als versteend op de grond. De bomen wuiven zachtjes. Boven hun kruinen is een lichtblauwe veeg achtergebleven: de sporen van een god, die zich uit de voeten heeft gemaakt.

6

Toen we het voor het eerst hoorden veerden we verheugd op. We dachten dat iemand op een alpenhoorn speelde, of zoiets. Eindelijk een beetje leven in de brouwerij! Maar we herstelden ons meteen, want dit geluid was te groot voor menselijke oren. Het ging ons niet aan. Het moest wel het bijverschijnsel zijn van iets geheims, zoals de dingen in dit land zo vaak over onze hoofden gingen. Ze willen ons weg hebben, zei Lev, het is niet meer de bedoeling hier nog te wonen. Dit is herrie waarmee je ongedierte verjaagt. Misschien is het de luchtmacht, zei ik, halen ze iets supersonisch uit. Ultrasonisch, knikte Lev toen maar, vooruit, dat moest het zijn. We dronken thee met grote slokken, het onheil verdampend als soldaten aan het front. Zijn angst: alles om hem heen. Mijn angst: alles in hem.

Ik hoef niet te weten wat dit geluid precies is. Het lijkt een beetje op de fluittonen die elektrische locomotieven maken als ze zich in beweging zetten op besneeuwde rails. Maar met magnetische velden of aanloopstromen heeft dit niets te maken. Zo klinken onze dingen nou eenmaal, melancholischer dan in welk land dan ook, omdat we over rails beschikken waar geen einde aan komt en een winter die van geen wijken weet en nog zo wat omstandigheden waarvan je gaat janken en roesten. Misschien is het in gang gezet door de tijd, die niet langer stil wilde staan. Dat proces begon negen, tien, weet ik hoeveel jaren geleden. De dagen werden steeds korter en we moesten dingen afraffelen om de oude routine vol te houden. We begrepen er niets van! Lev vond het belangrijk om te benadrukken dat het niet aan ons lag, dat wij geen oudjes waren die trager zijn geworden en alles om ons heen als sneller ervaren. Hij is nog een tijdje fanatiek gaan hardlopen om dat te bewijzen. We voelden ons nogal bekocht, het waren de jaren waarin zoveel achteruitging en nu zaten er ook nog minder minuten in de uren. Uiteindelijk verdiepten we ons er niet meer in. Wij, wetenschappers, deden er het zwijgen toe en staarden in onze thee. Ik hoopte voor Lev dat hij het raadsel accepteerde. Want aan haast kun je nog wel wennen, aan angst nooit. Angst is als zevenblad, boven de grond kun je de bladeren wel losrukken maar in de donkere diepte wortelt het gewoon door.

Hij slaapt nog, de ouwe. Ik zit hier alleen aan de keukentafel. Voor mij ligt de telefoon, opgeladen en wel, te wachten tot ik het nummer van Dimka intoets en hem op de hoogte breng van wat ons gisteren is overkomen. Maar hoe moet ik het omschrijven? Het was geen simpel onweersbuitje. De lucht huilt, maar hier valt niets te troosten, intens verdrietige mensen willen ook met rust gelaten worden. Toen het geluid kwam viel het donker en het werd die dag niet meer licht. Lev bleef de hele avond knipperen met zijn ogen, schokken met zijn schouders. Als hij zo trekt met zijn mond, hoop ik dat hij in lachen uitbarst. Je weet het nooit, met een beetje geluk kan versimpeling lichtzinnigheid brengen. De vader van mijn moeder, voorheen een bittere, zwijgzame man, ontpopte zich door zijn dementie tot een hartelijke praatgraag. Hij had in zijn deugdelijke leven toch kans gezien flink wat moppen te verzamelen, die met het klimmen der jaren steeds schunniger werden; triomfantelijk wapperde de geilheid op zijn zinkend geheugen.

Maar Lev is er tot dusverre alleen maar ernstiger op geworden. Nervositeit heeft de humor graag, echte angst wordt er woest van. *Nadja en ik zijn nergens bang voor!* Volgens dat adagium hebben we toch zo'n dertig jaar geleefd. We waren niet bang voor dronken dorpsgenoten die de moeite namen om 's nachts naar ons toe te komen en kadavers, die ze van de grote weg hadden afgeschraapt, op onze stoep te leggen. We waren niet bang voor de wolven, die hun sporen steeds dichter om ons huis trokken. Ik was nog niet bang van mensen, laat staan van monsters. En ik was niet bang voor Ilja Platneus, de schrik van de buurt. Ilja woonde in een boomhut bij de rivier, als hij tenminste weer even op vrije voeten was. Hij was voorzichtig met zijn woorden, omdat hij voor mij het kampjargon wilde vermijden dat als een zweer aan zijn tong was gegroeid. In de stad, zei hij, praten ze snel maar blijft niets hangen, achter het prikkeldraad praten ze traag en blijft alles hangen, en hier zou je niet eens moeten willen weten wat de mensen uitkramen, hier moet je naar de vogels luisteren en je hart. Soms ontsnapte er een spraakwaterval aan hem. Dan deed hij wat levenswijsheden van de hand, waarna hij me wegjoeg met de stok die hij had gebruikt om vis aan te drogen. Ik kwam graag bij hem terug. Die ingeslagen neusbrug met het ronde, opgewipte puntje eronder verschafte zijn voorkomen iets kinderlijks, zoals ook zijn ogen nog blauwer leken door zijn verweerde huid. Een keer liet hij me zijn tatoeages zien en legde hij uit dat het schip betekent dat hij ooit een gastartiest was, een crimineel die buiten zijn eigen gebied werkt. Hij wist van Lev, vond hem een sikkeneurige man en begreep niet hoe ik het met hem uithield. Maar hij maakte geen avances naar mij. Hij gaf alleen om een goed gesprek, zoals sommige straatkatten een aai over de bol verkiezen boven voedsel. Elke keer als ik bij de rivier kom hoop ik dat hij er weer staat, tot zijn matrozenhemd in het water. Misschien zit hij nu een echte straf uit, maar misschien heeft hij gewoon een andere rivier gevonden, eentje die hem met rust laat.

Zonder Lev zou ik de eenzaamheid beter kunnen verdragen, met of zonder rare geluiden. Als je werkelijk vrij bent, niet vastgeklampt door wie of wat dan ook, is het niet erg om alleen te zijn. De geluiden zouden gewoon een verschijnsel zijn dat ik niet hoef te kennen, zoals die er zoveel waren toen we nog zo'n beetje dieren waren. Hoe bang was de prehistorische mens nou helemaal? Leidde die soms een sluipend bestaan, zat die bevend van angst in zijn hutje? Nee, die hoorde het aan en maakte er een verhaaltje van voor het slapengaan. Vredig dromen in de armen van de een of andere god! Toen ik nog studeerde, kreeg ik geen genoeg van hersenkrakers. Het zal wel met de leeftijd te maken hebben dat ik nu juist verlang naar gedachten van weinig woorden. In die tienduizenden jaren, toen hooguit een vuursteen tot bijl werd geslepen, waren we verdomd goed in stilte. Nu weet ons brein niet meer wat het ermee aan moet, werpt het maar wat op. Een geluid, een waanbeeld. Gevangenen, maar ook kosmonauten kennen dit verschijnsel, en hechten geen waarde aan de lichtfiguren die opdoemen in het eindeloze donker voor hun ogen. De oude holbewoners, die zich suf staarden op het zwart in hun grotten, hoefden deze luchtspiegelingen alleen maar over te trekken en nu zien wij het als kunst. Maar wat dachten deze mensen wel niet te horen? Dat heeft niemand vastgelegd.

Ik zal Dimka niet bellen, hij zal het alleen maar aangrijpen om ons voor gek te verklaren, zodat hij zijn plannen erdoorheen kan drukken. Liever loop ik naar buiten om de dieren te aaien. Dat heb ik al dagen niet meer gedaan. In de taxonomie van mijn huishouden zakken ze regelmatig naar het niveau van de vuile was en andere verplichtingen. Dan zijn ze niet meer dan honger en stront. Van tijd tot tijd moet ik mezelf eraan herinneren dat ze ogen hebben om in te kijken. Nu ik ze benader zonder ze achter hun vodden te zitten kijken ze verbaasd terug. Gelukkig laten ze het nog toe dat ik ze aanraak. Niet de horens, maar wel achter de stevige oren, van boven naar beneden over de stugge haartjes van de geitenneus. Niet de heuvelkam, maar wel de vochtige hals vlak onder de manen, ook mag ik mijn wang tegen het warme vlak van de kauwspieren leggen. De hond staat me toe om haar zachte lippen weg te trekken, ook al ziet ze het nut er niet van in, weet ze niet hoe potsierlijk haar voortandjes zijn, hoe leuk het is om aan haar beweeglijke neusdop te zitten. Nu tonen zelfs de kippen interesse in mijn handen. Geen dier, zelfs een aap niet, met zijn rimpelige, langgerekte handpalmen, kan strelen zoals de almaar onderzoekende mens.

'Goedendag!' klinkt het opeens.

Pikzwart, als een gat in het witte landschap, staat daar vader Igor, of, zoals wij hem noemen, de Zogenaamde Pope. Als het moet wil ik best in God geloven, maar niet in de Zogenaamde Pope. Met een vragend gezicht legt hij zijn hand op het poortje. Alsof ik hem nu nog kan weigeren. Hij is onze enige buurman, uit een leeg dorpje zeven kilometer verderop, waar hij een ruïne van een kerk onder zijn hoede heeft die hij toch elke zondag vol krijgt. Zegt hij. Zoals hij ook zegt dat hij door de bolsjewieken tot een voettocht naar Siberië is gedwongen, eind jaren zeventig nota bene, op bastschoenen natuurlijk, en dat hij revelaties ontvangt van de heilige Johannes de Harige. Ik blijf de hond aaien, probeer zijn blik te peilen. Igor heeft een nogal wisselvallig humeur. Of zijn bezoek een lust wordt of een last, kun je zien aan de manier hoe hij door het tuinhekje komt: met een duw van zijn pens of een trap uit zijn tabbaard, waarin hij graag mag zitten stinken aan onze keukentafel. Maar dit keer doet hij het hekje rustig open, met zijn hand. Aan de ligging van het kruis zie ik dat het vlees onder zijn gewaad sneller is gegroeid dan de baard erop.

'De lente laat niet lang meer op zich wachten,' zegt hij, 'ze hebben warmere temperaturen beloofd voor het einde van de week.'

Hoera voor het weer, dat geen geestelijken nodig heeft, waar iedereen over kan meepraten, omdat niemand er meer van weet dan de ander.

'Gisteren is Dimka bij mij langs geweest.'

'Aha.'

'Hij heeft zijn zorgen geuit over zijn vader.'

'Die slaapt nog.'

'Dat hoopte ik eerlijk gezegd al. Dan zouden we het gesprek wellicht binnen kunnen voortzetten?'

Aan de keukentafel, halverwege de kom soep die ik hem heb moeten serveren, verzinkt hij in gepeins. Als het waar is dat hij de tocht naar ons huis te voet aflegt, dan is dat waarachtig een wonder. In ieder geval verwacht hij dat zijn vochthuishouding zo snel mogelijk op peil wordt gebracht, niet alleen met kraanwater, ook al is dat volgens hem afkomstig uit een heilzame bron. Heilzaam en onuitputtelijk, daar steekt hij zijn hand voor in het vuur, als het hier allemaal ophoudt zal hij persoonlijk op zoek gaan naar de oorsprong van ons water, ook al moet hij op zijn knieën voor moerasgeesten die wel even ouder zijn dan het gekerstende moedertje Rusland. Paleozoïsch oud, denk ik, en minstens zo kwaadaardig. Als het er zo voor staat met de Zogenaamde Pope, dan is alles om ons heen heilzaam en zegenrijk. En als hij aan het einde van de avond weer door het hekje schommelt geloven Lev en ik altijd even in God. Maar vandaag peinst hij. Zijn gezicht is gespannen, al dat gezellige vet is in zijn wangen samengetrokken. Het gaat om geld. Wedden? Veel mensen krijgen zo'n zuinige smoel als het gesprek over het geld zal gaan.

'Nadja, ken je de parabel van de talenten?'

'Wie niet.'

'Jij en Lev hebben een gave gekregen. De gave van de kennis, en de gave van het anderen onderwijzen in die kennis. Maar net als de slaaf uit de Bijbel hebben jullie deze talenten in de grond begraven, omdat jullie geleid worden door wantrouwen. Dat is zonde! Ook ik leef in de wildernis, maar ik laat de mensen delen in de vruchten van mijn ziel, ik verschans mij niet in wantrouwen en ongeloof, je moet zaaien en oogsten, Nadja, nu ja...'

'Zal ik u nog bijschenken?'

Hij schrikt op uit zijn gemompel. Het zou niet de eerste keer zijn dat de Zogenaamde Pope hier in slaap zou sukkelen, of dat hij de gitaar uit de hoek zou pakken en met dikke tong 'Here Comes the Sun' zou spelen, maar nu bedankt hij voor de wodka, nu is het opeens zijn eer te na. Ik neem er zelf nog eentje. Kan me niet schelen dat het nog geen middag is.

'Dimka vertelde me van jullie biologisch station,' zegt hij. 'De zomerkampen. Ik heb me er destijds een beetje buiten gehouden, woonde hier toen nog niet zo lang, maar als er iets is wat onze mooie streek uit het slop kan halen, is het dat wel. Iedereen kan ervan profiteren.'

'Iedereen?'

'Nu ja, we zouden kunnen samenwerken. We zouden ons op dezelfde doelgroep richten, op de stadskinderen, die niet meer buitenkomen, die zich blindstaren op die computers van ze. Hun zielen, Nadja, als je eens wist hoeveel kinderzieltjes verdoofd zijn door dat duivelse internet!'

'U weet wat hier gebeurd is?'

Hij maakt een wuivend gebaar, grijpt zijn soepkom om hem leeg te drinken. Die zegelring is rommel, zie ik nu. Synthetisch. Hij heeft er nooit bij gehoord, niet bij ons, ongelovige armoedzaaiers, maar ook niet bij onze patriarch, die een Zwitsers horloge draagt van dertigduizend dollar. Ach, onze arme, synthetische, Zogenaamde Pope. Het is niet aan mij om een barst in die plastic steen te slaan of het blikken kruis van zijn borst te trekken, de voldoening van zo'n ontmaskering zou snel plaatsmaken voor ongemak. En wie beter dan een Zogenaamde Pope zou kunnen preken over dit vergeten gebied, met de nooit in kaart gebrachte moerassen en spookdorpen die in de boeken tot het inwonertal nul zijn veroordeeld? Natuurlijk weet hij wat hier is gebeurd. Dat weten ze tot in Velikieje Loeki, misschien ook wel in bepaalde kringen in Sint-Petersburg en Moskou, want wat er gebeurde was uitzonderlijk. De pope houdt zich van de domme, of durft er niets over te zeggen. En ik begin er niet over, want bijgelovig ben ik wel: over onheil moet je niet napraten, dan overkomt het je weer. Ik hou de fles omhoog. Echt niet? Een slokje? Kom op! En ja hoor, hij zwicht. Tien minuten later zie ik weer de oude hippie die op een zekere dag merkte dat een soutane beter om zijn pens paste dan een spijkerbroek.

'Nadja,' zegt hij, moeizaam slikkend, 'wat gebeurd is, is gebeurd. Niemand wilde het en toch is het gebeurd, zo gaan die dingen, Gods wegen zijn ondoorgrondelijk, maar hij doet de dingen niet zomaar. Laten we zeggen dat het de wil van God was. Laten we zeggen dat het een ongeluk was. Maar nu is het wel genoeg geweest, hoe langer jullie je talenten begraven, des te groter de zonde groeit. Je moet je nooit de kaas van het brood laten eten, al helemaal niet door het Westen, dat ons, Russen, met haar en huid wil opvreten...'

Op dat moment komt Lev de keuken binnen. Hij ziet Igor, hij ziet de wodka, hij ziet mij, ik schiet in de lach, maar hij natuurlijk niet.

'Wat is hier in hemelsnaam aan de hand?'

'We zitten aan de drank.'

De Zogenaamde Pope gebaart dat Lev erbij moet komen, en hij gehoorzaamt nog ook. Slaapdronken zit hij al snel op onze golflengte, duikt hij in zijn soep, en als Igor vraagt hoe het met hem gaat, antwoordt hij zonder omhaal: 'Slecht, vadertje. Ik ben blij dat u er bent, want ik moet u iets vertellen.'

O, mijn Lieve Heer in de hemel, Lev wil de pope over de geluiden uit de lucht vertellen, maar kan de woorden er niet voor vinden. Ik schop onder de tafel tegen zijn scheenbeen.

'U heeft het niet gehoord gisteren?' vraagt hij, onverstoorbaar. 'Hoe laat was het, Nadja?'

Ik haal mijn schouders op.

'U heeft niets gehoord? Van boven.'

'Nee,' zegt de Zogenaamde Pope, 'wat had ik moeten horen?'

'Huuuu,' brult Lev, 'hoeeee-aaa... het beslaat de hele lucht, hoe heeft u dat nou niet kunnen horen, het was gigantisch, oorverdovend! Rond het middaguur was het, toch, Nadja?'

'Rond het middaguur zat ik aan het lijkmaal van Konstantin Nikititsj,' zegt de Zogenaamde Pope, 'een ziel die ik al veel eerder zijn rust had gegund. Het was geen vliegtuig?'

'Niets ervan!'

'Een Antonov?'

'Alleen een vliegtuig dat in zijn hangar probeert op te stijgen zou zo'n geluid maken, en dan nog...'

'Een straaljager die door de geluidsbarrière gaat?'

'Dan hoor je een knal, vadertje. Een optelling van alle trillingen die hij te snel af is geweest.'

'Lev Valerievitsj, ik vrees dat ik daar maar weinig verstand van heb.'

'Dit is een traag geluid, het jankt traag over het hele luchtruim, uuuu, aaaaoooeeee, het is een tragisch, maar afschuwelijk hard geluid, de wolken trompetteren, van links naar rechts door de hemel...'

'Wolktrompetten?'

'Zoiets, toch, Nadja? Klinkt het niet als een vals muziekinstrument, of zelfs een heel orkest van valse muziekinstrumenten?'

Ik zou het niet meer weten. Ik kan het geluid niet terughalen. Het was een hallucinatie, ja, ik begin dat steeds sterker te geloven. Daarom kwam het ook pas toen Dimka was vertrokken. Het werkloze brein van Lev is aan het knutselen geslagen en ik volg hem in zijn waanzin, zoals ik hem mijn leven lang in alles heb gevolgd.

'Als trompetterende wolken...' herhaalt de Zogenaamde Pope, 'u bedoelt toch niet...'

Hij slaat een kruis, begint te prevelen.

'Met een bazuin van groot geluid zullen zij Zijn uitverkorenen uit de vier windstreken bijeenbrengen, van het ene uiteinde van de hemelkoepel naar het andere.'

Lev leunt voorover.

'U citeert de Bijbel,' stelt hij vast.

De Zogenaamde Pope knikt langzaam.

'Zo staat het er letterlijk? *Een bazuin van groot geluid*?'

'Letterlijk. Wat u zonet omschreef, Lev Valerievitsj, staat in de Bijbel. En niet één keer, maar meerdere keren. De apostelen en de profeten hebben erover geschreven.'

'Ik lees dat boek niet, zoals u weet. Op welke bladzijde staat dit? Ik zoek het op, ik laat het opzoeken!'

Zijn hoofd loopt om, begint te ratelen, en de Zogenaamde Pope ziet zijn kans schoon.

'Mattheus heeft erover geschreven,' zegt hij, 'en Marcus, in de Rede van de Laatste Dingen. En in de Openbaring van Johannes, natuurlijk. Zulke verschrikkingen als er in die tijd zullen plaatsvinden, zijn er nooit geweest en zullen er ook nooit meer zijn. De sterren zullen uit de hemel vallen... *Hemel en aarde zullen verdwijnen*, zei de Heere, *maar mijn woorden zullen nooit verdwijnen*. Wij spreken hier over het Einde der Tijden.'

Lev schuift zijn glaasje naar me toe. 'En hoe wordt dat Groot Geluid dan wel beschreven?'

'Als de bazuin des Heeren. Het is de stem van God. Ook de Joden schrijven dat de opstanding der doden met trompetgeschal zal worden aangekondigd. De krachten der hemelen zullen bewogen worden. Het is geen goed nieuws.'

'Juist wel toch?' probeer ik. 'Als ik het goed begrijp, wordt de bazuin pas geblazen nadát alle verschrikkingen op ons neer zijn gedaald, nietwaar? Maar wij zijn er nog!'

'En wat is de verklaring?' schreeuwt Lev nu, veel te hard.

De Zogenaamde Pope krijgt het moeilijk. Hij kijkt van Lev naar mij, en dan naar zijn handen.

'Nu, misschien dan toch, wat hier toen is gebeurd...'

'Nonsens!' roep ik. 'Wij zijn er nog, en ook de hemel en de aarde, vadertje, zijn er nog. Halleluja! Kijk maar, de zon breekt zelfs door!'

'U moet mij in deze staat nu niet om de letterlijke woorden vragen,' zegt de Zogenaamde Pope geïrriteerd, 'maar ik heb u gewaarschuwd, en ik vraag u, de volgende keer als u het geluid hoort, beter op te letten, de sterren zullen uit de hemel vallen, de kinderen zullen zich tegen hun ouders keren en de vaders zullen hun kinderen afslachten...'

Wat een lef, om ons na twee kommen soep zo'n angst aan te jagen. Ik wil opstaan, weg van de woorden. Terug naar de pelzen en snuffelneuzen van onze dieren, die laten niks los over een eventueel einde der tijden, maar ook niet over het begin ervan, ze leven in cirkels en dat zouden wij ook moeten doen. Om te beginnen aan deze tafel. Laat ik nog maar eens inschenken. Ja, dat doe ik, en dan ga ik opnieuw de dieren knuffelen.

Twee uur later is de Zogenaamde Pope verdwenen zoals hij kwam en is Lev in slaap gevallen boven het bijbeltje van mijn oma. God hebbe haar ziel. Plus de zijne, voor even dan. Ik ben dronken, moet overal om grinniken. Om mijn waanzinnige blik in de spiegel, om de afgezakte maillot tussen mijn benen, en als ik buiten kom, om het geluid dat mijn rubberlaarzen maken in de moddersneeuw.

Zelfs om de moddersneeuw, kun je nagaan! Ik zou vaker dronken moeten worden. Het leuke ervan is dat je om jezelf kunt lachen, omdat je opeens een ander bent geworden. In het benevelde hoofd op dat vreemde, onhandige lijf is altijd een hoekje vrijgehouden voor je nuchtere ik, en dat zit van een afstandje toe te kijken en te lachen. Tenzij je van dronkenschap een gewoonte hebt gemaakt. Bij alcoholisten lacht hun ik niet meer, heb ik gehoord, maar vloekt het. De dieren vatten de grap niet. Ze staan achter hun tralies met strakke gezichten, met die zogenaamde verstandige, pedante dierenzin van ze. Niks uitnodigend! Zelfs Bamsja is uit haar rol van mensenvriend gevallen, want natuurlijk doen ze allemaal maar alsof, de dieren, de een speelt het spel beter dan de ander. Ze negeert me, mijn hond is zo onverdraagzaam als de wind, deze gure, natte Russische klotewind die maar voortraast. Ja, altijd onderweg, die wind! Waarom, in hemelsnaam, waarheen nog, als het einde der tijden in zicht is?

7

De kleur van ons roestbruine badwater flatteert mijn bleke buik, waar ik te veel drank doorheen heb gespoeld. Daar hebben we de ouderdom, het zeikwijf dat het feestje komt verstieren als je ziel nog staat te dansen, daar is ze, hallo, onaangenaam kennis te maken. Wat voel ik me belabberd. Kotsmisselijk en duizelig, mijn maag zuigt zich samen van het zuur. En ik mag toch hopen dat mijn benen alleen maar zo dik lijken omdat ik als een wrak op de bodem lig. In dit bad, dat toen ook nog niet zo ruw en roestig was, hebben andere vrouwenlijven gelegen. Jonger dan deze. Ik heb ze allemaal gezien. Ik zal ze stuk voor stuk aan je voorstellen, machinist.

Vera, mijn kleine schone baadster, zat al in deze kuip toen het water nog helder was en het email zo wit als zij. In het begin dobberde ze mollig rond als een bal, later vouwde ze zich over haar lange benen om haar teennagels te lakken. In bad zong ze hard en vals, ze droogde zich niet af en liep druipend naar de keuken om iets te drinken te pakken, als ze daar de hond tegenkwam met zijn verharende pels, omarmde ze die gewoon. Omdat zij zich nooit over zulke dingen druk maakte, deden wij dat ook niet. Van een mooi en vrolijk mens is niemand vies, ook al rook ze naar paardenmest en zat er altijd aarde onder haar nagels. Dieren reageerden anders op haar. Mij begroeten ze als een lijfeigene zijn meester, met strakke leden peilen ze mijn humeur om te gehoorzamen of niet. Bij haar kwispelde, snorde en brieste alles, niet alleen in onze eigen belachelijke bedoening maar ook daarbuiten.

Lev en ik hebben altijd geweten dat Vera haar charme niet aan ons te danken had maar aan de omgeving waarin ze was geboren. Het gebeurde regelmatig dat we een dier of plant tegenkwamen waarvan we zeiden: kijk, dat heeft Vera van hem. Het goedlachse van onze vergevingsgezinde oude hond Rodin. Het levenslustige van de beuk, die elk jaar in één klap groen blad uit zijn oude jas tevoorschijn goochelde. Haar warrige hazelnootbruine strengen had ze van de oevers van het Loknovomeer, die daar net zo mysterieus zijn verdwenen als ze kwamen groeien.

De zomerkampen brachten veel jongens mee die niet veel ouder waren dan zij. Ik zag hun ogen oplichten als ze haar zagen, maar daarna keken ze altijd weer snel naar ons. Ze begrepen dat de dochter van de professor te veel was van alles wat ze verlangden. Te woest, te wonderlijk en te eerlijk om eens rustig verliefd op te worden. Toch gunde ik ze allemaal een kus van haar, omdat ze nog in dienst moesten, waar er niets zou overblijven van hun zachte jongenszielen. Er was er trouwens maar één die haar interesse had. Joeri. Een zwijgzaam, witharig joch van een meter negentig, een soort blonde Plov leek hij, zoals hij haar begeleidde op zijn potige O-benen. Voetbalbenen, verbeterde Vera ons, Joeri was geselecteerd voor de jeugdafdeling van Dinamo Moskou. Hij was geen groot licht. Ik heb nooit gevraagd wat ze uitvoerden als ze in de nacht verdwenen. Haar seksualiteit was er opeens, alsof het met een regenbuitje over haar was gekomen, en daar hadden mijn woorden niets te zoeken.

Zo los en eerlijk Vera was, zo preuts en achterbaks was Ksenija, de oudste dochter van Lev uit zijn vorige huwelijk. Ze was maar een jaar jonger dan ik, maar sloeg haar knokige staken over elkaar als ik de badkamer in kwam. Ze was altijd vies van ons huis. En van haar vader, die haar moeder had verruild voor een wicht. Zo noemde ze me. Met een wicht kon het 'niets anders zijn dan platte lust'.

Waar haalde ze het lef vandaan? Vanaf het begin waren de rollen omgedraaid en speelde zij voor wijze, boze stiefmoeder. Ze haalde de droge was van de lijn en deed die opnieuw in het sop. Ze nam Vera uit haar wiegje en zei tegen Lev dat ik haar een uur had laten huilen. Over haar eigen moeder sprak ze als over een heilige, die sinds het vertrek van haar man haar balkon op dertien hoog niet verliet en pas 's avonds een paar zinnen over de lippen kreeg, uit de Bijbel of de revelaties van de goeroe Maria Devi Christos. Soms kreeg ik medelijden met Ksenija, maar vanwege haar rancune en smetvrees liet ze zich niet troosten. Ze wilde weg, van ons, van haar moeder en haar land, en daar is ze uiteindelijk in geslaagd. Ze werd vertegenwoordiger in cosmeticaproducten en kwam via de Finse groothandel in Duitsland terecht. Het is zielig, maar ik heb haar op geen enkele sensualiteit kunnen betrappen. Nu heeft ze zich weer tot de islam bekeerd. Het is de bedoeling dat we daarvan onder de indruk zijn.

Dan was er natuurlijk het steeds gezelliger wordende lijf van Lydia, met haar ene hand op de badrand met een boek erin, en de andere op een boei van een borst om haar sigaret droog te houden. Als ik zulke tieten had zou ik ze steeds ter bewondering hebben uitgestald, maar Lydia deed er niets mee behalve erop steunen. Bij discussies vouwde ze haar armen erover zodat ze nog imposanter werd. De mannen in haar leven waren makkertjes, magere wetenschappers die haar aan begonnen te raken als we met z'n allen rond het kampvuur zaten. Toen ik haar eens vroeg of ze soms op vrouwen viel, ontkende ze dat niet, maar werd ze kwaad vanwege de toon waarop ik de vraag had gesteld. Hoe het ook zij, ik had nooit gedacht dat de geestige, zelfstandige Lydia Ersjova in het minzame toneelspel zou trappen van dat Hollandse poppetje.

Van alle baadsters had die het bad het minste nodig, mijn god, wat was de Hollandse schoon van zichzelf. Niets had vat op haar, het roest in het water noch het vet van ons eten, de tijd, het leven, alles gleed van haar af. Spiksplinternieuw leek ze, terwijl ze toch even oud was als ik. Volgens mij vermageren vrouwen van hun principes, terwijl mannen dik worden van hun gelijk. Kijk maar naar de grote staatsmannen, in bijna alle gevallen groeide hun postuur naarmate ze langer en gerieflijker het ambt bekleedden, terwijl principiële vrouwen knakten, opdroogden, als spoken verdwenen. De dogma's van de Hollandse draaiden voornamelijk om lichamelijke gezondheid, iets waar wij oprecht nog nooit over na hadden gedacht. Ze bliefde niets van dierlijke oorsprong, van de weeromstuit besloot haar lichaam dan ook maar geen spoor van dierlijkheid te vertonen, zag ik toen ze in dit bad zat en ik over haar heen moest buigen om de uitgedoofde geiser aan te steken. Haar lichaam was haarloos. Ze mocht dan slank zijn, onder haar huid hield het spierweefsel zich op de vlakte. Niets spande zich aan in deze vrouw, alles aan haar was van een weerzinwekkende gelijkmoedigheid. Misschien kwam het door haar dieet. Die vrouw at niet, ze peuzelde, minzaam negerend wat ze met haar freulevingertjes naar haar pruilmondje bracht, wat in feite erg onsmakelijk is om te zien. Als ik haar een klap had gegeven had ze er nog van genoten ook, want net als Ksenija had ze besloten tot het serene geslacht te behoren. Sommige vrouwen verschaffen zich een mysterieuze aandoening als schoonheidsideaal, anderen kiezen een dieet, weer anderen hebben aan hun lap stof genoeg om hun oppervlakkige geest mee te bedwingen; in ieder geval zijn het vrouwen die zichzelf constant aan het bedwingen zijn. En het werkt, machinist, mannen trappen erin, vermoeden diepgang achter het vrouwelijk kwijnen. Het zou mij niets verbazen als veel heilig en zalig verklaarden stomvervelende, ijdele vrouwen waren, te lui om te werken en te armhartig om lief te hebben. En altijd zullen deze vrome hoofdjes de aandacht afleiden van werkelijk moedige, geestige hoogvliegers, zoals Lydia. Daar is het ze precies om te doen. Lydia had dat mens hier nooit naartoe moeten brengen. Laten we geen woord meer aan haar vuilmaken. De Hollandse martelares heeft gekregen waar ze naar op zoek was. De mensen zullen aan haar lippen hangen, met haar verhalen over het wrede Rusland.

Maak je keuze, machinist. Vier badende wijvenlijven. Op het mijne zit inmiddels wel wat vet op de botten, van de andere kan ik dat niet garanderen. Kijk eens hoe ik het bad van alle kanten opvul, als een makreel in de olie, het water bereikt mijn navel niet eens. Hoe staat het met jouw lijf? Ook dikker geworden, zeker? En je hoofd? Alles nog op een rijtje? Zitten alle tanden en kiezen er nog in, of zijn ze bruin geworden van het roken? Ach, op je eenzame kilometers ziet toch niemand hoe je je longen volzuigt met koolmonoxide, bij thuiskomst word je vast niet op je paffende wangen gekust. Kom op, machinist, rij eens even door, ik moet eruit, het water is afgekoeld.

Intussen heeft het huis zich ontfermd over de slaap van Lev. Zijn deur is open, hij kreunt en piept zich een weg door zijn dromen. Daar hangt een nieuwe maan, een beetje kleiner dan de vorige. Dat koele, blauwe hemellichaam verplaatst zich elke nacht van het ene raam naar het andere in deze kamer. Op sommige nachten lijkt het of er rare bulten op groeien, als voorwereldlijke struiken. Ik trek mijn pantoffels over mijn natte voeten en weet op welke planken ik moet lopen om geen geluid te maken. Het ruikt hier naar aceton. Lithium. Op zichzelf geen onprettige geur, lijkt een beetje op overrijp fruit, maar je moet er niet aan denken dat het van de oude batterijenfabriek komt, die drie kilometer verderop ligt. De sluiting, bijna twintig jaar geleden, was een drama voor het dorp. Er kwamen vijfduizend mensen op straat te staan, maar wij hadden weinig medelijden. Het waren dorpelingen, al even giftig als hun productie, ook toen ze nog wel werk hadden. Ze waren hier niet voor de natuur gekomen maar voor de fabriek, en toen die werd gesloten vertrokken ze niet onmiddellijk, maar keken ze eerst nog even rond of hier nog iets te halen viel. Mensen, hele gezinnen die we nooit eerder hadden gezien, niet op zondagse zondagen en niet in de zomervakantie, struinden opeens door deze bossen. De kinderen verzamelden de paddenstoelen, de volwassenen zetten de wildklemmen uit. Alles werd meegenomen; zelfs de kleinste boleten, die wij altijd lieten staan om verder te groeien, werden uit de grond gedraaid voor verkoop in de stad. In de klemmen kwamen ook oneetbare dieren terecht met een pels die te armzalig was om iets op te brengen. We hoorden hun doodsnood. Daarvóór kenden we elk geluid van de nacht, sliepen onze kinderen in op de roep van de bosuil en het antwoord van zijn wijfje, werden ze niet eens wakker van een stel vechtende wilde zwijnen achter het huis. Maar door de stropers hoorden we nu ook de stille dieren, de eekhoorntjes en de wezels. Ze gilden het uit van paniek. Op een nacht kwam hier een konijn door de deur naar binnen, wij waren nog niet gaan slapen. Met de oren plat in de nek, de ogen wijd open, stoof het door de gang op ons af. Klaarblijkelijk zocht het naar een veilige plek en vond die tussen de katten op de vensterbank, waar het bloed vanonder hem vandaan begon te sijpelen. Bij nader onderzoek begrepen we dat hij zijn staart had losgerukt. Na de genezing kwam er een sluwe blik over hem, groeiden op zijn pels de vlekken van een luipaard en at hij mee met de katten. Vis vrat hij, vlees.

De plundering duurde een eeuwigheid. Zij die nog een beetje benul hadden van hun omgeving vertrokken als eersten, de onmensen bleven tot er niets meer te halen viel. Deze figuren ontzagen de natuur niet en ons evenmin. Je kunt je nog zo afzonderen, vroeg of laat duwt de armoede de mensen je kant op. Ze stalen eerst onze eieren, toen de kippen, toen de stront die was blijven liggen. Lev betrapte eens een vrouwtje op het afknippen van Plovs lange staart. Natuurlijk, het was het geld, dat nooit was wat het leek en waar je in de jaren negentig steeds meer van nodig had. Van honderden, duizenden roebels werden het plotseling miljoenen.

Omdat we zo autarkisch leefden, duurde het even voordat de misère ons bereikte. De crisis begrepen we pas toen we de nullen telden op de rekeningen van water en elektriciteit. De doffe ellende bereikte een dieptepunt. De mensen waren verziekt door armoede, dronken wat ze maar konden vinden tot alles zwart werd, van de tenen aan hun ontstoken voeten tot het licht in hun ogen. Vanachter onze ramen zagen we hoe ze de tulpen afsneden in ons tuintje en we zeiden er niets van, omdat dit al geen mensen meer waren die zich lieten aanspreken. Toen ons erf leeg was, kwamen ze bij het laboratorium in het bos. Alles werd ontmanteld. Ze staken de onzinnigste zaken bij zich, een weegschaal, pipetjes, glasplaatjes, delen van onze droom die in dit nieuwe land allang geen waarde meer hadden. De lichtbron en de microscoop die we zelf nog niet verkocht hadden, wat moesten ze ermee? Alleen het beddengoed lieten ze achter, en de mooiste van onze geprepareerde zoogdieren en insecten, maar niet nadat ze eerst het glas hadden stukgeslagen. Ze dronken de formaldehyde uit de potten met ongeboren dieren, alsof het een toverdrank was. Misschien hoopten ze daarmee hun enige bezit, hun schamele lijf en leden, te kunnen behouden.

Daarna ruimden we puin. We haalden de bleke lijfjes uit de scherven en legden ze op de werkbank. Wij konden ze niet meer bewaren en de natuur kon ze niet meer ontbinden. Lev zei dat het nog steeds ons Laboratorium van de Onafhankelijkheid was, omdat ze er alleen de spullen van weg hadden genomen, niet de gedachte. Sterker nog, zonder spullen zou de gedachte sterker worden, konden we onze autarkie overtuigender uitdragen, zouden we opnieuw beginnen en nog onafhankelijker worden dan we al waren. Maar hij zag ook wel dat alles was veranderd. Wij, de kinderen, de natuur – voorgoed. Sinds de plunderingen hebben de seizoenen maar wat gedaan en van alles dat verdween, bleven de geluiden. Ook toen we de klemmen en vallen stuk voor stuk hadden verwijderd, bleven we het vreemde geschreeuw in de nacht horen. Misschien kondigden de dieren de Grote Geluiden uit de hemel aan.

Mooi, de afwas staat al in de gootsteen. Dat heb ik met mijn dronken kop toch nog voor elkaar gekregen. Ik had iets moeten eten bij het drinken, mijn vader zei altijd: dek een tafel in je maag voor de borreltjes die je er uitnodigt, anders gaan ze met elkaar op de vuist. Maar de Zogenaamde Pope heeft niets overgelaten. Als ik een krakeling uit de broodtrommel pak schrikt er iets achter het raam. Ik kan het niet goed zien, het lijkt op een reusachtige, stuurloze mot, misschien is het een ruige dwergvleermuis, gewekt uit zijn winterslaap. Als de handvleugeligen terugkeren naar de beschutting van onze veranda zijn we misschien nog niet helemaal verloren. Een tijdje hebben we heus goed samengeleefd, de natuur en wij. Maar ik denk dat ze het ons betaald heeft gezet voor wat andere mensen, andere misplaatste primaten, hebben uitgehaald. De dorpelingen, die in de stad zijn gaan wonen en hun waardeloze buit allang vergeten zijn. Misschien dat hun leven zich nu wel naar verwachting voltrekt. Maar wij hier weten niet meer wanneer de lente ophoudt en de zomer begint. Soms begint de winter en wordt het toch weer herfst, om een dag later weer volop winter te zijn. En soms valt de nacht en blijkt het maar een opwelling te zijn geweest van de dag, en wordt het doodleuk weer licht, uren langer dan de bedoeling was. Het is om gek van te worden. Zoals elk dier wil ook de mens kunnen rekenen op het leven, op een zon die ondergaat en een nacht lang niet meer opkomt. Het is niet prettig als vogels opeens besluiten iets anders te gaan zingen, of als water langzaam van kleur verandert. Het is vervelend als er nieuwe dingen opduiken in een gebied dat je denkt te kennen als je broekzak, en dat ze dan, zonder tekst of uitleg, weer verdwijnen.

Een paar jaar geleden vond ik met Plov in het bos een

put, gestapeld van een soort breuksteen dat helemaal niet voorkomt in deze streek. Nooit meer teruggevonden. Het was een hete zomerdag, ik dacht dat het paard wilde drinken maar het vertrouwde de zaak niet, weigerde. Ik stapte af, liep naar de rand en moest ver vooroverbuigen om mijn weerspiegeling in de diepte te zien. Ik kreeg hoogtevrees van dat kleine gezichtje op het verre wateroppervlak. De wanden waren koel en vochtig, alsof iemand er pas nog iets uit had gehaald. Je hebt het gedroomd, zei Lev, toen we de volgende dag vergeefs op zoek gingen, je hebt weer wodka zitten drinken en bent met je zatte kop op Plov geklommen. Maar het paard had het ook gezien.

Een miljoen, een miljoen, vuurrode rozen...

Klinkt dit deuntje nu werkelijk uit de woonkamer, of alleen in mijn hoofd? Zoveel uren zijn er voorbij, en ik ben nog steeds niet nuchter.

Onder het raam staat de kunstenaar, die nauwelijks adem durft te halen... la, la, la...

De tekst gaat in het liedje vergezeld van een toverachtig deuntje, alleen in Rusland wordt zoiets een hit. Misschien blijf ik voor de rest van mijn dagen halfdronken op dit vergeten adres wonen, me vastklampend aan de sierlijst langs deze wand... ha! Dat heeft iemand toch een keer besloten, dat het handig is om in onze huizen versieringen aan te brengen op tasthoogte. Datsja's zijn er om dronken en blind in rond te spoken, eeuwenlang als het moet. Daar zijn we, eindelijk, daar zijn we bij mijn man in zijn vierkante slaapkamer. Ik hurk naast hem op de grond. Dat ademt maar door. Toen we hier net woonden lag ik vaak wakker naast hem. Ik staarde naar zijn slaapgezicht en werd er steeds banger van. Hij lag er precies zo bij als nu, zijn gezicht als een masker op het kussen. Er is geen gedachte op achtergebleven, en geen gevoel, nog geen glimlach voor mij. Uit zijn droge baard ademt een droom waarin ik niet voorkom. Hij heeft zich nooit afgevraagd waarom ik hem toekwam. Waarom hij de rest van zijn oude leven over een vrouw mocht beschikken die mooier en wijzer was dan zijn oudste dochter. Hij liet haar wat zien. Leerde haar een en ander. Maakte een plekje voor haar aan de oever van een moeras. Dat was dat. Zo had ik dat ook moeten doen met Vera. Ik had met haar mee op pad moeten gaan om wat te zien, wat te leren, en daarna had ik een plekje voor haar moeten maken tussen de hazelnootbruine strengen van het Loknovo, zodat niemand haar kon plukken. Daar is Levs hand. Hij aait de poederige roest van het badwater van mijn arm, en door het licht uit de gang zie ik mezelf weerspiegeld in zijn ogen. Het is een heel klein en bang gezichtje, dat ik nauwelijks herken.

8

Iemand is naar ons toe gekomen en weer weggegaan. De voorjaarszon probeert een voetspoor weg te smelten dat niet van ons is, want wij hebben het huis vandaag nog niet verlaten. Als ik dichterbij kom zie ik dat het een herenschoen is. Ik kijk om me heen, in de verte wordt mijn blik alleen door de bok beantwoord. Hij vindt er wat van.

'Bloeblabloeblahaha!'

Het huis reageert binnensmonds. Afknallen, dat mormel. De voetstappen hebben een grof profiel, halverwege het pad lossen ze op in een bandenspoor dat ook een lus maakt. En ik heb niets gehoord. Was jij het, machinist? Ben je gisteren laat uit je trein gestapt om eindelijk naar me toe te komen zoals je had beloofd, maar ben ik met mijn dronken kop door je bezoek heen geslapen? Misschien verlies ik mijn vermogen om vreemdelingen te ontvangen. Zo gaat dat met mensen die alleen op de ware wachten. Zo kon het gebeuren dat er een tijdje terug een man werd gevonden in de provincie van Krasnojarsk die niemand anders verwachtte dan Stalin. Al die tijd had hij zich voor Stalin op een zolder schuilgehouden. Hij was ook een laatste inwoner, zoals wij, maar had hier geen flauw benul van; zijn stadje was enkel ontstaan omdat hij er met een paar duizend medegevangenen een spoorlijn naartoe had aangelegd, biels na biels vanuit het niets naar het niets, en het verdween weer toen de spoorlijn werd opgeheven. Toen de gevangenen werden opgehaald, wilde dit meneertje niet mee, hij wilde in de stad blijven die hij in het leven had geroepen. Hij heeft zich verstopt en het volgehouden, dat kan in dit land, je kunt hier bang genoeg worden om je zestig jaar in een gestorven stad te verbergen.

Als ik me omdraai zie ik onze brievenbus in de sneeuw liggen. Hij is van het paaltje gevallen en er zit post in. Dit is heel raar. Waarom bezoekt een postbode ons dorp van nul? We hebben ons heus niet vermenigvuldigd, nul keer nul blijft nul. De leegloop, dat zijn wij. Het spijt ons, Moedertje Rusland, we hebben twee kinderen in het leven geroepen en hele schoolklassen geleerd hoe ze moeten overleven, we hebben ons best gedaan, maar het spoor is toch doodgelopen. Voorzichtig pak ik de brievenbus van de grond. Het arme ding heeft de bemoeienis uit alle macht proberen tegen te houden. Dat iemand ons post heeft gestuurd is één ding, maar wie stuurde de postbode? Wie heeft besloten ons er weer bij te betrekken? De bovenste envelop is met de hand beschreven, die stop ik snel in mijn zak voor nadere inspectie. De andere twee zijn van het elektriciteitsbedrijf Rosnet. Driewerf hoera voor de elektrificatie van het vaderland! Steentjes raken kwijt, broodkruimels worden opgegeten, maar sinds Lenin een hoogspanningsnet over het land heeft gegooid hoeft geen burger nog van het pad te geraken.

'Nadjaaa!'

Hij wacht met zijn beide handen naast zijn lege bord op tafel. Achter hem staren de katten naar de pan op het aanrecht. Alles en iedereen wil eten, maar ik gooi alleen de post van het elektriciteitsnet op tafel.

'We hebben twee rekeningen gekregen.'

Lev pakt de enveloppen op, snuffelt eraan. Ik weet wel wat hij zoekt, hij zoekt die goeie oude geur van de Russische bureaucratie, maar anders dan onze paspoorten, studentenpassen en werkboekjes, die nu nog naar de sodiumsilicaat ruiken van de Sovjetski Kantselarski Klej, de optimistisch in hectoliters aangemaakte kanselarijlijm om eeuwen van socialistisch bewind mee te bestendigen, is deze post volkomen geurloos.

'PAO MRSK,' leest hij hardop. 'Net bezorgd? Wie zijn dit?'

'Elektriciteit. We doen nog mee, Lev.'

Hij kijkt me hulpeloos aan. 'Wat willen ze van ons?'

'Geld, logisch.'

Ik geloof mijn ogen niet als ik de rekeningen open.

'Heel veel geld. 301.006 roebel. En 178.642 roebel.'

Het zegt hem niets. Zijn ogen volgen onze wollige, met vuil en rag omsponnen elektriciteitsdraden die langzaam van het plafond loskomen.

'Ik dacht al dat ik wat hoorde vannacht,' zegt hij dromerig. 'Er klonken merkwaardige geluiden, best angstaanjagend, alsof er iets heel snel over ons huis vloog. Het ging niet hard, maar stiekem, het was niets mechanisch, maar iets organisch evenmin, het was, hoe moet ik het zeggen, iets wat nog aan het leven moest beginnen, ja! Iets wat nog geen deel van onze wereld uitmaakt maar dat wel heel graag wil...'

301.006 en 178.642. Dit zijn bedragen die niet naar een afronding neigen, ze zijn vierkant en bikkelhard, een som die misschien wel hoger is dan ons huis waard is. Ik vlieg naar de gang, hoor ze al ratelen. De getallen. Ik ruk de kelderkast open, schuif de conserven weg van de bakelieten meter. Daarop trekken de cijfers zo snel voorbij dat ze onleesbaar zijn geworden. Misschien is het hele dorp wel op deze meter aangesloten, knetteren alle spookgebouwen op onze kosten. Ik jammer binnensmonds als een hond.

'Wat is er?' vraagt Lev.

'De meter is op hol geslagen.'

'Knip 'm dan los. Afkoppelen, die hap, we hebben meer dan genoeg elektriciteit.'

'Ben je gek geworden?'

'Water is belangrijk,' zegt Lev, kauwend op een broodkorst. 'Elektriciteit niet. De buitenlucht is de ijskast en voor de rest tappen we het af van Serpjakov. Vindt hij niet erg.'

'Serpjakov is al tien jaar weg, of dood, net als Zjenja Klimov. Mijn god! Zo moeilijk is dat toch niet te onthouden? Mensen hebben het eeuwige leven niet, vooral niet in onze omgeving.'

Opperste verbazing. Als hij me zo aankijkt besef ik dat hij meestal mijn blik vermijdt, alsof ik een tegenligger ben op de verkeerde weghelft. Bang om het spoor helemaal bijster te geraken. Het goede nieuws is, voor hem dan, dat de wonderen de wereld nog niet uit zijn. Dankzij zijn geheugenverlies zullen het er alleen maar meer worden, wat een heerlijk vooruitzicht! Ik wil hem uitleggen dat Serpjakov weg is, zoals zoveel dingen die ons leven lief maakten, maar daar gaan zijn ogen alweer, op zoek naar woorden.

'Maar ik bedoelde helemaal niet...' stamelt hij, 'ik bedoel, dan kunnen we toch nog wel zijn elektriciteit aftappen? Nadja toch...'

'Wat is het probleem?'

'Ach laat maar,' zegt hij. 'Weet je, ik heb vannacht zo akelig gedroomd... ze kwamen voor de kinderen.'

'Wie zijn "ze"?'

Dé vraag om te vermijden als iemand de kluts kwijt is.

'Zij die nog geen deel uitmaken van onze wereld maar dat wel graag willen. Zei ik toch? Eerst haalden ze alle zuurstof uit de lucht. We kregen geen adem! Daarna pakten ze het licht. We doolden rond als blinden, op de tast. Jij ook, Nadja, jij was nog banger dan ik. En toen...'

We horen het allebei. Een echo uit de lucht, op zo'n lage frequentie dat een mens hem niet zou moeten kunnen horen. Het trilt na in mijn voetzolen. Boelka vlucht slippend in de bocht naar buiten. We houden onze adem in, maar er komt niets meer.

'En toen?' vraag ik luchtig, om hem weer bij zinnen te brengen, maar hij zit alleen maar wat te ademen. Hij heeft met beide handen het tafelzeil gegrepen, gaat het niet loslaten.

'Je droom,' dring ik aan, 'ik was nog banger dan jij, zei je. Nou? Vertel op!'

Maar hij zal deze dag niets meer zeggen.

Het griezelige in de wereld was nooit raadselachtig. Duizenden jaren leefde de mens in een weelde van mysteriën, die je onopgehelderd naast je neer kon leggen. Soms namen ze de vorm aan van een wonder. Leve de raadselachtige tijd! Over echte gevaren daarentegen valt niet veel te vertellen. Ze dulden geen inspraak. Het zijn alleenheersers, onverdraagzaam en absoluut, en we zwijgen als ze dreigen. We proberen ze te ontmantelen met bijnamen en codewoordjes om ze toch maar, tegen beter weten in, tot raadsels te versleutelen. Wij noemen hun oudste dreiging niet eenlettergrepig bij de naam, zoals de meeste volkeren, in het Russisch wordt hij nogal omslachtig als 'de honingkenner' omschreven. Een sprookjesfiguur dat liever van een raatje peuzelt dan van een kinderbeentje. Zelfs de beren in het Melkwegstelsel hebben we zo genoemd, terwijl er daar geen honing te vinden is. Gagarin heeft nooit honing gegeten in de kosmos. Ik hou van beren. Ze bevolkten de gelukkigste tijd van mijn leven.

Waarom zou je bang worden van grote geluiden? Wees blij dat de natuur ons nog voor een raadsel stelt. Het is een doodvermoeiende gedachte dat alles in onze macht ligt. Nu de mens elke cel van zijn bestaan heeft blootgelegd, kan hij wel wat romantiek gebruiken. Een sterk verhaal, ook goed. Als je niet op elkaar uitgekeken wilt raken moet je elkaar regelmatig sterke verhalen vertellen, dat weet elke honderdjarige. Kijk, deze bomen die nu aan me voorbijtrekken – ik zit laag op de slee – zien er telkens anders uit. Vandaag zijn ze kwaaiig, sommige kraken vervaarlijk, eentje gooide zojuist een tak omlaag die me lelijk had kunnen verwonden. Ik zit hier alleen, voor mij heb ik alleen een paardenkont die het beest roept als het poept: plov, plov, plovplov. Geen interessante conversatie, toch zit ik hier op mijn gemak. Ik ben niet bang. Want al het gevaar dat ik hier ontmoette, herkende ik onmiddellijk: het waren de mensen en hun honger. Het zullen altijd mensen zijn voor wie we moeten vluchten. Zeventig jaar geleden vluchtten de mensen in onze bossen ook voor elkaar. Ze kropen op handen en voeten terwijl het in hun hoofden spookte. Daar waren voor de oorlog stellige overtuigingen in geschoven. Over wat van wie was, wie waar hoorde en wie niet. Het zijn altijd dezelfde ideeën, maar met de dood in de ogen blijft er eentje over: *ik wil hier blijven*. Onder de hemel, die nog ver van me vandaan blijft, met mijn voeten stevig tussen deze bomen, de woudreuzen van mijn kindertijd. Niet alleen wij, ook de vijand groeide tussen deze bomen op: fijnsparren en grove dennen. Maar de meeste van die mannen stonden niet meer op. Ze bleven liggen op het zachte gras van de venen en de natuur verzwolg hun lichamen, spuugde de kogels uit als meloenpitten. Soms vind ik er nog eentje.

Vort, verwend paard, loop eens een beetje door. Je overdrijft met die lompe passen, ik ben niet zwaar en deze sneeuw stelt niets meer voor. In 1942 werd hier een foto gemaakt van een Duitser die twee paarden overeind probeert te krijgen in een sneeuwstorm. Het linker had het opgegeven, het rechter zat zo'n beetje op de voorbenen, daarachter hield de man, ingepakt als een pop, de leidsels slap. Zijn mond hing open, misschien hijgde hij, misschien schreeuwde hij de dieren toe. Het wanhopige tafereel leek eerder geschilderd dan gefotografeerd, omdat de dichte sneeuw de scherpe randjes in sfumato had weggepoetst. Wat zou jij hebben gedaan, Plov? Blijven zitten, zeker. Alle begrip, hoor, ik heb ook een deserteur in de familie. Mijn opa van vaderskant heeft zich aan het front verstopt toen het erop aankwam. Het gebeurde bij de Desna, tijdens de tweede slag om Smolensk. Volgens mijn vader was hij in een holle eik in slaap gevallen, een holle bolle tovereik. Ik geloof hem, want die streek is bliksemgevoelig, daar krijg je holle eiken van. Opa was erg moe geworden van de artillerie en werd pas weer wakker in de herfst, toen de Duitsers al waren verslagen. Het waren niet de kanonnen van de T34 die hem wekten, het was het gezang van de soldaten. Dat is waarschijnlijk. Het is doodstil in het westen van ons rijk, niemand laat hier ooit een woord vallen, laat staan een lied, zoiets valt op. En als de rest van het land gelooft dat hier vlakbij een tiener een machinegeweer onklaar kon maken door er zijn arme lichaampje tegenaan te drukken, waarom dit dan niet? Hoe dan ook, Matrosov ging als held naar Lenin in de hemel en opa als deserteur naar Siberië, maar mijn vader zei dat hij dieper in de eik is afgedaald en daar eerst een hond tegenkwam met ogen zo groot als schoteltjes, daarna een met ogen zo groot als molenraderen en toen eentje met ogen zo groot en breed als de toren van Pokrov, en dat alle drie hem bergen geld brachten en zelfs een slapende prinses op hun rug om naar te verlangen, en ik knikte ja, heel begrijpelijk, dat opa nooit meer terugkeerde. Overigens moesten wij ook een tijdje weg. Dat komt door die sterke verhalen van je vader, zei mijn moeder, sterke verhalen moet je nooit rondbazuinen en al helemaal niet opschrijven, daar worden ze gevaarlijk van. Maar het leed was toen al geschied. De problemen begonnen toen ik, met mijn grote kindermond, de avonturen van opa in de boom voor de klas had verteld. Toen kwamen er opeens vreemden over de vloer die niet in sprookjes geloofden, ze kwamen steeds vaker en werden steeds onvriendelijker. Mijn vader mocht niet meer lesgeven, onze eenkamerflat in Leningrad moesten we leegruimen en zes jaar hebben we doorgebracht in het ellendige plaatsje Kommoenar, waar mijn moeder werk kreeg toegewezen in de kartonfabriek. Gelukkig vergaten ze onze datsja, die gebouwd is op een stukje grond dat van opa is geweest. Ooit, ergens heel ver weg, is hij gestorven.

Plov, je denkt het beter te weten, maar het pad loopt hier wat af, waardoor de slee tussen de strengen door tegen je hoeven kan glijden. Ik denk dat dit de laatste dag is dat we dit nog kunnen doen, het is gaan regenen en we sleeën meer op modder dan op sneeuw. Hier ergens moeten de overblijfselen liggen van het hutje van Ilja Platneus. Ooit hebben de mensen het in de fik gestoken, maar misschien vind ik nog een spoor van hem en zijn leventje, zoals het kussen dat hij demonstratief onder zijn hoofd schoof als hij vond dat het tijd was dat ik opkraste, of het geëmailleerde pannetje waarin hij begon te roeren als hij niet op een naam kon komen. Hij verbaasde zich er niet over hoe de dorpelingen aan de haal waren gegaan met het bos. Ze waren hun plek kwijtgeraakt in de fabrieksroedel. De mens is voor de andere mens een wolf, zei Ilja, maar wel een keurige wolf. In de strafzone vochten ze ook als wolven, dat wilde zeggen: zonder tanden, maar volgens de rituelen. Onderling doen wolven meestal alsof. Als bioloog wist ik toch wel hoe belangrijk rituelen waren voor wolven? En voor de eendagsvlieg in zijn haastige laatste uren, en de landschildpad, zijn halve leven in de rouw, voor de rivieren en hun ceremonies, de bomen die hun routine doorliepen, geen van deze wezens zei ooit bij zichzelf: weg met de traditie, ik geloof er niet meer in! Het leven draait om herhaling, het ging pas mis bij de schepsels die uit verveling hun rituelen hadden afgeschaft. Mensen die zo nodig oorspronkelijk moesten zijn en creatief, gingen in de strafzone snel ten onder, zei Ilja. En daarbuiten zaten ze aan de drank of bij de psychiater, al naargelang hun budget.

'Budget,' zeg ik hardop. Goed woord. *Boe-dzj-et.* Het woord maakt een rondje onder de berken en gaat liggen aan de oever van het water. Het duurt altijd even voordat het weerklank vindt. Plov reageert alvast, deelt een trap uit aan de zweng. Waarschijnlijk is mijn woordenschat afgenomen sinds ik met Lev leef. Mijn woorden verloren hun nut in onze gesprekken, soms pikte hij ze eruit om mijn ideeën af te wijzen, meestal negeerde hij ze. Hij merkte niet eens dat ik mijn mond begon te houden, legde mijn zwijgen uit als instemming. Maar ik had stiekem een oor ontwikkeld voor zijn monologen. Een groot, vriendelijk dierenoor zoals dat van Plov, dat alleen het hoogst noodzakelijke verstaat en de rest tot ruis verhaspelt. Op een gegeven moment ben ik mijn woorden maar naar buiten gaan nemen. Om uit te proberen in de hoogte, naar de bomen: *boe-dzj-et*! Omlaag, naar de kippen: Boe! Dzj! Et! Ik kan me geen taal voorstellen die het zo goed doet bij dieren als de onze. Welke taal zoemt en sist en ritselt zo tot hun verbeelding? Ik weet wel waarom Lev onze bok wil afknallen. Het dier biedt hem weerwoord.

Uiteindelijk was Ilja de enige persoon die me mijn zinnen liet afmaken. Dat luisteren zal hij wel in de strafzone hebben geleerd. Ik heb nooit willen geloven dat hij een echte crimineel was, ook al droeg zijn huid alle littekens en tatoeages uit het boekje. Voor mij was hij gewoon een behendige bostrol, die pakte wat hij nodig had. Dat was niet veel, zei hij, kijk maar, dit is alles wat ik heb, een goede hengel, die ik in de aarde begraaf als ik weg moet, dit mes, schoenen, wat keukengerei en een wolmatras. Ik mis hem nogal. Hij was alleen mijn vriend, niet die van Lev, die hij een paar keer heeft ontmoet bij het weghalen van de wildklemmen. Hij wees ons toen op het patroon dat ze vormden. Die stonden daar niet zomaar, zei hij, ze zijn uitgezet met de regelmaat waarmee je een akker zaait.

'De mensen zullen terugkomen om te oogsten, want dit is hun land, niet het onze. Zij waren hier het eerst, ook al wilden ze het niet hebben.'

'Het was andersom,' zei Lev. 'Het land wilde hen niet.'

'En ons soms wel? Zolang er geen nieuwe mensen komen, zijn wij nog steeds de vreemdelingen. Ook in de strafzone moet een jonkie geduldig wachten op de nieuwe aanwas, om zelf een oudste te worden.'

Maar jaren gingen voorbij, en wij bleven hier de enigen. We waren als laatsten gekomen en zouden ook als laatsten weer weggaan. Of helemaal nooit meer, zoals het er nu naar uitzag. Ilja vertrok nog een keer maar kwam somber terug. Het was daarbuiten niet meer wat het was geweest. De een na de andere oude makker ging de pijp uit en intussen stroomde de strafzone vol met ongedierte dat weigerde de taal te spreken. Ze zongen vals, zei hij. Hun liedjes uit de hitparade en hun tatoeages uit zo'n moderne salon in de stad: vals. Maar ze hadden echte kogels, en als Ilja niet heel snel vierduizend groentjes naar Moskou bracht zouden ze het komen halen. Ilja zei dat hij nooit voor zichzelf stal, maar voor anderen die hem moesten overleven. Ik zei hem eens dat ik wel heel veerkrachtig moest zijn, om zo te wisselen tussen het ene leven en het andere. Hij barstte in hoonlachen uit.

'Veerkrachtig? Nadja, ons hele verdomde volk is zogenaamd veerkrachtig. Als een springveer die in de bank gedrukt blijft omdat het monster erop te beroerd is z'n reet op te tillen.'

We zaten ongeveer op deze plek, naast die omgevallen boom aan de rivier, te vissen. Hij drukte me op het hart niet te zwichten voor de rite van het geld. Het zou de laatste keer zijn dat ik hem sprak.

'Geld is een vervelende bemoeial,' zei hij, 'maar iedereen is verslaafd aan het spelletje, met die leuke biljetten en muntjes. Wist je dat het geld in je portemonnee niet van jou is, maar van de bank? Je mag het niet verscheuren.'

'Ik heb geen portemonnee,' zei ik.

'Houden zo,' zei hij, en op dat moment had hij beet. Hij griste zijn hengel uit de steun, zakte af in het slib en volgde de lijn waar de dobber omlaag was gedoken. Daar zwom iets furieus tegen de stroom in, maar Ilja was sneller, trefzeker, en trok het monster bij de onderkaak uit het water.

Een halfuur later hing de meerval met een bos wilde uien in zijn buik boven het vuur. Maak je over ons geen zorgen, zei ik toen we afscheid namen in het pikkedonker, op goed geluk zijn door het vuur verhitte, ruwe hand drukkend, wij zijn de koning en de koningin van het Laboratorium van de Onafhankelijkheid!

Als ik wist dat ik hem nooit meer zou zien, zou ik nooit zoiets bespottelijks hebben gezegd. Nog elke dag vraag ik me af waar hij is gebleven, wat hem is overkomen, of dat hij gewoon geen zin meer had om naar dit bos terug te keren. Misschien wist hij dat ook wij zouden zwichten voor het geld. Het duurde niet lang of de vervelende bemoeials voor wie hij ons waarschuwde, marcheerden ook ons huishouden binnen. Beduimelde Amerikaanse presidenten en vers gedrukte roebels met Peter de Grote en een legertje nullen. Vreemdelingen die de gesprekken domineerden, maar nooit gezellig bleven hangen.

Als we geen kinderen hadden gekregen, hadden we natuurlijk zonder gekund. Hadden we ons nog een keer omgedraaid, zoals elk dier zonder jonkies dat doet, hadden we zo nu en dan een graai gedaan buiten het hol voor de eigen behoefte. Maar Dimka verlangde geld en Vera nog meer. Dat had ik nou nooit gedacht: als kind wilde ze altijd landloper worden! Ze had daarbij het sprookjesbeeld voor ogen van een man met een knapzak en daarin een bol kaas, een homp brood en een fles wijn. Een man, inderdaad, net als ikzelf op die leeftijd koos ze haar rolmodellen niet uit op hun sekse. Maar uiteindelijk kwam Vera niet ver met die knapzak, want er moest geld in, steeds meer beduimelde groentjes en vers gedrukte nullen. Wat had ik dan moeten doen? Het was onmogelijk om haar tegen te houden, een blik op dat smoeltje en iedereen zou gezegd hebben: ga het maar zien met die droomogen van je, maar kijk uit voor je ze opent, want ze trekken je binnenste eruit... Wat had ik dan moeten zeggen? Als kleuter rolde ze al door de distels van een helling, omdat het er uit de verte zo zacht en wollig uit had gezien. Had ik haar soms naar Basjkortostan moeten sturen, om haar dromen als bruidsschat bij een veel oudere, wijze man in te leveren? Ze pakte haar knapzak en ging, maar haar wijde wereld werd al heel snel smaller en haar dromen werden angstiger. Wat dan, wat had ik dan? Haar hier in onze rust bewaren, zonder een cent op zak?

Ilja had gelijk. Je hoeft maar één keer naar geld te happen om aan je onderkaak omhoog te worden getrokken, en in de herrie naar lucht te snakken.

Het bos maakt plaats voor zonlicht. Een opruiming waarbij veel sneuvelt. Soms ploft er iets, soms breekt er wat, alles moet weg, alles moet weg. Dit is hoe de Russische lente begint: met sijpelen en glinsteren en de geur van vergeten paddenstoelen. Ze hadden voor de sneeuw geplukt moeten worden, nu komen ze zwart en opgezwollen als drenkelingen naar de oppervlakte. Uit mijn natte jas haal ik de envelop boven. Een dikkerd. Waarschijnlijk zit er niet alleen een brief in maar zijn er foto's bijgevoegd. Er zijn postzegels op geplakt met landschappen die veel op de onze lijken. FLUSSAUE IM UNTEREN ODERTAL, staat boven een boom in de avondzon. Het is, alweer, een brief van Ksenija. Alweer. En zoals altijd heeft ze hem alleen aan haar vader geadresseerd. Ik besta niet voor haar. Ik scheur de envelop open en staar naar de woorden. Sinds haar emigratie is haar handschrift opvallend veranderd, de letters staan nu los en onhandig op het papier. Zal wel opzet zijn. Dat we weten dat ze enkel voor ons nog naar het schrift van haar moederstaal terugkeert. Wat een eer! *Een nieuw huis met vijf kamers en een groot gazon*, schrijft ze, *genoeg plek voor iedereen*. Ze wil dat Lev komt logeren, een krankzinnig idee. O, kijk, *Esma is het mooiste meisje van haar klas*. In haar vorige brief was ze nog de slimste! Ze is trots, heeft haar enige kind laat gekregen. Als ik de velletjes omsla beweegt Plov zijn oren, dat is de enige respons die haar brieven zullen krijgen, want er staat geen vraag in over ons, niets over haar vader of haar moederland, ze schrijft over ene Mehmet, het is Mehmet dit en Mehmet dat, hij poseert voor de lens met zijn dochter in zijn armen alsof hij haar net uit de zee heeft gevist. Wat moeten deze felle kiekjes in onze verlegen Russische lente, dat knalblauwe water, die rode zwembroekjes, die zonnebrillen op die bruine smoelen, wat heeft dit zomergeweld in mijn handen te zoeken, wie zijn de volslagen onbekenden die me met hun flitsogen aangrijnzen vanachter een volgeladen tafel? Jij, Ksenija, met je sultan uit Mönchengladbach, wat moet jij nog van ons? Op de laatste foto staat ze zelf, met hoofddoek. Ze nam bij haar trouwen zijn geloof aan alsof het een pannenset was, maar binnen deze vrome omlijsting is ze nog even ijdel als vroeger. Er waren tijden dat Ksenija haar lokken witblond verfde, er waren tijden dat ze voor het orthodoxe Pasen een folkloristische krans droeg. Wat ze ook deed met dat hoofdje, het bleef beperkt tot de buitenkant. Ook zij verliet ons voorgoed in het jaar dat ik me liever niet herinner, maar zij blijft schrijven. Zin na zin vangt ze aan met 'ik', en later met 'wij', soms gooit ze er een dichtregel van Poesjkin tussen, opdat we niet denken dat ze haar verstand is verloren. Nu bespaar ik Lev haar verhalen. Zoals zoveel emigranten heeft ze er twee, voor elke kant van de grens een, over en weer aangedikt of afgezwakt, maar altijd met haarzelf als stralend middelpunt. Het leven is beter geworden, het leven is vrolijker geworden daar in Mönchengladbach, kameraden! Ik trap er niet in. In elke tekst springen als eerste de cijfers naar voren, die van haar vormen bedragen in euro's.

Wat een wrede speling van het lot dat juist de mensen die ik kan missen als kiespijn toenadering tot ons zoeken. Eerst de Hollandse, die het via Dimka speelt, en nu Ksenija, die plotseling haar vader mist. Plov snuffelt aan een stukje papier dat langs zijn hoeven dwarrelt. De foto's laten zich moeilijker verscheuren. Het voorjaarsbriesje kan deze snippers niet oppakken, ze blijven liggen waar ik ze heb uitgestrooid. Zoals de meeste giftige vruchten zijn ze te felgekleurd voor hun omgeving. Een dier kan erin stikken. Weet jij dat, machinist? Waarom de lieve mensen altijd uitstappen en de vervelende blijven zitten?

Als ik van de slee stap om de snippers te verzamelen, klinkt er een hard gekraak. Plov richt bruusk zijn hoofd op, staart naar de rivier. Dan zie ik het pas. Op nog geen tien meter afstand maakt zich uit de struiken een berg van een beest los. Het heeft ons allang herkend. Ik haar nu ook. Op het rinkelen van het tuig werpt ze een korte blik op het paard, haalt met haar snuit links en rechts wat geuren uit de lucht, daarna kijkt ze weer naar mij. Ze is vermagerd. Haar pels is nog steeds zo bleek, over haar kop loopt diezelfde donkere streep. Ze is zonder jongen dit jaar. Ik ontspan mijn handen, laat mijn hoofd zakken.

'Dag, Honingkenner. Goed geslapen?'

Ze neigt ernaar om zich op de achterpoten op te heffen, ook al heeft ze ons al lang en breed geroken, de hoefachtige als eerste, en weet ze dat ze niets van ons te vrezen heeft. Misschien wil ze zich ervan vergewissen dat de hond, dat andere beest dat zich met de mens inlaat, zich niet achter de slee heeft verstopt. De twijfel in deze kolos. Of het de moeite is. Ik zou haar vlees lang en geduldig moeten stoven wilde ik het wegkrijgen, zij zou met een haal van haar klauw, die ze nu zo behoedzaam op de grond terugzet, het mijne van het bot kunnen schrapen. Maar vis smaakt beter, heeft ze geleerd. Intussen gaat het bos verder met opruimen, krak, plons. Wij, zoogdieren, reageren er niet op. Dit is nu belangrijker. Er moet hier iets worden opgehelderd, iets uit de lucht genomen. De berin blijft kijken, met ogen die nauwelijks groter zijn dan de mijne. Stelt iets vast. Dan draait ze haar lichaam als een vrachtwagen in een nauwe straat, twee stappen achteruit, eentje schuin naar voren, en schrijdt ze weg zonder om te kijken.

9

Net als ik de pastei met vis aan het vullen ben, als Lev aan de keukentafel de radio uit elkaar haalt, als we onze handen vol hebben aan een vredige oude dag, dus, worden we met een krankzinnig geluid om de oren geslagen. Godsamme! Alsof er een Mexicaans orkestje door het huis marcheert. Lev verstijft meteen.

'Volgens mij is het de telefoon,' zeg ik terwijl ik mijn handen afspoel. Het getrommel en getrompetter stopt juist als ik het ding terugvind in de mand met aardappelen op de gang. Dimka, lees ik op het scherm. Daar gaat-ie weer.

'Hallo?'

Ruis op de lijn verhakselt wat de stem van mijn zoon zou moeten zijn. Het probleem ligt aan onze kant. Zijn woorden vinden hun weg wel door de ruimte, maar eenmaal beneden schiet elk signaal aan ons voorbij.

'Hoor je?' vraagt hij ten slotte.

'Nee, ik heb niets verstaan.'

'Esther.'

Luid en duidelijk. Mijn hand om de hoorn wordt slap.

'De Hollandse,' hoor ik hem zeggen, en: 'ze komt hierheen.'

Ik druk het scherm op zwart, daarna graaf ik het toestel diep tussen de aardappelen in. Ze hebben nog steeds geen uitlopers, voelen mooi stevig aan. Siberische piepers met een rode schil van het ras Aljona, een braaf, betrouwbaar ras, doen het hier beter dan de soorten uit het Westen.

'Wat was dat?' vraagt Lev, als ik terugloop naar het aanrecht.

'De telefoon.'

'En?'

'Verkeerd verbonden.'

Over zijn gezicht heerst nog steeds verbazing, maar zijn vingers buigen zich weer over het priegelwerkje op tafel. Op mij ligt de pastei te wachten met een bolle buik die verder wil worden gevuld, dichtgevouwen, afgesmeerd met eigeel en een uur gebakken in een matig hete oven tot de korst goudbruin is. Het geheel moet een krokodil voorstellen: een nogal wrede grap, om het ene dier in het andere te verpakken. De kop lijkt al goed, ik zou nog met de holle kant van een theelepel zijn vel kunnen bewerken. Maar ik pak een koksmes en klief zomaar het zachte deeg doormidden. De vulling valt eruit. Een paté van zachte witvis, geprakte harde eieren, dille en een uitje. Nog een snede, overlangs. Het lijkt nergens meer op. Ik zet mijn handen op de hompen en knijp tot de koude slierten tussen mijn vingers glippen. Een stuk valt op de grond.

'Wat doe je nou!'

'Het was mislukt. Het werd anders dan ik wilde.'

'Mens! Waar heb je het over!'

Hij komt naast me staan, stopt een hoopje vulling in zijn mond. Het rauwe deeg spuugt hij uit in zijn hand. Nog een hoopje, weer spugen, er is geen beginnen aan, de klonten zitten nu overal doorheen. Ik wend me af om mijn lach te verbergen. Waarom is geklooi met eten toch zo grappig? Een appel is dat al, als zo'n arme stakker over de grond rolt.

We lachen omdat er iets niet klopt, omdat er iets anders mee gebeurt dan de bedoeling is. We lachten al zo toen we nog op handen en voeten liepen.

'Blijf hier,' roept Lev als ik in mijn overschoenen schiet en mijn vest dichtknoop, 'laat je dit zo? Ben je gek geworden?'

'Laat me met rust. Ik moet roken.'

Als ik het pad voor ons huis afloop, valt me op hoe smal het is geworden. Het wordt te weinig gebruikt, daarom groeien de bermen naar elkaar toe, duwen de boomwortels het asfalt omhoog en nestelt het gras zich in de kuilen. Dit zijn onze wegen. Als alles in dit immense land recht en glad zou verlopen, zouden we onderweg in slaap vallen. Het leven moet niet te gemakkelijk zijn, daar wordt een mens ontevreden van, zei mijn oma al. 'In het Westen weten ze van gekkigheid niet meer wat te doen met hun dagen.' Toch keek juist zij reikhalzend uit naar het uiteenvallen van de Sovjet-Unie. Ze dacht dat onze steden op Parijs zouden gaan lijken en wij op Parisiennes. Haalde op haar tachtigste haar Frans uit de kast als een nooit gedragen bruidsjapon, en wachtte. Maar niets, hoor. Alles bleef bij het oude. Roestte gewoon een beetje door.

Van het pad kom ik op een veld, dat eens een akker was. In de verte zie ik de flat van het dorp en de pijp van de fabriek. Ik wil nu eens niet omdraaien en terugkeren en loop door over de verharde zaaiheuvels. Na een halfuur bereik ik het pleintje. Het waait hier altijd, zodat er ondanks het gebrek aan volk toch van alles beweegt: ramen, luiken, hekken, de schommels in de speeltuin, het losse portier in een Wolga zonder wielen, alsof ze de mensen proberen te lokken voor wie ze zijn gemaakt. Kom maar, kom maar! In een film zou een stem mij binnen vijf minuten geruststellen, maar hier is het gefladder het enige leven dat klinkt. Geen vredig geluid. Het is hier een rotzooitje. De plunderaars hebben ons bos leeggeroofd, maar lieten hun eigen rommel achter, spullen waarvan nog wel iets te maken was geweest als je inventief was, en vooral hoopvol. Op de bar van het pannenkoekententje staan zelfs nog glazen, gifgroen uitgeslagen van het mos dat ook over de stoeltjes is gegroeid. In de schaduw herken ik een afgebladderde wandschildering van het beertje Misja, de mascotte van de olympiade in 1980. Ik loop door naar de medische post, een gebouwtje van stalinistische snit. Het gekoer is hier oorverdovend, de stoep is bedolven onder de stront. Iemand heeft nog moeite gedaan om een briefje op de deur te plakken met besluit N°45 zoveel, maar de boodschap is ondergekakt. Als ik op mijn tenen door het gebroken raam kijk zie ik de vrolijk gebloemde matrassen nog op de bedden liggen. In het zaaltje ernaast is een behandeltafel intact, maar de archiefkasten zijn omgetrokken en de vloer is bezaaid met zwarte röntgenfoto's. Ze klapperen zachtjes in de wind maar zijn te zwaar om weg te vliegen. Het zachte rinkelen herken ik, dat klonk de laatste keer dat ik hier liep ook, het zijn de haken aan de transportketting van de zagerij om de hoek. Een buizerd vliegt weg van de lantaarnpaal, die hij klaarblijkelijk verkoos boven de hoge bomen in het bos. Ondanks alles weten de dieren deze rotzooi nog te waarderen, deze harde, betonnen, niet te verteren rommel die onze soort op de aarde heeft neergekwakt om zichzelf in stand te houden. Kijk, hier werd hij gevoed, daar werd hij geamuseerd, en verderop probeerden ze hem op te lappen. Dit dorp had alles wat een mens nodig heeft.

Dat vond zij ook, de Hollandse. Ik zie haar nog rondlopen, met haar digitale camera. Ze maakte zwart-witbeelden van onze zogenaamde rauwe werkelijkheid. Prachtig, zei ze de hele tijd, waanzinnig! Ze dacht dat ik het niet begreep. Dat ik niet doorhad dat ook wij in zwart-wit op scherp werden gesteld. Esther heette ze. Een naam die zich niet laat verkleinen. Russische namen kun je altijd verliefteren, al heet je Rostislav en lopen je wenkbrauwen over in je baard, maar zij bleef ongenaakbaar Esther. Lieve hemel, van alle mensen die ons hebben verlaten komt nu juist *zij* terug. Terwijl iedereen ons is vergeten, heeft *zij* alles onthouden. Vroeger wist ik niet wat dat was, een indringer. Ik ben twintig jaar na de oorlog geboren in een groot, goed beveiligd land, en het gevoel door kwaadwillenden benaderd te worden was me mijn halve leven vreemd. Er waren wel eens bemoeials die onze tuin opvatten als publiek terrein, omdat er gekampeerd werd. Ze waren altijd dronken, maakten soms iets stuk, stalen ook wel eens wat, en natuurlijk, daarna begonnen de plunderingen. Dat waren dieven. Maar een indringer neemt niet alleen maar mee, die laat ook iets achter.

Esther liet, om te beginnen, benodigdheden voor het kamp achter. Professionele pakken, posters, pennen, kalenders. Dingen om uit te delen. Buitenlands geld. Een laptop, een printer, en het modem dat ons in verbinding zou gaan stellen met de grote boze buitenwereld. Een echte jeep, met reusachtige wielen en belachelijk glanzend koetswerk. En o ja, drukke dagen vol haast. Zij was het waardoor de tijd begon te rennen. Door haar werd wat we liefhadden vervangen door het vreemde, dat te snel ging om te leren kennen. O, ik geef haar te veel eer? Het was allemaal toeval? Ik zie haar alweer lopen hier. Ze zal haar vingers erbij aflikken, omdat het na al die jaren nog erger is geworden. Deze lege draaimolen zal ze zeker willen fotograferen, misschien ligt er nog een vergeten kinderschoentje in de buurt, dat doet het altijd goed op zulke plaatjes. Zij, vrouw van de wereld, zal hierin een dorp zien dat erbuiten is gevallen. Dat de Sovjet-Unie bijna vijfentwintig jaar niet meer bestaat, mag de pret niet drukken. Westerse toeristen bewonderen beelden van Lenin zoals ze in andere landen kathedralen bewonderen. Het is ze om de spanning te doen, de melancholie van een gefaald geloof. Ze herkennen het, vergis je niet, thuis hebben ze namelijk allang niets meer om zich aan vast te klampen. Geen Leninbuste meer in dit dorp? Jammer, maar daar staat de verlaten fabriek aan de horizon, kijk eens, waanzinnig! En bingo, een afgebladderde agitpropposter voor het dagelijks brood, hoe symbolisch. Het liefst zou ze Vera ervoor laten poseren. Ze zou haar grootste lens nemen en elke porie op dat arme gezichtje uitvergroten, zwart op wit. Op zwart.

Als ik over het veld naar huis ren, wordt het zomer. Want de vogels zingen nogal luid, de zon schijnt idioot fel, het gras wordt groener bij elke sprong. Misschien is alles al dichtgegroeid voordat Esther komt, zodat ze ons niet meer kan terugvinden. Kijk, er zitten al slakken hier en daar. Ik pak er een bij zijn huisje, hij schuift zijn oogstelen in en krult zich op tot ik hem heb neergezet bij zijn bestemming. Daar komt hij alweer. Wat vindt hij hier nou van? Was dit de hand van God of neemt hij deze plotselinge bespoediging voor eigen rekening?

Op de veranda zit Lev tevreden een sigaretje te roken. Naast hem op tafel ligt een boek opengeklapt, een losbandig werkje van de negentiende-eeuwse zoöloog Bogdanov over vogelveren. Ik neem de schommelstoel tegenover hem.

'Gisteren heb ik een beer gezien,' zeg ik hijgend.

Hij blaast geamuseerd zijn rook uit. 'Van ver?'

'Nee, van een metertje of tien, vijftien. Ze kwam bij de rivier uit de struiken tevoorschijn. Plov bleef netjes staan, maar rustig was hij niet, dat voelde ik dwars door de leidsels.'

'Had ze jongen?'

'Volgens mij niet. Geef eens een trekje.'

Lev staart een poosje glimlachend voor zich uit. Beren, denkt hij natuurlijk, ach ja. We keken altijd een beetje neer op collega's die zich in beren en wolven verdiepten; voor de hand liggende, Russische sprookjesdieren waar al zoveel over was geschreven. Van-dik-hout-zaagt-men-planken-zoölogie. De Studiegroep Beren bestond vrijwel uitsluitend uit jagers, mannen die terugkwamen uit het bos met armen vol sterke verhalen, terwijl wolfologen juist vrouwen waren, van het type dat meteen naar je sterrenbeeld vroeg. Maar ze beweerden allemaal over speciale gaven te beschikken, over een exclusieve, transcendente band met het wilde dier waarvan niemand moest proberen iets te begrijpen. Het verbaasde me, want het waren vrijwel allemaal zenuwpezen. Een hond zou er nog van weglopen. De mannen waren zuiplappen, de vrouwen huilebalken, en ze bevochten liever elkaars autoriteit dan dat ze samenwerkten voor de wetenschap.

'Herinner je je Sasja Mazjorov nog?'

'Flutonderzoek,' knikt Lev. 'Zou nooit zoveel aandacht hebben gekregen als hij niet op zo'n romantische manier aan zijn einde was gekomen.'

'Nou ja, romantisch... de meeste mensen hebben liever een strak opgemaakt sterfbed met kleinkinderen aan het voeteneinde.'

'Voor zichzelf misschien, maar bij een mooie jongen als

Mazjorov past een heldendood, hoewel ik het heldhaftige van zijn daden nooit heb begrepen. De Kamtsjatkabeer is niet eens bedreigd. Nee, die hadden onze Sasja hard nodig, hoor! Is trouwens zo'n beetje de meest onschuldige soort na de koala. Knuffelberen zijn het.'

'Hij is toch vergiftigd?'

'Ja, ja. Dood door vergiftiging, geloof je het zelf? Lijkt me nogal een geraffineerde methode voor die jagers. Dat slag knalt liever een kogel door je kop, schuift je horloge van je pols en legt je op een ijsschots. Waarom zeg je trouwens "ze"?'

'Wat?'

'Die beer. Weet je zeker dat het een wijfje was?'

'Ja. Omdat ik haar herkende.'

Sasja Mazjorov was helemaal geen vervelende man. Ik ben geneigd, opgevoed, om met Lev mee te praten en zijn wrevel tegen sommige mensen te delen, maar niks ervan, Sasja was geen typische berenman. Hij was geen jager, maar ook geen wetenschapper. Hij kon goed vertellen en mooi tekenen. Dit zou geen reden voor Lev moeten zijn om hem te minachten, ik vermoed daarom dat het zijn verschijning was, die tot de verbeelding van de studentes sprak, de mijne incluis. Hij ging altijd alleen op pad en kwam terug met verhalen die je graag geloofde, mits uit zijn, eerste, hand. Zodra je ze doorvertelde klonken ze te mooi om waar te zijn. Mazjorov was slank en rijzig en had een wonderlijk knap gezicht, met opgekrulde mondhoeken en een kuiltje in zijn kin, dik, soepel vallend, grijzend haar en knalblauwe ogen; kortom, de man zag eruit als een balletdanser en we konden ons moeilijk voorstellen dat hij met die sierlijke tred de vorst van Kamtsjatka trotseerde. Hij leek al sinds jaar en dag in het archief te werken, maar niemand wist precies hoe oud hij was, en of zijn werk tussen de boeken hem zo goed had geconserveerd of zijn expedities in de poolwind. De precieze toedracht van zijn dood is al even mysterieus. Alle versies die ik heb gehoord, bevatten delen van zijn eigen sprookjes. Van de wolf die hem op een ochtend wakker had gelikt. Van de Amerikaanse jager die niet wist dat hij zich op Russisch grondgebied bevond. Van de struik met gouden, bittere appeltjes. Men zegt dat hij door de Partij is vergiftigd, omdat hij een massagraf had gevonden in de permafrost op de Kronotski-krater. Ook ik ken het verhaal van de lichamen van karton, die in snippers uiteenvielen toen hij ze aanraakte. Van sommigen waren de pelsjassen afgenomen, maar toch kon hij ze nog goed herkennen als Korjaken. Eén meisje, vertelde hij, lag wel een halve meter diep in het ijs, maar keek hem recht in de ogen. Van haar hoofdtooi waren kralen gevallen, die lagen als tranen op haar jukbeenderen, en haar lippen waren zo rood dat het leek of ze ze vlak voor haar dood nog even had gestift. Voor haar heeft onze mooie Mazjorov de Kronotski nog een keer beklommen, en toen hij haar terugvond, glimlachte ze een beetje.

Misschien, zo luidt een andere versie, werd hij bevangen door hoogtegekte, is hij aan de zijde van de ijsprinses doodgevroren en door wolven als proviand naar beneden gesleept. Hoe dan ook, aan de voet van de vulkaan werd zijn ellepijp teruggevonden en zijn hand, met het horloge nog om de pols. Dat hoor je trouwens wel vaker. Als er slachtoffers van een wolvenaanval werden teruggevonden, werd er in de krant altijd verslag gedaan van de bezittingen, alsof die nog hadden geprobeerd het lichaamsdeel te redden waar ze aan vastzaten. *Een onderbeen, met de kous en schoen er nog aan.* Het slachtoffer had die ochtend nog de moeite gedaan om zijn veters te strikken, jammer, alles voor niets. *Een polsgewricht, het horloge er nog om.* Dieren verslinden ons met huid en haar, maar hebben geen boodschap aan de tijd.

'Dat was nogal een gek geluid zonet,' onderbreekt Lev mijn gepeins.

'De telefoon. Ik heb hem uitgezet.'

'Waarom?'

'Wie belt ons nou? Alleen Dimka, en die is nooit te verstaan. Het ligt aan ons, Lev, zelfs de satellieten hebben ons in de steek gelaten.'

'Wat wilde Dimka?'

'Niets, zei ik toch.'

Hij gelooft me niet. We kijken elkaar aan en denken hetzelfde, dat we elkaar liever wel zouden willen geloven. De achterdochtige weet altijd wat zijn tekortkoming is, vertrouwt zelfs zijn achterdocht niet. Ik zet af om de schommelstoel in beweging te brengen, het brengt een daverend gekraak met zich mee. Zou hij nog weten wie ze is? Misschien herstel ik iets in dat hoofd wat er juist goed aan heeft gedaan te verdwijnen. Lev kijkt nu triomfantelijk, denkt: voor de dag ermee. Probeer niet te liegen voor de routineuze leugenaar, want hij zal je inhalen nog voor je aan de klim bent begonnen. Geen weg meer terug.

'Esther,' zeg ik.

Zijn ogen lichten op. Ze zit er nog, als op de dag van gisteren.

'De Hollandse,' zegt hij. 'Komt ze terug?'

Ik knik zo'n beetje. Wat een glimlach, wat een klotegrijns verschijnt er op die smoel.

'Met de jeep?'

Wie weet betekende ze voor hem niet meer dan de luxe die ze bracht. De jeep, de spulletjes, het speelgoed. Misschien hoopt hij dat Esther onze rekeningen kan betalen. De Hollandse engel vliegt even over om te landen in het dieptepunt van ons bestaan, waarom ook niet? Ik duw me weer af, luister naar het gekraak. Nee. Laat maar doorratelen die meter, laat de hele belachelijke bedoening maar instorten, laat mij maar met schommelstoel en al door onze vermolmde dromen naar beneden donderen, liever zo'n iconische oudedagsdood dan dat zij de boel weer vlot komt trekken.

'Ik weet nog goed hoe ze daarmee aan kwamen rijden,' zegt Lev. 'Esther en Lydotsjka in de jeep...'

'Lydia reed altijd.'

'Die wagen zag eruit alsof hij net van de band was gerold. Driehonderd pk, zoiets, "sergeantgroen" heette die kleur, weet je nog? Sergeantgroen. Met het witte logo al op de zijkant geplakt, tiptop in orde. En Esther droeg een gewatteerde jas tot op haar enkels, en zo'n mutsje op haar hoofd als een kerstvrouwtje, dat was ze natuurlijk ook, de schat, want ze kwam ons cadeautjes brengen... herinner je je die medicijnkist nog? Zat voor een godsvermogen in. Het kon niet op allemaal! Al dat beddengoed voor de gasten, weet je nog? Waar is dat trouwens gebleven? Ik zou nu wel eens zo'n kussentje willen uitproberen.'

Ik dacht dat wij, oud-Sovjetburgers tenslotte, een gezond wantrouwen hadden ontwikkeld tegen alles wat uitstekend functioneert. Dingen en mensen die braaf blijven werken, nooit kapotgaan en ondanks alles hun glans behouden, zijn de gevaarlijkste elementen van een dictatuur. Terwijl over het gebrekkige het laatste woord nooit is gezegd. Gebreken nodigen uit tot improvisatie, op zich een ongewenste vaardigheid in de Sovjet-Unie, maar de spullen die ons van hogerhand werden toegeschoven vroegen erom; ze waren vaak niet af of er moest nog iets aan worden verholpen. En daar waren we allemaal heel goed in geworden. Alle Russische mannen weten hoe je met een ijzerdraadje een doorgeslagen stop kan repareren, hoe je een boormachine kan maken van een schoolmicroscoop, een sneeuwscooter van een kettingzaag. En we hoefden geen nieuw hoofdkussen, we jeukten 's ochtends de mijt uit onze haren en gingen verder met onze dag. Zo waren wij. Zo zaten wij in elkaar.

Ik blijf wantrouwig schommelen, Lev doet niet eens moeite om zijn glimlach te onderdrukken. Haar naam heeft een stukje van zijn hersenpan opgepoetst. Zou een leugenaar sneller dementeren dan een eerlijk mens, omdat hij twee levensverhalen in de lucht moet houden? Dubbelspionnen worden niet oud. Van overspel krijg je hartklachten. De eerste keer dat ik Lev betrapte, was ik geschokt door de armzaligheid van de toestand. Hij liep toen tegen de zestig, zij was begin twintig, een studente uit ons kamp natuurlijk. Ik wist dat het vaker gebeurde, maar kon me er geen voorstelling van maken. En nu zag het er zo belachelijk uit! Zonder dat meisje aan zijn zijde zou me nooit zijn opgevallen dat hij een bol buikje had gekregen. Dat zijn grijsbehaarde borst was gaan rimpelen. Ze schrokken allebei, zij pakte de lakens en verstopte zich in een hoek van de kamer. Dat gebaar, met die lakens, maakte me kwaad. Dat ze ons voor oud achterliet. Lev op het bed, slap, grijs en zielig, en ik in de deuropening als een moeder die straf uit ging delen. We hadden niet gevraagd om die rol. Ooit, toen hij nog jong en belangrijk was, of van plan was belangrijk te worden, was Lev trouw van aard, zei hij tenminste, misschien alleen om mij gerust te stellen. Hij zei dat zijn slippertjes de schuld waren van de leeftijd en niets met mij te maken hadden. Zolang ik zijn overspel niet hoefde te zien was ik de kwaadste niet. Want lelijk was het. Kijk hem eens achteroverleunen in zijn herinnering, waar al zijn scharrels jong en lief zijn gebleven! Ja, neem nog maar een trekje, oude zot, je zit al op het filter.

De kat springt op mijn schoot, krijgt meteen spijt. De mens is het enige dier dat graag gewiegd wordt. Zal wel weer door ons hoofd komen, dat te zwaar is om behoorlijk overeind te houden, ons hele leven blijven we naar ons prenataal gedobber verlangen. Boelka zet zich schrap en verdwijnt met idioot grote sprongen de tuin in. Middagpauze tussen de bomen. Alleen een vinkje spert zijn bek open voor een eentonig liedje. Lev staart voor zich uit, ik probeer hem niet aan te kijken. Ik zou het elke jonge vrouw willen afraden iets te beginnen met een veel oudere man. Hij zal een makkelijke prooi voor je zijn, je hoeft niet slim te zijn, niet eens mooi of sexy. Dat jonge is genoeg. Ik wist dat op die leeftijd niet, was me niet bewust van mijn macht. Ik was niet bijzonder aantrekkelijk, maar als ik om aandacht vroeg van oudere mannen kreeg ik die, zelfs van Mazjorov. En ik dacht dat Lev altijd zo groot, harig en goed geconserveerd zou blijven als de mammoet uit het Zoölogisch Instituut. Ik wist niet dat mannen niet geleidelijk, maar plotsklaps verouderen, dat ze zich op een dag een scharrelpasje aanmeten, zin krijgen in zoetigheid en je bij de arm grijpen in plaats van bij je billen. Vanaf dan mag je zijn lijf verplegen, maar blijf weg bij zijn geest, die heerszuchtiger zal zijn dan ooit. Je zal niet meer begeerlijk zijn, maar sterk genoeg om hem te tillen. En hij zal je breken met woorden.

'Esther leek op een sneeuwhaas,' zegt hij, de peuk uitdrukkend onder zijn slof. 'Rank en wit, met grote ogen en een charmante overbeet. En Vera was gek op haar. Weet je dat nog? Het was Esther die Vera vertelde dat ze ook mooi was. Ze moest fotomodel worden, zei ze, of actrice. Ze fotografeerde haar veel, weet je dat nog? Vera, *you are so beautiful,* zei ze steeds. Weet je dat nog?'

Hij reikt naar mijn arm, maar ik sta op. In de keuken pak ik de wodka uit de ijskast. Schenk mezelf geruisloos in. Dit wordt een woedende dronk, honderd gram in drie teugen. Hij doet alsof hij het allemaal niet doorheeft, maar stilletjes is hij een klootzak, die man van mij.

Doorlopen, over een uurtje is het donker. Het braakland tussen de dorpen was ooit het land van sprookdieren. Ze bleven uit de buurt van de mensen en de mensen bleven weg van hen. Nergens hadden spoken het zo goed als in de Sovjet-Unie. Ze waren minder bedreigend voor de officiële leer dan heiligen, en de atheïstische efficiëntie liet de graven ongemoeid, zodat onze steden nu uitpuilen van begraafplaatsen. De periode vlak na de oorlog moet een paradijs voor demonen zijn geweest. Niet alleen de bekende blinde oudjes op hun kerfstok, het hele folkloristische assortiment vloog hier voorbij. Over de verschroeide aarde gingen vuurgeesten van schuur naar schuur. Roesalki ruilden hun rivieren in voor steden, want daar waren de meeste dode kinderzieltjes. Er zijn roofvogels gezien met veren zo rood als hete lava, maar de mensen, uitgeput van de oorlog, lieten ze begaan. Pas veel later, tijdens de stagnatie, keerde de rust terug en draaiden wij, wetenschappers, de rollen om. Moeraskundigen en speleologen eisten de ruimte op en nu zitten wij hier, en zij daar.

En toch klopt er iets niet. De laatste tijd krijg ik het gevoel dat er iets is verschoven. Misschien zijn ze terug. Misschien zijn ze nooit weg geweest. Misschien ben ik één van hen; dat zou pas goed uitkomen! Het zou fantastisch zijn, als ik, oud wijf in wording, de dingen naar mijn hand zou leren zetten. Met mijn armen voor mij uit loop ik dieper het bos in. Ik dacht altijd dat het door dit uur van de dag kwam dat mijn handen er zo gek uitzagen. Die vingers als harde boomworteltjes. Maar er is geen uur van de dag meer, de dagen doen waar ze zin in hebben. Het moet dus wel deze plek zijn. Iets verder, waar dit pad naar links buigt, komt het punt van verwarring. Daar is iets waardoor ik geen gedachte meer kan vasthouden, waar ik alles wat ik oppik meteen weer verlies aan de buitenlucht. Alles om me heen lijkt sterker dan ik. Links en rechts kleuren distels paars en geel, de kleuren van de waanzin. Dit gevoel – dat mijn gedachten volkomen vluchtig zijn, dat ze in en uit mijn hoofd vluchten als eekhoorntjes in een holle boom – begon in Basjkortostan.

Bij terugkeer in Leningrad boeide het leren me niet meer als tevoren en kostte het me grote moeite om woorden in me op te nemen. Ik dacht dat het door de verliefdheid kwam, maar het was de wildernis die mijn concentratie had weggenomen. Een bekend probleem, zei Mazjorov, overkomt de besten. Beroemde natuurvorsers hadden dergelijke gevallen van verstandsverbijstering beschreven. Ze kregen de oren en neuzen van dieren, hadden plotseling hun bril niet meer nodig, maar hun denkvermogen gleed langzaam maar zeker van hen vandaan. Als een veld te overzien is, nodigt het je uit om in de verte te kijken, maar in een eindeloos landschap blijken maar heel weinig gedachten de moeite van het bewaren waard. Op een dag trekken ze aan je voorbij voor je ze hebt opgemerkt, zei Mazjorov, zoals de scheten van de honden die je slee trekken. Wat zou er van mij geworden zijn als ik zijn vriendinnetje was geworden? En van hem? Zou hij nog geleefd hebben, of zou hij toch zijn teruggekeerd naar de ijsprinses? Ook bij leven zouden ze weinig woorden hebben gewisseld, want die mensen beschikken over de kleinste woordenschat ter wereld. Dat zeggen althans de praters, wetenschappers, die hun taal indeelden bij die van de Tsjoektsjen. Wij Russen vertellen moppen over hen. Dat ze er allemaal hetzelfde uitzien en dom zijn. Alsof iemand geen gedachten heeft, enkel omdat hij ze niet onder woorden brengt.

Mazjorov zelf werd ook steeds zwijgzamer. Maar uiteindelijk koos ik voor de prater. Voor een man die eindeloos, als een stationair draaiende tractor, voor zich uit bleef sputteren. Alles wat we meemaakten, voorzag hij van een bijschrift. Elke plek die we ontdekten, elk verschijnsel, elk vergezicht, elk microscopisch klein dier dat we betrapten, moest worden toegelicht. Als hij er niets van wist, noteerde hij het en duidde hij het later alsnog. Misschien heb ik het aan de Grote Geluiden te danken dat hij er nu vaker het zwijgen toe doet. Maar wat hij zich ook zit af te vragen, ik hoop dat het nooit wordt opgelost, want zoals de meeste mensen verlang ik naar een stille, raadselachtige oude dag. Om samen onder de deken, op de veranda, in eindeloze verstandsverbijstering, te wachten op de dood.

Maar helaas, er is nog een zoon. En die moest zo nodig met háár op de proppen komen. Een sneeuwhaas, zei Lev, weet je dat nog? Weet je dat nog? Goddomme, helaas weet ik het nog, ja. Ze moet weer weg, eerst haar naam, dan de herinneringen aan haar, ik moet haar woord voor woord uit zijn grijze kop trekken. Moge de verwarring toeslaan als iemand haar naam noemt. Moge het zwart worden voor zijn ogen als hij zich haar voor de geest probeert te halen. Moge hij met stomheid worden geslagen als hij aan het jaar denkt dat ik me liever niet herinner.

Ik ben er.

Op het punt waar het pad naar links buigt, waar hoog boven mijn hoofd de bomen plaatsmaken voor de hemel. Maar dit keer voel ik geen verwarring. Haarscherp zie ik de nerven in de basten, de knoppen in de kruinen, ik hoor hoe ze uitbotten, ik tel de jongste blaadjes. Daartussen kijkt de lucht me recht aan. Het ligt daar eenvoudig op mijn bevel te wachten. Ik kijk strak terug. Kom maar op.

Het komt niet alleen uit de lucht, voel ik nu. Een intens treurig geluid wringt zich omhoog uit de aarde, zoekt naar een zuivere toonhoogte. Vindt die, houdt hem aan. Een tweede toon stroomt erdoorheen, dreunt steeds harder door. Stilte. De bomen wuiven, ik zie alles, een vogel pikken van een bes, kevertjes die in een vermolmde stronk krioelen: niks trekt zich iets aan van dit kabaal, maar een kilometer verderop staat Lev voor het raam. Hij is vergeten het licht aan te doen en huilt met lange uithalen. Als ik terugkom, zal ik zeggen dat ik niks heb gehoord. Ik zal zijn hand van de koude ruit halen en hem vasthouden. Ik zal hem naar de keuken brengen, iets voor hem inschenken en pannenkoeken bakken. Als hij eet, laat ik de naam van de dokter vallen, en hij zal knikken. Je hebt gelijk, zal hij zeggen, zo kan het niet langer, het is niet goed met mijn hoofd.

Deze stilte duurt te lang, ik wil meer van dit kabaal. Ik spreid mijn armen nog een keer, dirigeer de lucht. Een strijktoon omspoelt me van alle kanten, zwaar en zwart als de oceaan.

10

Tik, tak, tak.

Ik schiet overeind. Het is nog volop nacht, toch zit de raaf al in het raam. Als ik het licht aandoe zint hij op een woord.

'Kutzooi.'

Goed. Duizelig van het dromen probeer ik overeind te komen. Al jaren word ik geplaagd door dezelfde nachtmerrie, een merkwaardig verhaal dat zich door geen gebeurtenis in mijn leven van de wijs laat brengen en waarvan de griezeligheid zich overdag nog lang laat navoelen. Zo verloopt het.

Er wordt aangeklopt, ik doe open en op de drempel staat een hondkoppige. Hij is zeker twee meter groot, draagt een driedelig grijs pak. Zijn boordje losknopend loopt hij langs mij de keuken in. Daar hangt hij zijn jasje over een stoel en pakt hij een koksmes, waarmee hij zich de hals doorsnijdt. Het bloed gutst als dikke wijn over zijn handen en mijn blote voeten. Ik kan geen stap verzetten terwijl hij op tafel het losse hoofd aansluit op een installatie, dat het bloed terugpompt in de aderen. Bij de deur, als we handen schudden, zijn er op zijn nek alweer twee kleinere koppen gegroeid. Ze kunnen het wel met elkaar vinden, grijnzen elkaar aan. Maar ik moet terug naar de keukentafel, waar de oude ligt te hijgen. Tong uit de bek. Ogen half geloken. Elke keer als ik besef dat ik in deze nachtmerrie terecht ben gekomen, neem ik me voor om het hoofd uit zijn lijden te verlossen. Maar daarvoor droom ik nooit lang genoeg door.

Deze cynocefalische nachtmerrie heb ik te danken aan de film *Experiment in het tot leven wekken van een organisme,* verplichte kost voor de eerstejaars op ons instituut. In feite hadden de zwart-witbeelden weinig met zoölogie te maken. Gedemonstreerd werd hoe de Avtozjektor, het bloedsomloopapparaat van professor Broechonenko uit 1926, een van het lichaam gescheiden hondenhoofd een paar uur in leven houdt, dat wil zeggen: het reageert op licht, geluid en aanraking door met de ogen te knipperen of de oren te spitsen. Het is precies deze zachte, dichtbehaarde sledehondenkop die in mijn nachtmerrie aan de machinale bloedsomloop ligt. Alleen het liefste lichaamsdeel van het dier, dat wat ons al duizenden jaren tot aaien uitnodigt, slaapt in mijn slaap. Met fronsende snuit, draaiende oren en trillende oogleden maar zonder poten, terwijl die bij honden juist zo graag in de dromen meerennen. Reflexen, zei Lev, onhandig troostend als ik weer eens rechtop in ons bed zat. Het waren maar reflexen, net als mijn tranen, die nutteloze stuiptrekkingen van een romantische ziel. Ik moest bedenken dat professor Broechonenko, ondanks Stalins schrikbewind of juist dankzij, baanbrekend werk had verricht voor de medische wetenschap.

Ik strijk over het laken achter me. Het is koel en onbeslapen, klaarblijkelijk heb ik de nachtmerrie roerloos ondergaan. De raaf gaat verzitten. In het donker tekenen zich de glanzende oppervlakken af van de spiegel, de vitrinekast en de gelakte gang, er kraakt, tikt en druppelt wat. Het moet de keukenkraan zijn, die niet goed is dichtgedraaid. Ik kom te snel overeind, wankel in mijn sloffen tot mijn zicht is hersteld en ik de drempel herken, de gang, dan de open deur naar zijn kamer en de maan in het rechterraam. Zijn bed is leeg.

'Lev?'

Hij is er zo uitgestapt, heeft geen moeite gedaan de deken terug te slaan. Hij is ook niet in de badkamer. In de keuken heeft hij het lampje boven de gootsteen aangedaan. Ik draai de kraan dicht en buig me naar de bevroren ruit. Niemand. Ik loop terug naar de gang, blijf staan luisteren onder het zolderluik.

'Lev?'

Hij is weg.

'Kom er maar bij,' zeg ik tegen de hond in de bijkeuken. Ze blijft ongelovig in haar mandje zitten. Ik wil een kus op haar neus drukken, maar ze draait schuchter haar kop weg, snapt niets van deze neiging.

'Ik meen het. Je mag erbij.'

Ze volgt me naar de veranda, laat zich op het bankje naast me tillen. Ik sla de deken om ons heen.

'Hij is weg.'

Ze kijkt hijgend in het niets van de nacht. Dieren geloven nog in een hiernamaals, dat zie je zo. Weten ze iets wat wij niet weten? Dat is eigenlijk de vraag van de bioloog. Vroeg of laat wordt hij overvallen door de angst dat het object van zijn studie meer van hem weet dan andersom. Daarom gaat hij op zoek naar het mechaniek ervan, als een kind dat zijn liefste speelgoed uit elkaar haalt, en blijft hij achter met een hoop schroefjes. Dat was het dan, de schepping. Weg mysterie. En nu? Weggooien? Weer in elkaar schroeven? Of op zoek naar een nieuwe god?

Als het waar is dat de mensenman God is voor een vrouwtjeshond, dan zou Bamsja zich nu zorgen moeten maken. Maar dat doet ze niet, ze blijft licht geamuseerd voor zich uit kijken.

'Lev?'

De nagels van de hondenpoot duwen in mijn dijbeen, het komt niet in haar op dat dit mij, pelsloze, pijn doet. Al zeven jaar vertrouwt ze zich aan ons toe, in die tijd heb ik weinig moeite gedaan om haar te leren kennen, maar toch boezemt haar bast me meer vertrouwen in dan die van Lev. Elke reiziger weet dat de wereld vol zit met onverstaanbare mensen en verstandige dieren. Dieren worden zelden gek, zelfs de raaf in mijn raam is, ondanks al zijn tegenspoed, nooit gek geworden. Hondsdolheid is geen waanzin, het dier is gewoon kwaad van zijn ziekte.

'Wat zie je dan, Bamsja?'

Ze werpt me een zijdelingse blik toe, het doodsaaie donker blijft interessanter. Misschien doet ze maar alsof. Mijn oma geloofde dat dieren, bij gebrek aan verbeelding, het op onze dromen hadden gemunt. De zwerfkat die 's nachts de datsja binnensloop om op haar hoofdkussen te gaan liggen deed dat niet voor de gezelligheid! De ergste dromendieven waren vleermuizen, dat wist ze van haar werk als verpleegster in de oorlog. Ze vlogen regelmatig de lazaretten binnen, op jacht naar restjes bewustzijn. De duivels vielen de stervenden aan bij de oren en de lippen, trokken er het laatste beetje hoop uit dat ze nog hadden. En hun herinneringen, zei ze. Als de vleermuizen waren gevlogen konden de soldaten zich niets meer herinneren. Daarom had ze altijd een hoed paraat om vleermuizen mee te vangen.

'Geloof je dat, Bamsja? Stel je bij deze ziekenboeg niet het gebruikelijk geschreeuw voor, dit was het magisch theater waar baboelja voor een ademloos publiek een hoge hoed in de lucht wierp. Je begrijpt wel hoe vreselijk ze het vond dat ik juist deze dieren als onderwerp koos voor mijn onderzoek. Het is trouwens een mythe dat vleermuizen een hoed zouden aanzien voor een prooi, en zich zo kunnen laten vangen. Hun oriëntatie is wel verfijnder dan dat. Maar dat wil nog niet zeggen dat de rest onzin is, Bamsja. Niet elk sterk verhaal hoeft de nek te worden omgedraaid. In de Grote Vaderlandse Oorlog gebeurden zoveel dingen die niemand begreep en die voor geen herhaling vatbaar waren.'

De hond gelooft alles wat ik zeg, dat zie je zo.

Hoe laat zou het zijn? Het donker maakt geen aanstalten te vertrekken. Lev heeft de sigaretten op tafel laten liggen, misschien is hij niet verder gekomen dan het laboratorium. Meteen zie ik weer het beeld van de sledehondenkop aan de hart-longmachine. Wat was het nut van die gruwel voor ons, jonge biologen? Het dier was enkel voor deze filmopnames geofferd, want het oorspronkelijke experiment was al vijftien jaar daarvoor geslaagd. Ik herinner me de vertoning op het instituut nog goed. Hoe we erbij zaten, sommigen in kleermakerszit op de grond, lange haren, Tsjecho-Slowaakse gympies, maar we hadden de mondigheid niet die je bij dit uiterlijk verwacht. Voor ons stond een man uit de oude tijd, we vroegen ons af of hij enkel de wetenschap beoefende, of nog ergens anders in functie was. Hij was groot, maar viel met zijn bleke gezicht en driedelig grijs weg in het licht van de projector. Wij schrokken toen de hamer in beeld kwam, hij grinnikte. We namen hem niets kwalijk. Mensen die als sadisten uit oorlogen komen, leveren vaak belangrijk werk voor de wetenschap. Ik herinner me de bezorgde hand van Lydia op mijn rug. Of ik was flauwgevallen? Ik antwoordde dat ik gewoon hard was weggedroomd.

Ik steek een sigaret op, hou de aansteker ingedrukt tot het te heet wordt aan mijn vingers. Zo'n vlammetje is ook gezelschap, maar de hond is al van de bank gesprongen. De geruststelling van vuur kent alleen de pelsloze. In de verte briest Plov, misschien dat Lev in zijn verwarring de dieren is gaan verzorgen? Ik trek mijn overschoenen aan. De bevroren nachtvorst breekt op de modder onder mijn stappen; hier heeft nog niemand gelopen. Bij de stallen voel ik de dieren in beweging komen. Als ik de lantaarn boven de staldeur aanknip, draait het paard zich om en legt hij zijn loodzware hoofd in mijn nek. Ik ruik zijn oude vertrouwde paardenpersoonlijkheid. Een goed mens houdt ervan. Niet het voer dat ze krijgen, of het zadel dat ze dragen, maar duizenden seizoenen op duizenden kilometers steppe hebben paarden hun behaaglijke geur ingebakken. Als Lev niet meer terugkomt zal ik vreselijk gaan stinken, dat doen mensen die door hun kudde in de steek worden gelaten. Het paardenlijf aan de kant duwend ververs ik zijn water, vis met een mestvork een paar vijgen uit het stro, verdeel het hooi tussen paard en geiten. Ze volgen mijn handelingen in stilte en ik voer ze ook aandachtig uit, alsof het de eerste keer is. De hond loopt mee naar de keuken, waar we zemelen in een emmer scheppen en de pap aanlengen met warm water. Die krijgen ze allemaal, ook de kippen. Omroeren, stukken winterpeen erdoor. Plaatsje aanvegen, hooi afkloppen. Nu luister ik naar het smakken van de dieren. Ze eten alsof ze er inderdaad meer van weten dan ik.

'Wat zal er van ons worden als Lev niet meer terugkomt?'

Bamsja heeft haar portie op, het eten leek haar minder te smaken dan op het gebruikelijke uur. Eigenlijk zou ik terug naar bed moeten gaan om verder te slapen, maar daar waart nog de nachtmerrie.

'Lev?'

Terug in het huis klinkt mijn stem wanhopig, is niet de bedoeling. Op een dag zal ik alleen nog mompelen, iedereen van repliek dienen die ik verzuimd heb van repliek te dienen in mijn leven, dat doen eenzame mensen. Lag die telefoonklapper al op de keukentafel? Ik steek mijn arm in de mand met piepers en haal opgelucht de telefoon tevoorschijn. Dertien gemiste oproepen, allemaal van Dimka. Toch hoop ik steeds dat er opeens een andere naam op het scherm staat.

LYDIA

VERA

Ik stel me voor hoe ik terugbel en hun stemmen hoor; Lydia's luide alt aan de ene kant, Vera's hoge gefluister aan de andere. Ik toets Lydia's nummer in. Eerst de stilte, dan de ruis. Het netwerk is gevonden, ik hoop nog op een toon, maar daar is ze alweer. De robot die zich ertegenaan moet bemoeien.

'De geabonneerde is tijdelijk niet bereikbaar. Belt u later terug.'

Altijd hetzelfde bandje. Ik moet denken aan het liedje van Vysotski waarin hij de telefoniste smeekt om hem door te verbinden met zijn liefje in het buitenland. Waarom krijg ik mijn geliefden op de bon, vraagt hij zich af, toebedeeld op krediet? Die geliefde was natuurlijk Marina Vlady, de Parijse actrice met wie Vysotski dwars door de Koude Oorlog heen een stormachtige verhouding onderhield. Na de zoveelste zuippartij van de zanger liet ze een briefje achter met de woorden 'zoek me niet' en vertrok ze naar Italië.

Mejuffrouw, luister!
Numero tweeënzeventig!
Ik wil niet wachten en mijn klokje staat stil
Naar de duivel met die lijnen, ik pak het vliegtuig wel!
Ah, daar gaat-ie al over... hé dag, met mij!

De telefoon is voor mij een icoon
Het telefoonboek een triptiek
De telefoniste een madonna,
die afstand verkort met techniek.

Vysotski kende de telefoniste bij naam: Ljoedmila Orlova. Volgens de legende belde zij voor hem alle hotels van Rome tot ze uitkwam bij de kapsalon waar Marina Vlady werd geknipt. 'Je bent dronken,' zei de actrice tegen de zanger, 'ik hoor het aan je stem.' 'Niet waar,' kwam Ljoedmila tussenbeide, 'hij is nuchter, hij zoekt u al weken en is alleen maar heel blij om u te horen!' Sovjet-Unie of niet, dankzij een mens met een hart trotseerde Vysotski het IJzeren Gordijn, terwijl ik nu, in deze zogenaamde vrijheid, al tien jaar aan het lijntje word gehouden door een robot. Die zich niet laat omkopen met een doos bonbons, maar ijskoud blijft herhalen dat ik maar moet terugbellen. De geabonneerde is tijdelijk niet bereikbaar. Voor een computer is een eeuwigheid ook maar tijdelijk.

'Zullen we gaan?'

De hond stemt in door alvast bij de deur te gaan staan. Samen halen we het paard van stal. Ik hang hem alleen een hoofdstel om, als ik op zijn rug zou gaan zitten zou ik in het donker de laaghangende takken voor mijn bakkes krijgen. De dieren lopen achter elkaar aan, accepteren elkaar als behorend bij mij, meer ook niet. In het bos ruiken ze allebei iets anders. Plov brengt om de tien stappen zijn neus naar de grond, zo zal hij straks de weg weer terugvinden. Hij ruikt de beukenschors, waar hij dol op is, en het vroege schaduwgras. Bamsja loopt zigzaggend van keutels naar urinesporen en de holen van winterslapers. En voor mijn neus is het nog te vroeg om veel te ruiken. In het bos is het nu de tijd van twijfel. Alles overweegt tevoorschijn te komen, of zich toch nog een keertje om te draaien. Over een maand zullen de kleine bosvleermuizen alweer tussen de pilaren van onze veranda op motten jagen. Ik heb niet vaak met levende vleermuizen gewerkt. Op het instituut puzzelde ik liever aan fossielen, broze skeletjes die in de afgelopen zestig miljoen jaar opmerkelijk weinig zijn veranderd. Ik was altijd al geïnteresseerd in het begin. Lydia niet. Zij wilde weten hoe het werkte, wat het kon opleveren voor de toekomst. Toen ik haar mijn afgebroken onderzoek overdroeg, wierp ze er een vluchtige blik op. Ze zei dat ze er goed voor zou zorgen, maar de paleontologie liet ze liggen. In plaats daarvan trok ze met detectoren en ontvangers de bossen in. Ik weet niet wat ze daar heeft gevonden, want ze heeft er nooit iets over gepubliceerd. Lev vermoedde dat ze was benaderd door het ministerie van Defensie, dat net als in de Verenigde Staten nog steeds boven op het vleermuisonderzoek zat.

De laatste keer dat ik het onderwerp bij haar probeerde aan te roeren, was in het jaar dat ik me liever niet herinner. Lev had een publicatie meegenomen over een DNA-onderzoek dat aantoonde dat paarden en vleermuizen meer aan elkaar verwant zijn dan paarden en koeien. Als ik naar het dier kijk dat nu gemoedelijk aan mijn leidsel stapt, vind ik het nog steeds moeilijk om te geloven. Maar genetisch materiaal liegt niet; dat zei ik ook tegen Lydia. Ze zat op de schommel, ik in het gras, en in de schemering joegen de vleermuizen om het hardst.

'Ik snap het niet,' zei ik. 'Het paard is zo'n dertig miljoen jaar geleden ontstaan, de vleermuis zestig. Waar zijn de fossielen van deze transformatie?'

Lydia zuchtte. Gaat ze weer met haar bodemvondsten, dacht ze zeker. Veel biologen hebben een hekel aan paleontologie, omdat door elk klein, onbekend fossieltje hun vertrouwde reconstructies op de schop moeten.

'Nogal een afstand,' zei ik, 'tussen morfologie en genetica, maar ook in de tijd. Ergens in die dertig miljoen jaar heeft dus een paardje rondgevlogen, een soort Pegasus met echolocatie...'

'Hou toch op.'

'Een kleintje maar...'

Ik gaf de maat van het schepsel aan met mijn handen, maar ze kon er niet om lachen.

'Darwin zou er niets meer van snappen,' ging ik door. 'De logica is zoek. In dertig miljoen jaar is vleermuis naar paard geëvolueerd, maar om de een of andere reden wordt deze ontwikkeling niet door de paleontologie bevestigd. Waar is de tussenvorm?'

'Ze komen uit dezelfde stamouder.'

'En waar is die stamouder dan? Waarom hebben we dat fossiel nog niet gevonden?'

'Ga op zoek, zou ik zeggen.' Geïrriteerd remde ze de schommel af.

'Ik blijf moeite hebben met die stijgende lijn. Darwin besloot op het blote oog dat koe en paard dezelfde afkomst deelden, nu blijken ze verder van elkaar af te staan, terwijl die vleermuis... abracadabra!'

Ze keek me scheef aan. 'Zit je nu aan de evolutietheorie te twijfelen?'

'Mag dat niet? Theorieën bestaan om betwijfeld te worden. De evolutie is geen geschiedenis van perfectie, maar van improvisatie en uitglijers. Je zou de fylogenetische boom kunnen herschrijven, je zou opzet kunnen vermoeden achter wat we zien, maar ik denk aan een reeks ongelukken met een brokkenpiloot aan het stuur...'

'Nee, stop. Hier moet je stoppen.'

Ze keek me bijna walgend aan. Ik was niet religieus, niet voor zover ik wist. Maar geprovoceerd door Lydia's verontwaardiging draafde ik door: 'Gelovigen vinden ons een misvatting, atheïsten vinden God de misvatting, wat maakt het uit? De natuur staat erbij en kijkt ernaar. Recent DNA-onderzoek bewijst dat er meer humor schuilt achter het ontstaan van de soorten dan Darwin aannam, en zeker meer dan de Bijbel aan God heeft toegedicht. Ik stel me een onbekwame piekeraar voor, die boven in het uitspansel op zijn nagels zit te bijten, "een paard, een paard, mijn koninkrijk voor een paard, iets koeachtigs om op te zitten, hm, nee, dat herkauwen was achteraf toch niet zo'n goed idee, veel te omslachtig... zullen ze het doorhebben als ik teruggrijp op een oud succesnummer?" En voilà, men neme de vleermuis, onze alleskunner...'

Lydia sprong van de schommel, wilde naar binnen lopen. Daar zaten Lev en Esther, haar geestverwanten, die ook niet van verhaaltjes hielden. Ze verlangde naar een stevige portie eensgezindheid aan de keukentafel, maar bedacht zich. Klaarblijkelijk was ik nog niet helemaal verloren. Ze stapte op me af, zette haar leesbril op, boog voorover en pakte me op met een pincet. Hebbes. Ze liet me even spartelen, legde me in een doosje en plakte er het kaartje op met de taxonomische code. Wonderlijk, dacht ik, zo precies als de porien in haar neusvleugels zijn afgevuld, als cakevormpjes op een bakplaat. En wat vreemd dat haar enorme ogen grijs leken, terwijl ik altijd dacht dat ze bruin waren.

'Vertel me eens,' fluisterde ze, 'hoe flik je dat? Je kennis afschaffen, je hersenen uitschakelen? Want dat willen we allemaal wel, weer in sprookjes geloven. Zeg me eens, die kluizenaar van jou... Ilja heet hij toch? Heeft hij je dit allemaal ingefluisterd? Jij vindt hem heel bijzonder, maar in feite is hij niets dan een ordinair boefje. De wereld zit tegenwoordig vol met valse profeten, ze gebruiken moeilijke, zelfverzonnen woorden als "aura" en "extrasense", maar kunnen de moderne wetenschap niet bijbenen... wil je weer terug naar de mislukkingen?'

En toen deed ze iets raars. Ze nam haar leesbril af en kuste me met halfopen mond nadrukkelijk op de lippen.

Lang heb ik gedacht dat Lydia jaloers op me was vanwege Lev. Maar ze vond hem alleen als wetenschapper interessant, een interesse die bekoelde naarmate hij minder publiceerde. Misschien rekende ze mij dat aan. Ze zei dat we meer voor de natuur hadden kunnen betekenen als we in de stad waren gebleven, in echte laboratoria tussen echte wetenschappers. Dat is waar, maar we verhuisden in de nadagen van de stagnatie, toen er geen einde leek te komen aan de verveling. Vijf jaar later, toen alles omviel, leek zich even een landschap te ontvouwen vol meningen om te plukken en te besnuffelen, maar door de armoede kleurde alles al snel weer zwart-wit. Oude heilige huisjes werden vervangen door nieuwe en de mensen die voor 1991 geen twijfel hadden gekend, kenden dat nu ook niet.

'Twijfel is goed, stellig zijn alleen kwakzalvers,' zei Lev op een onbewaakt moment voor de klas. Maar wij waren nog te jong, en de tijd was nog niet rijp om hardop te twijfelen. Darwin was onze heilige, net als Lenin, die een fan van hem was. Toch kon je nergens zo goed mijmeren als begin jaren tachtig in de Sovjet-Unie. Het leven leek nogal voor de hand te liggen, dus je twijfelde maar een eind weg, zolang je niet hardop 'eureka' riep. Sommige gebieden waren verboden terrein, maar als je verder liep, de microscopische diepte in, voorbij de vierde dimensie of terug in de tijd, verdween het prikkeldraad vanzelf. Ik concentreerde me op fossielen, die uit de woordeloze tijd kwamen, of in ieder geval uit de tijd toen woorden niet per se hoefden te worden vastgelegd. Ik zocht hun verhalen, honderden zinnen die allemaal begonnen met 'er was eens'. Maar toen liet de actualiteit zich met veel misbaar gelden, als een zwerver die wakker wordt uit zijn roes.

'Lev?'

Geen antwoord. We staan inmiddels voor het laboratorium, ik denk niet dat hij hier is. Bamsja loopt kwispelend vooruit, springt het trappetje op naar de deur en weer af, heeft niets geroken. Het begint eindelijk licht te worden, in de bomen zijn er al een paar aan het zingen. We lopen door, naar het veldje achter de oude dierenverblijven. Het bos heeft de plek die we ooit vrij kapten intact gelaten. Alleen de drie-eenheid van zilverberken is doorgegroeid, wuift haar takken over de rand van de cirkel. Ik laat de teugel vieren zodat Plov kan grazen. Ze zeggen dat het verschrikkelijk is wat hier is gebeurd. Destijds was ik de enige die er niet van wakker lag. Als je wilt, machinist, zal ik je alles vertellen. Lev is weg, geen idee waar hij uithangt, dus waarom kom je niet langs? Het is heus de moeite waard om aan te horen. Het is een typisch Russisch sprookje, met een heks, een prinses, wilde beesten, noem maar op. Het begon hier, in deze tuin der lusten, er waren drie Eva's en een Adam, en vele beren, klein en groot. Het begon veelbelovend maar eindigde, zoals zoveel Russische scheppingsverhalen, in een fiasco. Ik zal je alles vertellen, machinist. Over het paradijs en het jaar dat ik me liever niet herinner. Kom jij dan je belofte na? Je zei dat er altijd nog een trein zou komen. Weet je nog? Je zei dat je haar terug zou brengen.

11

Lydia wilde geen kinderen. Daarom zal ik nooit vergeten hoe ze de fles gaf aan twee berenwelpjes. Op een warme lentedag kwam ze ermee aanzetten, toeterend en uitgelaten. Ze vervoerde ze gewoon los in de auto. Serpjakov, die bezig was zijn kozijnen te lakken, had haar verwelkomd en stond al over het kroost gebogen toen Vera en ik afkwamen op het kabaal van de autoradio.

'Wat een stoute dikkerdjes!'

De ene zat onderuitgezakt op de achterbank, de voetzolen omhoog als een teddybeer, de andere probeerde over de zitting van de passagiersplaats naar voren te klauteren. Uit het open raampje schalde toepasselijk het liedje van Trofim over vrachtwagenchauffeurs van de lange afstand. Ze waren ruim tien uur onderweg geweest.

'Ik moest steeds stoppen om stront te ruimen,' zei Lydia, een druipende handdoek uit de auto werpend. En toen, achteloos: 'Ze hebben nog geen naam. We kunnen er nog alle kanten mee op.'

De twee mannetjes waren nog geen elf weken oud en wees. Iemand had ze afgeleverd bij de dierentuin, maar die kon ze niet kwijt. Lydia had gezegd dat ze wel een huis voor ze wist, zonder dat eerst met ons te overleggen. Waarschijnlijk had ze vooral aan Vera gedacht, die inderdaad stond te juichen als een kleuter.

'Goed vasthouden,' zei Lydia, de braafste in haar armen duwend.

'Hij is best zwaar,' zei Vera.

Ik pakte de andere onder zijn oksels en probeerde hem tegen me aan te leggen, maar dat stond hij niet toe. Hij zette zich af met de achterpoten en begon verschrikkelijk te krijsen.

'En nu?' vroeg ik.

Toen we de thee inschonken, met de beertjes non-stop stommelend en blèrend in de afgesloten gang achter ons, herhaalde ik die vraag.

'Melk geven,' zei Lydia. 'Ze hebben nu acht voedingen per dag nodig. Over twee weken kan dat naar zes, dan naar vijf, enzovoorts, aangevuld met wat fruit en vis.'

Om het te demonstreren haalde ze twee flesjes melk uit haar tas en hees ze een voor een de beertjes op schoot. Zodra ze de speen in hun bekjes kregen, ontspanden hun weerbarstige lijfjes en kwam er een binnensmonds gegrinnik uit. Ze waren niet groter dan baby's van zes maanden, maar in die sabbelende bekjes groeiden al hoektanden en als Lydia het flesje weghaalde, klauwden ze haar hand weer naar zich toe. Een berenwelp is bij de geboorte amper dertig centimeter, en de bevalling is dan ook een makkie, ook al valt die in de guurste maanden tijdens de winterslaap. Deze twee waren latertjes. Waarschijnlijk was hun moeder omgekomen bij de winterjacht, de meest lafhartige die ons land rijk is. Veel hoeft een mens niet te kunnen om een berin, die zoogt terwijl ze slaapt, om te leggen. Meestal verraadt een hond het hol aan zijn baas, die met een stok pookt tot de uitgeputte moederbeer tevoorschijn komt, en knal. De jagers hebben hun trofee, maar onder de grond blijven de jonkies achter zonder voedsel. Sommige, die sterk genoeg zijn, gaan zelf op onderzoek uit. Waarschijnlijk waren deze mormeltjes zo bij mensen aangekomen, als ze niet door diezelfde jagers uit hun hol waren getrokken. En nu, een paar weken later, waren ze nog even hulpeloos. Ze hadden bolle, ruwbehaarde buikjes waarover een scheiding liep als een stiknaad, alsof ze net uit de fabriek waren komen rollen. Hun ogen, die ver uit elkaar in hun kop stonden, draaiden alle kanten op, soms in tegengestelde richting. Aan welk moederdier ze waren uitgeleverd wisten zij net zomin als ik, maar ik had Lydia nog nooit zo kalm gezien.

We zagen het schouwspel aan zonder een woord te zeggen, zelfs Serpjakov, de kletskous. In het hol van de keuken, met onze handen om de thee, luisterend naar het gesmak en geginnegap van de beertjes, had het weinig gescheeld of we waren allemaal in winterslaap gedommeld. Wat we niet wisten, was dat door onze goede bedoelingen de welpen zich nooit meer zouden kunnen handhaven in het wild. Lev legde ons dat uit toen hij een dag later met Dimka terugkwam van een symposium in Smolensk. We hadden ze te veel aan ons laten wennen, met onze mensenstemmen tegen ze gesproken. Ook als we ze niet hadden geaaid, hadden ze ons al lang en breed geroken, een geur die ze voortaan met melk zouden associëren. We hadden ze zelfs muziek laten horen. Zouden ze ooit weer worden uitgezet, dan zouden ze alle mensen, ook jagers, in goed vertrouwen benaderen. En over een paar maanden zouden ze te groot zijn om binnen te houden, maar zou het te onveilig zijn voor de andere dieren om ze op het erf onder te brengen. Wat te doen?

We stelden die vraag uit en gaven ze namen. Serpjakov had een oud hondenhok dat in de bijkeuken als nachtverblijf kon dienen. We maakten het lekker warm met dekens en hooi, hingen een kom melk op en gingen slapen, in de veronderstelling dat Fedja en Stjopa hetzelfde zouden doen. Maar in het holst van de nacht richtten zij een ravage aan die hun proporties ver te boven ging. Ze hadden kans gezien enkele planken met voorraad te bereiken en alles eraf geslagen. Versuft van de expeditie zaten ze op de vloer van de bijkeuken, in een drek van hooi, zeep, olie, meel, rijst, gemarineerde tomaten, glasscherven en hun eigen stront. De gordijnen, waaraan ze zich zeker omhoog hadden getrokken, lagen met rails en al op de grond. In het hok vond ik waar ze het om te doen was geweest: een zak peperkoekjes. Die was schoon opgegaan. Het is altijd vleiend als wilde dieren waarderen wat wij hebben gemaakt. Bijna alle soorten, zelfs hagedissen, verkiezen onze geraffineerde zoetigheid boven hun natuurlijke menu. En onze bedden, ah, onze strak opgemaakte, gecapitonneerde holen! Geef een nijlpaard een matras, hij neemt erop plaats. Als kind had ik een wild konijntje dat soms bij me in bed sliep. Als ik na een tijdje de dekens optilde lag het daar, volledig uitgestrekt met de voetzolen in mijn richting, niet van plan om op te staan. Op zo'n moment word je bijna akelig van vertedering.

Ik pakte een bezem en begon de derrie op te vegen. Na een poosje kwam Fedja, de grootste, naar me toe gekropen. Hij richtte zich op en presenteerde me zijn voorpootje, dat bleek te bloeden; hij had zich aan het glas gesneden. Op de keukentafel volgde hij ernstig mijn handelingen. Hij gaf geen kik toen ik de wond desinfecteerde, snuffelde kort aan het verband maar trok het er niet af.

'En nu?' vroeg ik.

Eindelijk keek hij me aan. Een kwart minuut hooguit, maar recht in de ogen. Volgens mij wilden we toen allebei dat hij zo klein zou blijven als hij was. Het dier leek te beseffen dat we elkaar nu nog konden aanraken, maar dat we niets konden veranderen aan het besluit dat mensen en beren elkaar moeten mijden met grote vreze.

'Mamma? Wat is er gebeurd!'

Daar stond ze, mijn achttienjarige dryade, in de deuropening. Haar tot haar middel, nachthemd tot haar voeten. Ze vond het beertje met zijn omzwachtelde poot verschrikkelijk zielig en ik maakte plaats op de keukenbank, zodat ze zich over hem kon ontfermen. Intussen was Stjopa ook wakker geworden, in de bijkeuken brullend om zijn broertje.

'Zullen we hem maar weer terugbrengen?' fluisterde ik.

'Maar dat verband gaat hij eraf knauwen. En er staan nog zoveel potten die ze kunnen stukslaan, we kunnen ze nu niet alleen laten.'

Ik aarzelde, zij lachte meteen de kuiltjes in haar wangen. Natuurlijk, boomnimf, de mannen zijn van huis, waarom ook niet. En zo sliepen we die nacht op een matrasje in de vriendelijke dierenstank voor de opening van het hok. Een bende lakens, dekens, kussens, hoofden tegen elkaar aan, haren door elkaar, hier en daar een pootje, een smak, een knor. Tot we wakker schrokken van een afslaande motor en het geknal van portieren.

'Ah verdorie,' fluisterde Vera, 'het had een verrassing moeten zijn!'

Als eerste kwam haar broer binnen, die zijn pas ontstane jongemannenstem het liefst gebruikte om mee te vloeken.

'Wat krijgen we nou, verdomme. Ze slapen op de grond.'

Toen zag hij Fedja, die zonder ons te wekken uit het hok over ons heen was geklauterd en in een hoek van de bijkeuken weer in slaap was gevallen, met het verband nog keurig om zijn poot.

'*Misjka*, pap! Ze hebben een Misjka genomen!'

Nog zo'n naam die het wilde beest omzeilt. Vergeleken bij de gruwelen die de Russen te verstouwen kregen, verbleekte de dreiging van de Honingkenner al snel. Michaïl, Misja, Misjka. Zijn naam werd steeds schattiger, tot hij op de wikkel van een chocolaatje paste. In de vaderloze twintigste eeuw bleef hij vastzitten aan deze koosnaam, favoriet van moeders aan het ledikantje. Ken je het verhaaltje van dat onhandige beest met z'n kromme voorpoten? Zo kon hij mooi de rol op zich nemen van al die goedzakken die waren gesneuveld. Uiteindelijk wisten we niet beter of beren reden op fietsjes en bliezen op trompetten, en zelfs de gevaarlijkste van al, de ijsbeer, noemden we 'Misjka in het Noorden', bekend van de vanillewafeltjes. Misjka Krompoot had zijn zoetigheid al voor de revolutie gekregen. De directeur van een snoepfabriek wikkelde zijn pralines in het bostafereel van de schilder Ivan Sjisjkin. *Ochtend in het naaldwoud*. De open plek in het bos, de ochtendzon, de woudreuzen zijn van Sjisjkins hand. Maar de vier jonge beren op de voorgrond werden geschilderd door Konstantin Savitsjki. De afspraak was dat hij er maar twee zou maken, maar hij sloeg door. Uiteindelijk zien ze er nogal misplaatst uit. Ze weten niet goed wat ze met die bomen aan moeten, alsof ze uit het circus zijn opgehaald en neergezet om het bos een stukje Russischer te maken. Hier, doe je berending, als je nog weet hoe, met je kromme voorpootjes. Tretjakov, de verzamelaar, poetste de handtekening van Savitski van het doek. Maar zonder de beertjes was het nooit zo'n populair schilderij geworden. Na de revolutie bleven de snoepwikkels onveranderd, net als het recept, zeggen ze. En wij, onnozelaars, bleven het vreten, verlangend naar het bos zonder oorlog, waarin beertjes jong en onhandig bleven.

Wrijvend in zijn ogen verscheen Lev in de deuropening, wierp een vermoeide blik op de beertjes.

'Lydia heeft ze gebracht,' zei Vera snel, 'dit is Fedja, en die daar is Stjopa.'

'Stjopa,' zei Lev alleen maar, 'ome Stjopa Stepanov.'

En daar ging hij, zich beklagend over de reis, die, ons land kennende, lang en hobbelig was geweest. Terwijl Vera en Lydia zich over de dieren ontfermden, volgde ik hem naar bed. Sloeg zijn arm om me heen, zocht met mijn hoofd naar het platte vlakje tussen zijn oksel en borstkas en luisterde naar zijn dreunende gemompel. Hij vertelde over het ethologisch symposium. Het had hem teleurgesteld dat de nadruk net als twintig jaar daarvoor op de voor landbouw en visserij toegepaste ethologie had gelegen.

'Er waren wel een paar leerlingen van de school van Beljajev, altijd leuk.'

'Die van de tamme vossen?'

'Die van de tam *gefokte* vossen. Er zijn generaties overheen gegaan. Wist je dat met het dalen van de adrenaline in hun bloed ook hun uiterlijk vriendelijker is geworden? Ze hebben gekrulde staarten en slappe oortjes. Ach, hormonen...'

Met zijn hand om mijn rechterbil hees hij mijn been over het zijne. Met de krijsende beertjes op de gang voelde ik dezelfde gêne als toen de kinderen nog klein waren en zich slapende hielden op zolder. Ik brak onze kus af en vertelde over het moment dat ik die nacht met Fedja had gedeeld. Mijn hoofd trilde mee op Levs gegrinnik.

'Die antropomorfilie van jou...' begon hij, met een venijnig kneepje in mijn dij, 'we hebben het hier over twee stuks *Ursus Arctos*. Amper drie maanden, maar toch. En wat doet ons aller Nadja? Ze geeft ze ernstige namen om er een blik van verstandhouding mee te wisselen. Zelfs als je ze iets zou kunnen inprenten, wat ik betwijfel, ben je daar nu te laat mee. Hoe lief je ze nu ook verzorgt, ze zullen uitgroeien zoals in hun genen besloten ligt: tot de nurkse kolossen die onze bossen vol poepen.'

Ik haalde zijn hand weg tussen mijn benen.

'We delen al onze genen met het dierenrijk,' zei ik, 'waarom dan niet ons gedrag? Waarom zou Fedja ons medelijden niet beantwoorden?'

'Als we iets delen, is het agressie. Een drift zo sterk als de voortplantingsdrift. Kijk maar.'

Ik stribbelde tegen, maar hij had me al aan het lachen. Ik legde zijn handen op mijn borsten, die het koud hadden.

'Zie jij agressie bij Plov? Bij Rodin? Bij Boelka? Allemaal gemoedelijke, invoelende persoonlijkheden, die dieren van ons.'

'Goed, ze hebben het van jou.'

Vervolgens fluisterde hij me dezelfde geile antropomorfe liefdesbetuigingen toe als altijd. Als ik een staart had gehad, had ik die om hem heen geslagen als een zweep.

In de maanden die volgden waren we slaaf van het dier. Onze dagen werden gedicteerd door dringende voedingen en het verstevigen van hokken. Fedja en Stjopa groeiden in de rondte: vacht, neus, blik, greep, tred, stem – alles aan deze kleuters werd voller, steviger en geconcentreerder, en wij waren trots, omdat we ze hielpen groter te worden dan wijzelf. Lydia bezocht ons vaker dan ooit, wilde geen moment missen van deze transformatie. En hoewel we het geld goed konden gebruiken, waren we blij dat we dat jaar maar één keer werden gestoord door een zomerkamp. Vera stelde tevreden vast dat Fedja en Stjopa weinig interesse toonden in de bezoekers. De beren volgden haar op de voet als de ganzen van Konrad Lorenz. Op een avond, toen ze hun rondje maakten voor het slapengaan, en wij vanaf de veranda hun hobbelende gestalten in haar ranke kielzog door het veld zagen trekken, gaf Lev toe dat hij er eigenlijk wel in geloofde, in die gezellige toekomst.

De rest van de zomer gaven we ons over aan de weelderige chaos die de beren opwierpen. Het werd druk in de tuin. Niet alleen konden ze het prima vinden met de andere huis- en erfdieren, ze trokken ook de interesse van allerlei wild uit het bos. Niemand gelooft dat ik op een dag door de twee ramen van de studeerkamer keek en in elk een tafereel met dieren ontdekte. Het linker telde de meeste, te idioot om op te noemen. Ik zag een marter wegglippen terwijl kater Boelka een muis te pakken had, ik zag een eekhoorn in de drakenboom zitten met Plov grazend eronder, er vloog en kwetterde van alles en in het midden stond Vera met de beertjes: het ene zat terwijl het andere zich aan haar optrok. Ik zei je toch dat niemand het gelooft? Het rechterraam bood een logischer uitzicht, met Dimka en zijn vriendinnetje. Zij zat aardbeien te eten, hij sleutelde aan zijn brommer, die haar, Ira, weer terug moest brengen naar het dorp waar ze woonde. Maar er was nog een raaf die iets te zeggen had, en Rodin de hond, die aan de kont van de geit snuffelde. Er was geen derde luik om de idylle te bederven. Niets meer aan doen, dacht ik, lieve God, laat dit zo, alstublieft. Het was goed zo.

Of de beren ook onze geilheid op hun geweten hadden, weet ik niet zeker, maar Lev en ik vreeën de hele dag. We maakten wandelingetjes tot we alleen waren, en als de zon hoog genoeg aan de hemel stond trokken we onze kleren uit en hielden we ontzettend veel van elkaar. Tot een dag in oktober, toen de zon bijna op de aarde lag maar ons al niet meer warm kreeg, en we betrapt werden door Stjopa. We hoorden hem voordat we hem recht op ons af zagen komen en bedekten ons, bang dat Vera achter hem aan liep. Maar hij was alleen. Nu pas viel ons op hoe groot hij was, hoe gespannen de blik waarmee hij ons peilde. Mijn jurk dichtknopend bedacht ik dat beren zich zeker tienduizend jaar tegen mensen aan hadden bemoeid voordat de rollen werden omgedraaid. Een enkele zomer was voor Stjopa genoeg geweest om uit te groeien tot een korzelige puberbeer. Zijn soepele postuur was vastbesloten om in de nabije toekomst nog een paar honderd kilo aan kracht te dragen. Door zijn houding, met de schoft hoog en de oren plat, twijfelden we of we hem moesten roepen of wegjagen.

Een week later werd Lydia overvallen bij het voeren. Het was baldadigheid, zei ze nog, Fedja had het voorzien op een dubbele portie vis die ze nog aan het verdelen was. Maar 's avonds gaf ze toe dat het niet alleen zijn behendigheid was die haar verraste; ze was geschrokken van de kracht waarmee hij het eten uit haar handen had geslagen. Met een pijnlijke grimas trok ze haar mouw op. In haar onderarm stonden drie brede krassen, waarop het bloed al was geronnen.

'Bedoelde hij niet zo,' zei ze.

'Ze moeten weg,' zei Lev.

We zuchtten alle drie tegelijk.

'Helaas is het probleem met ze meegegroeid,' zei Lev.

'Nu wil al helemaal niemand ze meer hebben!'

Hij wist dat mijn ogen al traanden van medelijden, daarom vestigde hij zijn blik op Lydia, die langzaam begon te knikken.

'Pjotr Karasov, ken je die?' vroeg ze.

'Nooit van gehoord.'

'Heeft niet ver van Rzjev een opvang voor dieren die niet meer terug kunnen in de wildernis. Mislukte pogingen tot domesticaties, afgedankte circusdieren, dat werk.'

Ze blies op haar thee. 'Ik zou hem eens kunnen bellen. Hem kennende gaat het ons geld kosten. Maar ze zorgen goed voor de dieren.'

Ik dacht aan Vera, die boven lag te slapen. Ze was klaar met school, maar wist nog niet wat ze wilde studeren. Een paar weken geleden had ze gezegd dat ze bij ons wilde blijven. Vanwege de beertjes. Met Joeri van Dinamo Moskou was het al een tijdje uit en nu hadden deze lummels haar volle aandacht en liefde. Lydia legde haar hand op de mijne.

'Zal ik hem bellen? Gewoon, om eens te informeren hoeveel het kost? Het zijn goede mensen. Dan weten we in ieder geval meer.'

Toe maar dan, gebaarde ik. Het werd een lang en vrolijk gesprek, want ze moest een paar keer hard lachen aan de telefoon. Ik hoopte dat Vera het zou horen, zodat Lydia, en niet ik het aan haar zou moeten uitleggen. Maar de enigen die wakker werden waren Stjopa en Fedja. Toen ik door het keukenraam keek besefte ik dat ze niet meer zoveel krijsten. Ze bonkten alleen maar, ongelukkig in hun nu alweer te kleine hokken.

12

Pjotr Karasov was zo'n Rus van wie je je niet kon voorstellen dat hij vóór de jaren negentig ook al bestond. Joviale mannen genoeg in de Sovjet-Unie, maar ik herinner me ze niet van zo'n schaamteloze omvang. Een pens droeg je niet als regaal voor je uit, die hield je in, net als de kamptaal waarvan hij zich gretig bediende, terwijl hij, gezien zijn ongeschonden neusbrug, zeker nooit had gezeten. Hij had zich dit imago maar aangemeten, zoals hij op een dag dat camouflagepak over zijn lijf had gehesen. Op de groei, voor het geval dat.

'Daar hebben we Taras Boelba,' mompelde Lydia toen we aan kwamen rijden. 'Mijn god, wat heeft die zich laten gaan.'

Het domein van Karasov lag aan de rivier de Sisjka. Van Serpjakov hadden we de UZJ-bestelwagen geleend, waarin Fedja en Stjopa zich opvallend rustig hielden, alsof ze het ergste verwachtten. Lev mocht niet mee, volgens Lydia bereikten twee vrouwen meer bij Karasov dan tien mannen. In plaats daarvan was hij de vorige dag met Vera naar Sint-Petersburg vertrokken om haar rond te leiden in het Zoölogisch Instituut, in de hoop dat ze er zou willen studeren. Na afloop zouden ze chic uit eten gaan en in de trein zou hij haar rustig, met veel overtuigingskracht, vertellen over de verhuizing van de beertjes. Dat was het plan. Na drie uur rijden door een landschap dat zo weinig veranderde dat we voortdurend door déjà vu's werden opgeschrikt, kwamen we aan bij het opvangcentrum. Het was met een hoge plaatstalen omheining afgeschermd van de rest van het dorp, terwijl daar amper een levende ziel te bekennen was; alleen op de trappen voor het immense monument voor de gevallenen hingen wat oudjes rond. We hoefden het raampje maar omlaag te draaien of ze trokken hun tandeloze muiltjes al open om te vragen of we soms naar Karasov moesten. Die stond ons buiten op te wachten, maar de poort liet hij openduwen door een ander tandeloos oudje. Het was twee uur 's middags en hij had al gedronken, gaf hij toe.

'Het is het verdomde licht. Daarom die drank en daarom die zonnebril.'

Hij gebaarde naar het terrein, dat nogal plat was, en leeg. Er was het huis, van jong hout met een zinken dak, en achterin de gemetselde dierenverblijven met grote uitloopweides. Verder niets. Hij had een paar boompjes geplant die geen blad wilden krijgen.

'Alles strekt zich hier uit,' gebaarde hij dramatisch, 'de rivier, de vlakte, de wegen en de uren. Daarom drink ik, omdat ik een beetje schaduw zoek in dit eindeloze land. Verdient niet elk mens een beetje schaduw op zijn tijd? Zij daar, Valeria, heeft het goed bekeken. Stekeblind en toch alles gezien wat een mens moet zien in het leven.'

Het oudje bleef zwijgend tussen ons in staan, knipperend met haar ogen, die me helemaal niet blind leken. Ze keek naar de grote sleutelbos in haar handen. Eindelijk herinnerde Karasov zich waarvoor we waren gekomen.

'Nou, laat maar zien! Zitten ze aan de ketting?'

'Nee, niet nodig,' zei Lydia, terwijl ze de achterdeurtjes van de 1zj openmaakte. Het duurde even voordat Fedja en Stjopa eruit durfden te springen, maar zodra ze voet aan de grond hadden, zetten ze het op een rennen.

'Hou ze weg van de dierenverblijven!' riep Karasov, en daar ging het vrouwtje al, als een schicht achter de beren aan, klappend in haar handen en *oi, oi, hop* roepend.

'Komt goed,' zei Karasov, terwijl hij ons voorging naar het huis. In de vestibule trokken we onze laarzen uit en kregen we met bont gevoerde sloffen. Alles rook alsof het net in elkaar gezet was. De balken waren van een duur soort hout en hoogglanzend gelakt, er waren puike werkjes taxidermie aan opgehangen die voor jachttrofeeën moesten doorgaan. De woonkamer was zeer ruim en warm dankzij de vloerverwarming en de open haard, en in het midden stond een palissanderhouten, met fluweel gestoffeerd zitmeubel zoals je dat in Centraal-Azië ziet, waarin we moesten plaatsnemen. Terwijl ik me in de kussens installeerde zocht ik naar iets wat oud was, of op z'n minst gebruikt, maar alles, van de elandhoornen kroonluchter tot de wodkakaraf met dubbelkoppige adelaar, die op ons wachtte in een cirkel van bijpassende glaasjes, zag eruit alsof het zojuist in een souvenirwinkel was aangeschaft. Karasov liet zich schrijlings tussen tafel en leuning op de bank vallen en sommeerde een jonge vrouw om hapjes. Ze kon zijn vrouw zijn of zijn dochter, maar hij stelde haar niet voor en zij keek ons niet aan toen ze ons bediende. Toen ze weg was, schoof Karasov voorzichtig zijn zonnebril van zijn neus. Hij had de opgezwollen huid die alcoholisten gemeen hebben met huilende kinderen.

'Hoe was de weg?' vroeg hij, maar hij wachtte ons antwoord niet af. 'Ik moest gisteren op en neer naar Moskou, ga d'r maar aan staan. Onderweg dacht ik: ik moet wat hebben, neukjemoeder, excuseer, wat een kwelling, dat je geacht wordt nuchter te zijn achter het stuur. Een Rus kan niet nuchter blijven onderweg, die moet wel drinken, omdat hij in de minderheid is. Dat is de pest van ons leven, wij zijn altijd in de minderheid en de kilometers zijn in de meerderheid. Sommige van die kilometers zijn mooi, andere afschuwelijk, ze kunnen van asfalt zijn of van bos, maar meestal van oogverblindende sneeuw en er staan zelden mensen op. Er komt verdomme geen einde aan! Hoe verdraag je dit onmetelijke leven? Zoals het is, zeggen sommigen. Ik geef het je te doen! Niemand op deze aardkloot heeft het met zoveel kilometers te stellen als wij, daarom moeten we het leven een beetje afsnijden in de bochten. Laten we dus drinken, godsammehalen.'

Toen hij had gedronken, glimlachte hij lief naar me. Dat lieve zat 'm in zijn tragische blik, die ik herkende van Vera. Ook zij had zulke felgroene ogen, waarin de tranen altijd hoog zaten. Al was ze nog zo vrolijk, ze droeg iets mee waardoor je haar wilde troosten, een neiging die ze steeds moest opvangen met een gulle lach: 'Het gaat prima, hoor!' Soms denk ik dat haar ogen stiekem een blik vooruit hadden geworpen, zonder haar te vertellen wat ze hadden gezien. Ik zag op tegen onze beerloze thuiskomst en liet me nog een keer inschenken.

'Ach dames,' zei Karasov, 'neemt u mijn gebazel niet te serieus. Ik word altijd zo melancholisch van zo'n reis zonder slaap. Laten we zakendoen.'

Juist toen hij opstond om de gordijnen te sluiten, verscheen het oude vrouwtje voor de tuindeur, met Fedja en Stjopa nogal gehoorzaam aan een touw. Nee, ze kon niet blind zijn, want ze keek ons recht in de ogen en gebaarde naar de beren.

'Is dat je moeder?' vroeg Lydia.

'Ben je mal, Valeria is aan komen lopen.'

Door een kier van de deur wisselde hij wat onverstaanbare woorden met het oudje, maar hij liet alleen de beren binnen. Ze maakten een onderzoekend rondje door de kamer en leken niet te begrijpen waar de geur van gerookte zalm vandaan kwam.

'Valeria stond hier al voordat we het huis bouwden,' verduidelijkte Karasov, 'ze ging niet weg toen we het hek neerzetten. Nou, en toen bleek ze heel goed met dieren overweg te kunnen, dus hebben we haar te eten gegeven. Ze zegt dat ze soms met ogen dicht ziet en soms met ogen open, vandaar dat ze zoveel knippert. Verdomme, het vuur!'

Fedja, die geschrokken weg hobbelde van de open haard, had waarschijnlijk alleen een vonk op zijn neus gekregen, maar Karasov ploos zijn hele vacht uit. Hij aaide hem onder de kin en krabde hem achter de oren.

'Laat me eens naar je kijken. Je bent een puikbeste beer, of niet dan?'

Nu kwam ook Stjopa erbij staan, zijn neus tegen de machtige mensenbuik porrend om aandacht. Toen dat niet werkte, liet hij zich op zijn rug vallen om zijn mooiste bezit, zijn witte bef, aan de gastheer te tonen.

'Kijk, zo doen de dieren dat,' zei die triomfantelijk, 'die onderwerpen zich op tijd aan hun meerdere, om escalatie voor te zijn. Hier valt niks te vrezen, zien jullie wel? Alleen wij mensen, sadisten als we zijn, laten ons door niets of niemand afremmen.'

Instinctief greep Lydia naar de helende wond op haar arm. Ik zag dat ze dacht: wat hebben wij niet begrepen? Het verbaasde me dat ze erin trapte. De dikke berenfluisteraar voerde een toneelstukje op, iets aan dat luid krakende camouflagepak zei me dat hij zijn handen niet vies maakte aan het bos daarbuiten, en dat hij ervan gruwde dat Fedja zijn plas liet lopen op het witte tapijt. Voordat Karasov weer een nieuwe zijweg insloeg, wierp ik de vraag op tafel.

'Wat kun je voor ons betekenen?'

Het lieve gezicht sloot zich als een graf. Geld.

'Het zijn puikbeste beren. Maar hoe je het ook wendt of keert, dit gaat me wat kosten. Uiteindelijk zal de keuze vallen tussen circus of bos. Voor het ene moet ik ze trainen, en hopen dat ik een dompteur vind. Voor het andere moet ik ze dedomesticeren, en maar hopen dat ze niet weer terugkomen. In elk geval wordt het geen goedkope grap.'

'We hebben geen rooie cent,' zei Lydia, 'dat weet je best.'

'Het is een rare wereld,' zei Karasov, moeizaam overeind komend, 'als je bedenkt dat je in andere regio's tien-, twintigduizend roebel van de staat krijgt voor een dode beer.'

In de stilte van onze verbijstering liet hij een bulderlach vallen.

'Hou toch op, zeg me niet dat jullie dat niet weten. Hier in de Tver-provincie heerst een jachtverbod, en volgens mij bij jullie in Pskov ook. Maar in Krasnojarsk, Kamtsjatka... Hoe verder naar het oosten, hoe hoger de premie. Ga je de andere kant op, en speel je het spelletje op z'n westers, dan liggen er ook centjes voor het oprapen. Kom mee, ik zal jullie eens wat laten zien.'

We volgden hem naar zijn kantoortje. Ook hier was alles brandschoon en nieuw, van het machtige mahoniehouten bureau tot de presse-papier van giethars met Joris en de Draak erin. Aan de muur hingen ingelijste foto's van hemzelf, op een veel te klein paard, met zijn vrienden op jacht, met een wolf, of een wolfachtige hond; het beeld was niet heel scherp en zwart-wit. Zelf was hij slanker, had hij zijn haar nog niet gemillimeterd maar in een scheiding gekamd, glimlachte hij gesloten naar de camera. Hij had dus bestaan, voor 1991, en was in alle opzichten ingetogener geweest. Ergens in deze onomstotelijke kerel schuilde nog dezelfde bedeesde Sovjetburger die we allemaal in ons droegen, maar hij wilde geen woord meer met hem wisselen, omdat hij hem tegen zou spreken. Omdat hij hem eraan zou herinneren dat hij vurige verlangens had gekoesterd, maar niet hiernaar, niet naar dit goudkleurige plastic lijstje.

'Hebbes,' zei Karasov, de bureaulade dichtknallend. 'Deze kennen jullie vast wel.'

Hij vouwde een poster open van het Wereld Natuur Fonds.

'Ik heb geprobeerd om een filiaal te openen in de Tver-regio, maar zij vonden dat het kantoor van Moskou groot genoeg was om alle westelijke provincies te beslaan. Gedurende twee jaar heb ik wat toegeschoven gekregen, maar dat mens heeft de kraan dichtgedraaid. Ach, het zijn allemaal bureaucraten, hebben geen greintje verstand van de natuur. Gelukkig zijn ze de enige niet, zijn er meer organisaties die zich over onze bossen willen ontfermen.'

Met een samenzweerderig lachje trok hij een folder tevoorschijn. Er stonden foto's in van bruinverbrande blonde jongeren, steeds breed lachend, of ze nou bij dolfijnen neerhurkten of zwarte kindjes, of de armen om de schouders van Aziatische theepluksters hadden geslagen. IVON, verduidelijkte Karasov, was een Nederlandse organisatie die vrijwilligers uitzond naar ecologische en humanitaire projecten over de hele wereld, en voor Rusland zochten ze naar organisaties die zich met beren en wolven bezighielden. Hij dacht dat ons kamp wel eens geschikt kon zijn voor zo'n project. Op een A4'tje had hij alles neergekrabbeld wat hij te weten was gekomen: het zou gaan om vijf tot tien vrijwilligers voor maximaal twee weken, goed voor zevenhonderd à duizend dollar de man, en daar kwamen nog jaarlijkse donaties van de organisatie zelf bovenop.

'En je laat die lui alles opknappen, want dat vinden ze leuk,' zei hij. 'Echt! Drollen ruimen, vloeren boenen, houthakken. Moet er wel een beetje folklore in, met sneeuw, beertjes, wolfjes, Kalinka-malinka, daar zijn ze in het Westen gek op, want zelf hebben ze geen sprookjes meer. Ze geloven niet meer in God, maar wel in de natuur, die ze niet eng vinden of vervelend, zoals wij, maar zielig. Ze troosten bomen. Ze troosten wilde dieren. In Amerika loopt er eentje rond die met grizzly's omgaat alsof het kleine kinderen zijn. Iedereen waarschuwde hem, maar hij vond dat hij over bijzondere gaven beschikte om met die dieren te communiceren. Nou, zojuist las ik op internet dat het raak was: hap, slik, dood. Bleef zeker nog vriendelijk terwijl hij werd opgegeten, zo van "tast toe, geniet ervan, het ligt ervoor, hoor!" Zo staat het er nu voor in het Westen.'

Zijn tirade werd onderbroken door een salvo van brekend glas. De beren natuurlijk. We waren zo stom geweest om ze alleen te laten met de hapjestafel in de woonkamer. Toen we binnenstormden, bleven ze onverstoorbaar, met de oren in de nek, de resten van het tapijt likken. Even later zaten ze achter slot en grendel van hun nieuwe onderkomen. Ze hadden voorlopig het rijk alleen, legde Karasov uit. De lynxen waren juist opgehaald door een liefhebber en het vossenverblijf beschikte over een eigen loopweide. Daarachter wuifde het bos in golven, als de zee. We luisterden er een poosje naar, en naar het zachte getingel dat van de klok moest komen die we onderweg hadden zien hangen, hulpeloos in zijn veel te smalle kerktoren. De wodka welde op in mijn maag als de tranen in mijn neus.

'In Russische ogen is dit armoede,' zei Karasov. 'Wildernis is voor ons afzien, zeg maar de afzondering van de heilige Serafim, dat werk. Maar westerlingen vinden het een luxe. Je moet ze wel het idee geven dat ze de natuur een handje helpen, want het zijn idealisten.'

Hij sprak het traag en scherp uit, als een scheldwoord.

'En waarom doe je het zelf niet?' vroeg Lydia.

'Ik moet er niet aan denken,' zei hij onmiddellijk. 'Al die mensen over de vloer. Ik ben een dierenman, Lydotsjka.'

Opeens greep hij haar bij haar middel, een geste die ze beantwoordde met haar voor machismo gereserveerde frons. Het werkte, want hij liet haar los en hervatte de onderhandelingen.

'Bovendien heb ik geen licentie meer. Maar als we samenwerken, kan ik die weer krijgen. Lever ik jullie in de lente de beertjes, haal ik ze in de herfst weer op. Dertig procent voor mij, zeventig voor jullie.'

'En hoe kom je dan aan die beertjes?'

Hij maakte een afwerend gebaar. 'Vertrouw me nou maar. Ondanks het verbod wordt er nog steeds gejaagd op winterslapers. Als je weet waar je moet zoeken, komen die kleintjes vanzelf uit het hol naar je toe gekrabbeld.'

En hoe kom je er weer van af, wilde ik vragen, maar ik hield me in. Als hij goed voor Fedja en Stjopa zou zorgen, zoals hij beloofde, was er geen reden om aan te nemen dat hij dit niet voor andere weesberen zou doen. Bovendien wilde ik eerst alles met Lev bespreken.

'Beslapen jullie je er maar eens over,' zei hij. 'In de tussentijd ontferm ik me over deze twee. Dat geld komt wel.'

Toen we afscheid namen, was de schemering al gevallen.

Het oude vrouwtje bleef voor de poort staan zonder ons uit te zwaaien, maar in de achteruitkijkspiegel flikkerden haar ogen als nachtkijkers. Ik ging verzitten en gaf me over aan de lange, donkere weg die voor ons lag. We hadden allebei te veel gedronken, maar het was mijn beurt om te rijden.

'Och, je hoeft toch alleen maar rechtdoor,' zei Lydia nog. Na een tijdje voegde haar ritmisch gesnurk zich als een extra cilinder bij het motorgeronk. Nu het donker was, kwamen de déjà vu's op de M-9 alleen nog als tegenliggers voorbij: steeds weer dezelfde Kamaz, met daarin steeds weer dezelfde, rokende man van hetzelfde bouwjaar en dezelfde vaalblauwe kleur die in de Sovjet-Unie aan vrachtwagens en hun bestuurders was toebedacht. De tijd kroop vooruit. Ik moest denken aan alles wat Karasov had verteld. Over westerlingen die hun sprookjes waren verloren en weesbeertjes die vanzelf omhoogkropen om gered te worden. Ik vertrouwde mezelf steeds minder en kneep hard in het stuur, alsof ik ook de auto wakker probeerde te houden. In mijn ooghoeken zag ik de voeten van de woudreuzen naar het licht van onze koplampen kruipen. Voorbij Zapadnaja Dvina stak een kleine dinosauriër de weg over, het stuur draaide uit mijn handen en we schoten tussen twee sparren de berm in. Niets aan de hand, zei Lydia nadat ze een rondje om de auto had gelopen, ik neem het wel van je over. Ik dommelde weg tot ze terug begon te schakelen, en opende mijn ogen in de hoop dat we er al bijna waren. Maar wat ik toen zag wees daar allerminst op.

Midden op de holle weg die we waren ingeslagen, stond dat mensje weer. Ze was krijtwit, liep op blote voeten en droeg niets om haar magere lijf behalve een ragfijn, donkerrood gewaad. Lydia was teruggereden! In godsnaam, schreeuwde ik, wat doen we hier? Maar toen zag ik dat de schim die ons tegemoet kwam stampen niet het blinde vrouwtje van Karasov was, maar mijn eigen dochter. De woede had haar in één klap stokoud gemaakt. Uit haar gekromde schouders vloog een grijze ziel omhoog die mij nog lang verwijtend zou blijven aanstaren.

'Lev?'

Alleen de hond komt overeind. Los het op, zeggen haar ogen. Ik antwoord dat we moeten wachten, ook ik, maar ze weigert dat te accepteren. Ik geloof niet dat het alleen de slang was die ons heeft opgehitst. Ook honden, paarden, schapen, sommige vogels en sowieso alle jonge dieren hebben ons op een dag wijsgemaakt dat de rest van de schepping van ons afhing. Figuren als Bamsja hebben gezegd: regel het maar, en toen ging het fout. Moet je haar nu zien zitten, hare behoeftige hondheid. In de gang duw ik het luik open, trek de trap tevoorschijn en klim naar boven.

'Lev?'

Ik was alweer vergeten dat je door dit zolderraam zo ver kunt kijken. Deze dag zal grijs zijn en onschuldig stil, onder een lucht die niets te maken heeft met de geluiden die Lev hebben weggejaagd. In mijn ooghoek lichten de witgelakte deuren van de kinderkamers op. Ze zijn identiek, toch past de knop van de linkerdeur beter in mijn hand. Het hout leunt warm tegen de muis van mijn duim. Mijn adem stokt, toch draai ik de klink tot de deur van het slot schiet.

Het raam is kleiner dan ik me herinner en het uitzicht erin scherper en groener dan aan de voorkant van het huis, alsof het is samengedrukt. Elke keer blijkt de inrichting soberder dan ik verwachtte. Het werkblad op het bureau is versleten. In de mat op de vloer zitten vlekken. Op de boekenplank staan een paar pockets, vergeeld door de zon die hier nog wel graag komt. Op het bed ligt alleen een dekentje, neergelegd voor mezelf, omdat een groene wollen deken een troostvoller aanblik biedt dan een afgehaald matras. Ik pak *De meester en Margarita* van het plankje, sla het open en zie de beklagenswaardige kruimels op de woorden in de bladzijde liggen. Sommige mensen zeggen dat hun geliefden spreken door wat ze achterlaten. Maar ik hoor hier alleen mijn vreselijke zelf. Heb je al besloten wat je gaat studeren? Je bent al negentien! Wat wil je worden? Waar wil je heen? We hebben haar weggejaagd met onze vragen. Ze was Vera, dat had elke imbeciel kunnen zien. Ze was gezond, jong en leefde onder de nok van een houten huis in het westen van Rusland. Ze hield van beren en at graag onder het lezen:

> *vergeef me, en vergeet me zo snel mogelijk. Ik verlaat je voorgoed. Zoek me niet, dat is zinloos. Van al het verdriet en de tegenslag die mij hebben getroffen, ben ik heks geworden. Ik moet gaan. Vaarwel. Margarita.*

13

We stalden de kinderen boven onze hoofden, als een voorraadje liefde op zolder. Het plan was om onze slaapkamer aan de andere kant van de trap te bouwen, maar die twee groeiden zo snel uit tot waakzame en onafhankelijke personen dat we de gepaste afstand bleven bewaren. Hoe vergaat het de kinderen van vrienden, die op een ligstoel in de hoek van dezelfde kamer sliepen als hun ouders en door bleven slapen als wij op bezoek kwamen om te roken en te drinken en te zingen? Zijn die beter bestand gebleken tegen het benauwde leven?

Vera kon je niet betrappen, want die schaamde zich nergens voor, maar bij Dimka kwam ik een keer binnen toen hij met een meisje op bed zat. Ik schoot meteen weer de gang op maar het beeld van hem, nog aangekleed, met haar lelieblanke naaktheid in zijn beschermende omhelzing, staat me nog altijd bij omdat hij dat lieve lijflijke later zou verliezen. Hij slaapt nog regelmatig in dit bedje, onder dezelfde tronies van de rockgroep DDT. Hier past alles hem nog: de oude deken, de elektrische olieradiator, de sterrenkijker, de draaitafel, de tekenspullen, de platencollectie. Hij hoeft alleen de zoldertrap te beklimmen om in dat kleine beetje twintigste eeuw in slaap te vallen. Misschien vindt hij er dan ook de tederheid terug die hij achterliet in een barak in Tambov. Hij was heus verliefd op Ira, maar verlangde naar de militaire dienst, die hem twee jaar van haar zou scheiden. En van ons. Hij wilde gewoon weg. Onze plannen met de weesbeertjes interesseerden hem nauwelijks.

In de stapel elpeehoezen herken ik meteen die van Alla Poegatsjova. Een cadeautje, wij waren geen fan van haar. *Ah, wat heb ik zin om te leven,* luidt de titel, maar zo kijkt ze niet, vanonder haar bloemenkrans. Als ik de plaat tevoorschijn schud, zie ik aan de krassen dat we de naald vaak op hetzelfde nummer hebben gezet, het liedje van onze verhuizing, veel te melancholisch voor een hit. Het orgeltje maakt zo plaats voor een strijkorkest waarbij je vanzelf de zon in de Zwarte Zee ziet zinken. Ah, wat wilden we leven! En meeklappen! En het verhaal van de miljoen rozen is nog waargebeurd ook. De Georgische schilder Pirosmani was zo verliefd op de Franse actrice Marguerite, dat hij alle bloemen van Tbilisi liet aanrukken om voor haar voeten te werpen. Ze kuste hem, voor het eerst en voor het laatst, want ze nam de trein en kwam nooit meer weerom. Waarom heeft niemand er ooit aan gedacht om ons enorme land met rozen te laten overwoekeren? We werden alleen met anjers doodgegooid, veteranenbloemen. Het ging altijd maar over die oorlog, terwijl wij – ah! – zin hadden om te leven.

Bijna twintig jaar na de verhuizing draaiden we het liedje opnieuw. Dezelfde vrienden die ons toen hadden geholpen, Klimov en Evtjoesjkin, kwamen nu de berenverblijven in elkaar zetten. Toen we 's avonds om de kachel zaten, legde Lev de plaat op de draaitafel. Maar we zongen niet meer, we wiegden alleen, balancerend op onze herinneringen. Het was de herfst van 2003, Poetin had beloofd om onze levensstandaard te verdubbelen zodat we volgend jaar op hem zouden stemmen. Evtjoesjkin zou dat zeker doen. Wat was het alternatief? vroeg hij. Toen niemand antwoordde, staarde hij ook maar in het vuur. Over zijn pretoogjes van weleer hingen nu rimpelige papegaaienoogleden. Klimov zag er niet veel vrolijker uit. Waar waren deze twee mannen zo moe van? Op de universiteit kwamen ze allang niet meer. Van Evtjoesjkin wist ik dat hij een vrouw had en twee dochters die niets meer met hem te maken wilden hebben, maar als directeur van een honingwinkelketen zat hij om vrouwelijke aandacht niet verlegen. Zjenja Klimov kon je geen wildeman meer noemen sinds hij zijn leeuwenmanen was verloren, maar als kajakinstructeur voor rijke Russen kwam hij nog vaak in de natuur en verdiende er zelfs een goede boterham aan. Waarom waren ze zo lusteloos?

'Het leven is beter geworden,' zei Klimov, 'maar zeker niet vrolijker.'

De enige van de groep die geen spat was veranderd, was buurman Serpjakov. Hij zei dat hij zijn jeugdige uiterlijk te danken had aan het feit dat hij grote steden vermeed, die hij 'bolwerken van teleurstelling' noemde.

'Ons moedertje Rusland is een hooghartige freule,' zei hij. 'Ze staat het liefst met haar rug naar de rest van de wereld. Heeft een kleine eeuw lopen mokken, en toen ze zich eindelijk omdraaide, was ze boos dat iedereen was weggelopen. Typisch vrouwengedrag!'

En schateren. Het was fijn om naar hem te kijken, naar zijn ogen die nog niet door wantrouwen waren verfrommeld maar opgewekt terugkeken. We lieten ons graag door hem geruststellen. Bij elke tegenvaller, al was het maar een spijker die er scheef in ging, wachtten we op Serpjakov die zei: 'Komt goed!' We sloegen zijn bemoedigingen als borreltjes achterover. Hij kreeg gelijk, het kwam allemaal goed.

Achter het lab bouwden we een overkapping met vier grote hokken, de scholierenverblijven renoveerden we tot we ze geschikt achtten voor westerse vrijwilligers. Evtjoesjkin zag erop toe dat afwerking en inboedel, van tegelwerk tot beddengoed, voldeden aan wat hij onder *Eurostandart* verstond. Samen met Klimov had hij wat geld geïnvesteerd voor de pomp- en filterinstallatie waarmee we de beek op het sanitair konden aansluiten. We hadden haast, de kou zat ons op de hielen, maar hoe koeler de zon op ons werk scheen, des te vrolijker we werden. Met de eerste sneeuw kwam er een pittoreske nostalgie over ons, alsof we poppetjes waren in zo'n plastic bol en de toeristen ons leventje alvast hadden opgeschud. Karasov kwam langs en nam pelsvachten mee voor 'folkloristische doeleinden', en in die geest beschilderde ik de ledikanten met bonte motieven. We hoopten dat de *eurostandartsjiki*, zoals we de toekomstige gasten al hadden gedoopt, het mooi zouden vinden. We verheugden ons op hun reactie, zoals een volwassene zoekt naar de betovering als hij een kind voorleest uit zijn oude sprookjesboek.

Mil-li-on, mil-li-on, mil-li-on alych roz...

Ik zit gewoon mee te wiegen en in mijn vingers te knippen. Nee, we waren geen fan, dit was popmuziek, een platte meezinger in feite, maar er is iets mee, er is iets mee, er is iets mee... Machinist, weet jij waarom de tranen over mijn wangen lopen? Heeft het ronddraaiende logo van Melodija me in Sovjethypnose gebracht? Ben ik zelf grijsgedraaid en versleten van de krassen? Daarbuiten breekt nog steeds dezelfde middag aan als toen, met dezelfde bomen, die niet veel zijn gegroeid, en het laboratorium, dat vanaf hier nog best intact lijkt, maar de achtergrondmuziek klinkt anders. Vroeger lachte ik hierom, nu moet ik huilen. Heeft iemand soms het decor verschoven? Waarschijnlijk maakte ik mezelf steeds heel hard wijs dat het geen muziek was om van te houden. Hield ik alles achter, zoals mijn goede vader me had geleerd.

Als kind lag ik 's nachts vaak wakker van een zware bromtoon, die als een monster onder mijn bed lag. Mijn ouders hoorden hem niet, zeiden dat het de benedenburen waren. Maar toen we verhuisden reisde de bromtoon met me mee, terwijl we in Kommoenar geen benedenburen hadden. Ook geen directe bovenburen, trouwens. We kregen een flatje toegewezen in een *Brezjnjevka* op een winderige vlakte, met onder ons de kelders, en boven ons de betonnen vloeren van een leegstaande verdieping. Zes jaar, tot we weer terug konden naar Leningrad, woonden we op die *beletazj*, zo'n woord waar mijn oma lyrisch van zou worden, ware het niet dat Russische bel-etages meestal tralies voor de ramen hadden tegen de inbrekers. Het doel van ons gebarricadeerde uitzicht was natuurlijk de vernedering van mijn verschopte vader. Op een nacht, toen ik weer eens wakker lag van de brom, kwam hij me troosten. Flink in de lorum, zoals hij dat in die jaren meestal was, viel hij op zijn knieën en legde hij zijn oor op de vloer. Nee, hij hoorde toch echt niks!

'Wat jij nog hoort, en wij allang niet meer,' zei hij, 'is de foon. Het is de achtergrondruis van het leven. De hele geschiedenis zit erin, van het liefste lied tot de angstigste schreeuw, maar wees niet bang. Mensen die bang zijn voor geluiden zijn bang voor hun verbeelding. Ze sluiten hun geestesoog en roepen heel hard: het is niet echt! Maar de verbeelding bestaat, Nadja, niet alleen in ons hoofd. Het is een natuurverschijnsel als alle andere en beweegt zich over de foon als een trein op de rails. Jij hebt nog een rijke verbeelding, maar geloof me, dat gaat over. Als je ouder wordt volg je de foon niet meer, omdat ze wordt overstemd door het gejengel van alledag. Volwassenen houden het liever bij alledag omdat ze voor de rest geen tijd hebben. De meesten wonen in de stad, waar het leven ritmisch is en zo luid dat het hen opzweept, hop, hop, 's ochtends uit bed en 's avonds er weer in! Dan liggen ze daar uit te hijgen van het kabaal, daar kan eenvoudigweg niets meer bij. Maar zet je ze in een bos, dan worden ze bang, omdat de natuur geen geluiden aankondigt. Nadjenka van me, je oren staan wagenwijd open, als bij een aapje in de jungle. Toch kun je niet alle ruis binnenlaten. Soms moeten je oortjes toe en je snuitje dicht, niets gehoord, niets gezegd. Wees niet bang. Geluiden zijn maar golven in de lucht; ze komen en ze gaan, als in een oceaan. En wat jij eruit vist is van jou, maar deel het met niemand, hou je vangst voor jezelf! Anders tikken ze je op je schouders en zeggen ze: doet u dat schepnetje eens open, wat heeft u daar allemaal voor gedachten verzameld? Zo gaat dat in dit grote boze land.'

In het donker wachtte ik op meer woorden, maar na de stilte kwam alleen nog gesnurk. Voortaan sliep ik goed.

Foon

Wat? Dit was niet de muziek, want die is opgehouden, de naald beweegt naar het volgende nummer op de plaat. Nogmaals die toon... Het komt van beneden. Als ik halverwege de zoldertrap ben, klinkt hij niet meer. In de keuken lees ik dat Dimka heeft gebeld. Ik pak de telefoonklapper, het schuifje staat nog steeds op de B van Basjkov: misschien heeft Lev hem toch te pakken gekregen en is hij nu onderweg naar Minsk. Ik druk op het knopje, de klapper presenteert me twee volgekrabbelde velletjes. Voornamen, achternamen, nummers, mijn handschrift en dat van Lev. De volgende bladzijde, waar de Б overgaat in de B van Vera, is volgeschreven met de zwerftochten van mijn dochter. De hartjes in paarse fijnschrijver zijn van haar, de vele doorhalingen van mij. Waar ze al niet uithing: op de Telezjnajastraat, de Sanatornaja, ergens in Koeptsjino. Hier, het nummer van rockclub Money Honey, waar ze een tijdje heeft gewerkt. Twee mobiele telefoonnummers met een vraagteken erachter, de naam van dat huftertje en zijn ouders... Daar gaat-ie weer, de telefoon.

'Godzijdank!' breng ik schor uit.

'Mam? Gaat het?'

Ik haal adem en zeg dat het gaat.

'Ik probeer je al dagen te bereiken, mam. Ik zit in Nizjni Novgorod, hoor je mij?'

'Dimka, weet je dat we een elektriciteitsrekening hebben gekregen van een half miljoen?'

Waarom begin ik daarmee?

'Onmogelijk,' zegt Dimka.

'Echt waar. Een van driehonderdduizend roebel en een van tweehonderdduizend. Er gebeuren hier rare dingen maar jij bent er niet en je vader is ook al weg. Ik sta er weer eens helemaal alleen voor.'

'Pappa is weg? Waarheen?'

'Weet ik veel! Hij is foetsie.'

Hij rolt er een salvo vloeken uit.

'Ik heb overal gezocht. Bij de dieren, in het bos, bij het lab. Wat wil je dat ik doe?'

Hij denkt zeker dat ik huil vanwege Lev, maar ik huil om

van alles. Om de miljoen rozen en de half miljoen roebel. Om de doorgestreepte nummers, om iedereen die weg is en om mezelf, ja, ik huil voornamelijk om mezelf.

'Hoelang is hij al weg?'

'Sinds gisterenavond.'

'Och, die heeft gewoon een expeditie verzonnen.'

'Je weet best dat hij dat al jaren niet meer doet.'

'Bel dan de politie.'

'O nee! Die komt hier niet meer binnen. Kom jij maar zoeken!'

Ik wil helemaal niet dat Dimka komt, ik wil huilen en wacht op de emotie in zijn stem.

'Ik kan hier nog niet weg,' zegt hij. 'Als hij er vanavond nog niet is, stuur ik wel iemand om je te helpen. Weet je trouwens dat Esther...'

Ik hang op. Zoals ik al zei, ik wil alleen maar een potje huilen.

Plotseling is het nacht. Ik ben in slaap gevallen onder de deken op de veranda, niemand heeft gebeld, geen dier heeft me wakker geschreeuwd.

'Lev?'

Wat heb ik toch voor een stem gekregen? Misschien droom ik nog. Of word ik nog gedroomd. Wat verbeeldde Freud zich wel, dromen leveren helemaal geen commentaar op ons, ze leiden hun eigen leven. Het lijf slaapt, de ziel heeft een onderonsje met soortgenoten. Dat weet ik sinds het zomerkamp in Basjkortostan. Toen we terugkwamen van de nacht in onze zelfgebouwde hutten, wilden we niet meer terug naar de barak en bleven we in de buitenlucht slapen. Er was altijd wel iemand die het vuur aan de gang hield. Geen van ons sliep onafgebroken, daarvoor waren er te veel geluiden, van echte vogels of fabeldieren, van geroezemoes tussen slapers en wakers, of van mensen die niet eens aanwezig waren. Dagen en nachten werden een geheel, een web waarin we onze dromen deelden. Soms, als we weer in slaap vielen, bleken we van droom te zijn geruild, en moesten we de ander vertellen hoe het was afgelopen.

Terugdenkend heb ik het zomerkamp duizendmaal langer beleefd dan het in feite duurde. Heeft niet iedereen zulke herinneringen? Die paar weken uit de vroegste volwassenheid, als de zacht behangen wanden van de kinderkamer zijn verruild voor galmende auditoria en exercitiezalen, hebben het talent om door te blijven klinken in steeds flinker aangedikte verhalen. Mannen zagen graag door over hun diensttijd, al was die nog zo vervelend, vrouwen over hun eerste bewonderaars, die ze toen geen blik waardig keurden. Mijn echo komt uit Basjkortostan. Ik heb nooit meer zoiets meegemaakt en er nooit meer over gesproken, niet met Lydia en niet met Lev. Misschien verzwijgen we het omdat het zo intiem was; we sliepen immers samen, tot in het diepst van ons bewustzijn. Ik kan me niet voorstellen dat de anderen dat zijn vergeten. Zelfs de amanuensis en die gepromoveerde horken zullen terugverlangen naar de nachten waarin we slaapwandelden tussen elkaars dromen.

Als ik me uitstrek op het bankje, kijk ik langs de overkapping zo de hemel in. De wolkensluiers lijken op een dekbed dat ik over me heen kan trekken. Het lijkt me geen probleem om nu aan onderkoeling een zachte dood te sterven.

'Lev?'

Hij is niet teruggekomen. Ik moet zo langzamerhand gaan toegeven dat het mijn schuld is dat hij weg is, want ik heb de Grote Geluiden tegen hem ingezet. Waarom jagen ze hem wel angst aan en mij niet? God mag weten hoe de dingen klinken in zijn kop. Er is veel onderzoek gedaan naar hoe goed de verschillende soorten kunnen horen, maar het heeft zich altijd tot luidheid beperkt. We weten dat dolfijnen onder water geluiden tot wel honderdvijftigduizend hertz met hun onderkaak naar hun middenoor scheppen, maar wat dan? Vrezen ze wat ze horen, of genieten ze ervan? In Irkoetsk woont een vrouw die, als ik de vaderlandse pers mag geloven, over een dierengehoor beschikt. Ze hoort de aardlagen onder haar voeten knarsen en de regen opbollen in de wolken, maar het zijn geen fijne geluiden, zegt ze, ze doen haar pijn en maken haar misselijk. Klaarblijkelijk vinden we geluiden die niet voor onze oren bestemd zijn niet mooi.

Ik schiet overeind. Idioot dat ik ben! Natuurlijk is Lev niet naar Basjkov, hoe had hij dat moeten doen, zonder auto? En waarom zou hij de telefoon hebben achtergelaten? De geluiden hebben hem niet verjaagd, hij is hier weggehaald. Esther. Alsof Dimka me niet heeft geprobeerd te waarschuwen: ze komt hierheen, zei hij. Maar ik wilde niet luisteren, en nu is ze gekomen en heeft ze Lev meegenomen, het mens heeft geduldig haar moment afgewacht! Ik druk mijn handen tegen mijn slapen, als ik probeer te gaan staan proef ik dat ik heb gedronken. Op de vensterbank staat de fles, halfvol leedvermaak. Ik strompel naar het tuinhek en leun voorover om mijn ogen aan het donker te laten wennen. Zo snel zie ik geen bandensporen op het pad, maar gut, Esther is een reddende engel, die heeft geen auto nodig. Ik schreeuw zo hard ik kan, terwijl ik weet dat alles wat ik uitbreng, doodslaat op dit landschap. Waar zijn jullie allemaal? Machinist, waarom kom je niet meer voorbij?

'Bloeblabloeblahaha!'

Ah, daar is de bok weer, in de nachtelijke verte. Voert hij soms het woord voor de twee magere geitendames aan zijn zijde? Dan mag hij ze wel eens dekken, zodat we weer lammeren krijgen en melk. Kom, machinist, binnen zal ik je de rest van het verhaal vertellen. De hond wacht ons al op, die weet dat wij mensen ook praten tegen hen die er niet zijn, aan de telefoon bijvoorbeeld, of tegen een halflege fles. Ze bewondert ons er geen haar minder om, integendeel; ze volgt het gemompel met donkerbruin hondenontzag. Als het theewater kookt, schenk ik twee glazen in. Een voor mezelf, een voor jou. Voel je niet verplicht, machinist, zie het als zo'n wodkaatje dat je op het kerkhof achterlaat voor de overledene. Komt wel op, is het niet dankzij de geest, dan wel dankzij de zwerver die in de bosjes zit te wachten. Het is van die Russische tovenarij waar je niet te veel over na moet denken.

Waar was ik gebleven? Bij het jaar 2004. Ik zal je vertellen hoe het begon en waar het eindigde. Eerst kwamen de beertjes. Ze waren met z'n vieren, een stukje jonger dan Fedja en Stjopa destijds, dus ze hadden nog weinig geur van zichzelf en geen flauw benul van wat dan ook, vielen steeds om. Ze waren hulpeloos en vreselijk zielig. Toen Karasov ze losliet in het laboratorium, wisten we meteen dat hij wist wie de moeders had geschoten. Misschien was hij wel meegegaan op de jacht. We zagen het aan de manier waarop hij zich afwendde van het gekrijs op de vloer, aan de gebaren waarmee hij Lev naar buiten wenkte om over de poen te praten. Er was geen tijd voor schuldgevoelens, het was te laat voor bezwaren. De eerste vrijwilligers hadden zich al ingeschreven, over twee weken zou iemand van stichting

IVON langskomen voor de inspectie. Terugkrabbelen kon niet meer, hoe hard de beertjes dat ook probeerden in hun spekgladde dierenverblijven. Bovendien zouden we het nu allemaal anders doen. We wisselden geen woord in hun nabijheid, droegen handschoenen en pakken met capuchons om ze niet aan onze geur te laten wennen. Deze beertjes kregen geen namen, want in de herfst, als ze hun geld hadden opgeleverd, zouden ze worden teruggezet in de natuur.

En toen kwam zij dus. Esther Graafsma, vertegenwoordiger van stichting IVON, om groen licht te geven aan ons project. Bij haar naam, die in onze oren kraste als een hark over het asfalt, hadden we allemaal zo onze voorstellingen. Een commissaris van het Rode Leger, zei Lev, zoals de stuurse Nonna Mordjoekova in de film. Een schattig vrouwtje met een mandje tulpen aan de arm, hoopte ik. Dimka opperde dat ze misschien helemaal niet kwam en dat al onze moeite voor niets was geweest. Vera verheugde zich het meest van ons allemaal, omdat ze nu eindelijk haar Engels in de praktijk kon brengen. We stonden te wachten als schoolkinderen op vadertje Vorst toen de jeep aan kwam rijden. Als alles goed ging zou dat prachtding te onzer beschikking komen. Naast Lydia zat een vrouw die eigenlijk wel wat weg had van het sneeuwmeisje dat vadertje Vorst helpt de cadeautjes uit te delen, met dat blauw gewatteerde manteltje en een mutsje over haar blonde krullen. Maar toen ze uitstapte zagen we dat ze veel langer was dan Snegoerotsjka, misschien nog wel langer dan vadertje Vorst. Ze droeg geen make-up, had alleen een ragfijn gouden brilletje op haar neus gezet. Met een lach nog breder en witter dan die van Serpjakov schudde ze eerst mijn hand. Ik voelde het bloed naar mijn wangen stijgen. Opeens rook ik mezelf. De uien die ik had gesneden, mijn haar, dat uit mijn vette hoofdhuid groeide, ik rook de lucht van in versleten vezels getrokken zweet. Ik voelde mijn ruwe hand in de hare, die koel bleef – waarschijnlijk had ze gerekend op eelt, zweet en binnensmonds gestotter – en mijn antwoord op haar melodieuze begroeting klonk monotoon en Slavisch. Ze was niet eens heel mooi. Niet zoals Vera dat was. Ze was uitzonderlijk symmetrisch, evenwichtig in alles, op het aanstootgevende af. We waren allemaal onder de indruk, en zij deed alsof ze dat ook van ons was: ze maakte steeds hetzelfde pico bello-gebaar, voor ons huis, onze tuin, het laboratorium en zelfs het dorp. En ze fotografeerde. Het uitzicht, de gedekte tafel, het houtsnijwerk van de veranda. Maar ook lelijke dingen, zoals de oude pannetjes aan de muur, onze badkuip en de saunaslippers aan de voeten van Serpjakov. Steeds wenkte ze ons naar het schermpje van haar toestel, om te laten zien wat ze had vastgelegd. En dan zag ik mezelf, in een schort voor de gootsteen. Of Lev, op de bank voor het wandtapijt, het strijklicht in zijn baard, veel ouder lijkend dan hij was. Dimka, in een capuchon vol tegenzin. En Vera, honderdmaal Vera, neergezet tussen de bomen, op het veld, bij de rivier, op de rug aan het einde van het pad, op een scheve schommel in het dorp, in de bus, voor de fabriekspijpen, stuurs voor zich uit starend in zwart-wit. Terwijl Esther aan het wieltje draaide zag ik de kleur uit ons leven trekken als uit het gezicht van een stervende, maar zij vond het prachtig. *Beautiful. Amazing.* Ze fotografeerde ons eten ook, al nam ze er niets van. Met een glimlach somde ze op wat ze niet at, en dat was zo'n beetje alles wat op tafel stond.

'Esther is veganist,' verduidelijkte Lydia, 'dat betekent dat ze niets gebruikt dat van dieren afkomstig is. Zelfs geen honing.'

‘Cool,’ zei Vera, terwijl ze meteen de worst wegschoof, ‘echt goed!’

‘Maar het is van onze eigen kippen,’ zei ik, een schaaltje omhooghoudend met gevulde eitjes. Ik kreeg medelijden met die eitjes, en de bouten, die ik zo lang had gestoofd dat het vlees van de botten viel. ‘Wij worden ook gegeten, als we leven en al helemaal als we dood zijn, dan eten miljoenen beestjes van ons!’

‘Mijn god, mamma!’ riep Vera.

‘Het is oké,’ zei Esther, ‘geen probleem, hoor! Eten jullie maar lekker.’

Esther vergaf ons, inboorlingen, alles. Alleen van de pelsvachten die Karasov aan de muur had gehangen, gruwde ze zichtbaar. We hadden gedacht dat ze graag met ons over de zoölogie van gedachten wisselde, dat ze tenminste de beertjes wilde observeren. Maar die interesseerden haar nauwelijks. Ze was geen wetenschapper, verduidelijkte ze, ze kwam uit de televisiewereld en had aanvankelijk alleen haar ‘gezicht geleend’ aan stichting IVON. De folkloristische elementen die we in de verblijven hadden aangebracht vond ze geloof ik wel aardig, en het sanitair, de dierenverblijven en de voedingsschema’s keurde ze goed voor gebruik. Maar ze had haast. Ze had maar vijf dagen en in die tijd wilde ze Rusland zien, of wat ze zich daarvan had voorgesteld. Ze wilde nog naar Moskou, niet naar de Academie van Wetenschappen maar naar het mausoleum met het lichaam van Lenin, ‘voor het te laat is’. Ik moest denken aan wat Karasov had gezegd, over de westerlingen die hun verhaal waren verloren. Esther moest zo snel mogelijk een verhaal vinden om thuis na te vertellen, en dat was niet het sprookje dat wij voor haar hadden bedacht.

Eigenlijk was ze lief. Ik denk dat haar vriendelijkheid

naar ons oprecht was. Was ze maar een kreng, dan had Lydia niet hoeven op te merken dat ik jaloers was. Toen ze terugkwamen van een wandeling naar het dorp, merkte ik dat zowel Lydia als Vera iets van haar had overgenomen, iets wufts, een handgebaar misschien, dat ik ze nooit eerder had zien maken. Vera had al handigheid gekregen in het fototoestel van Esther en liet me de foto's zien die ze hadden gemaakt bij de school waar ze haar halve jeugd had doorgebracht. 'Kijk,' zei ze, inzoomend op zichzelf voor de hoofdingang, 'daar hangen nog steeds die idiote posters aan de muur. Hebben ze gewoon niet vervangen, die losers.'

De volgende dag, toen ze met hun vieren in de jeep naar Moskou vertrokken, en Esther afscheid van mij nam met drie kussen, steeg weer het schaamrood naar mijn kaken. Haar huid smaakte zacht. Haar kogelronde, ijsblauwe ogen lazen mijn gedachten.

'Alles komt goed,' zei ze, 'het wordt fantastisch, dat beloof ik je.'

Maar ik wist dat dit pas de eerste akte was geweest, en dat niet de eurostandartsjiki, maar wij, ons gezin, Lydia en Serpjakov, de figuranten zouden zijn in deze ongemakkelijke vertoning.

14

'Mensen!'

Er is er maar één die zich aandient met deze kreet, en nooit gelegen. De Zogenaamde Pope. Schuilend onder het zolderraam besef ik dat ik niks heb klaargemaakt om hem te serveren. Sinds Lev weg is heb ik geen honger meer gehad. Zo sterven er zovelen: zonder brandstof, aan de eenzame kant van een lange weg. Voorzichtig kom ik weer omhoog. Mens, enkelvoud. Mag dat ook?

'Aha!'

Hij heeft me al in de smiezen, soigneert zijn zwarte gewaad en stampt van de veranda de keuken in. Ik hoop dat er geen vuile onderbroek ligt of andere rommel die alleen een mens, enkelvoud, laat rondslingeren.

'Ik kan u helaas niks warms aanbieden,' zeg ik als ik hem aan tafel zie zitten. 'Een boterhammetje dan maar? Ik heb jubileumworst.'

Daar heeft hij wel trek in, en ik heb trek om het hem te serveren. Maar als ik de worst op het plankje leg komt hij naast me staan en pakt hij het mes af.

'In huizen zonder mannen zijn de messen bot,' zegt hij, zijn duim over het lemmet halend. Ik ruik zijn zweet, het is niet van vandaag, niet eens van deze week.

'Wetstaal?'

Er groeien baardharen op zijn jukbeenderen, als achterop geraakte mieren.

'Hiermee krijg je die harde worst niet doormidden.'

Met die tanden van 'm ook niet, zie ik. Natuurlijk gaat hij niets slijpen, maar zet hij zich toch maar aan het snijden.

'Lev slaapt nog?'

'Lev is al twee nachten niet meer thuis geweest. Dimka heeft u niet gebeld?'

Kauwend zet hij grote ogen op. Nee, hij weet van niks.

'Het komt door de Grote Geluiden,' zeg ik, 'de avond voordat hij verdween klonken ze weer, harder en heftiger dan ooit. Ik denk dat hij op de vlucht is geslagen.'

Hij gebaart, de jubileumworst houdt nog steeds zijn mond aan de gang. Ik smeer dik boter op het brood, het valt uit elkaar van ellende. Het bevalt me wel hoe we hier staan. Mensen zijn sociale wezens, zegt men in zo'n geval. Ook al stinkt hij, en ik misschien ook, het is goed dat we hier samen staan te stinken met vette worst tussen onze vingers.

'Het is de hand van God,' zegt de pope. 'Jullie hadden Hem afgezworen, dachten alles door te hebben. Maar nu tovert Hij er weer op los en kunnen jullie er met de gedachten niet bij. Prachtig.'

'Wilt u al een glaasje?'

Natuurlijk wil hij dat. We gaan zitten en kijken uit het raam, waar de wind als een dolleman aan de bomen sjort, daartussen tuimelt de raaf op ons af. Hij krijgt de pope in het vizier, ze heffen tegelijk hun zwarte vleugels naar elkaar op. Om te voorkomen dat de vogel iets vulgairs uitkraamt voer ik hem wittebrood over de vensterbank, en de hond, die met een dreun onder de keukentafel is gaan liggen, krijgt het vel van de worst. Er gaat niks boven wittebrood met jubileumworst als je honger hebt. We drinken, een voor een en nog een. Drinken mensen wel eens op God, als op de gezondheid van een goede vriend? Je zou het verwachten van de halfvromen die begin jaren negentig in de rij stonden om zich te laten dopen. Wat hadden ze er allemaal een haast mee. Sommigen hingen een icoontje in de auto, of een kruisje om hun nek, maar feliciteerden je doodleuk met de geboorte van Christus tijdens Pasen. De mensen hadden geen idee, hadden gewoon allemaal dezelfde film gezien. Die met Jezus versus Lenin.

'Op de *good guy*,' zeg ik. De pope tikt wezenloos mijn glaasje aan.

'Lev is dus op de vlucht geslagen,' zegt hij. 'Maar hij kan lopen tot hij een ons weegt, want hij gelooft niet.'

'Hoezo?'

'Aan een wereld zonder God komt geen einde. Ongelovigen strompelen van de ene speling van het lot naar de andere, het is de hel, dat grenzeloze universum van de wetenschap.'

'Dank voor de opbeurende woorden.'

'Heb je al gebeden voor zijn behouden thuiskomst?'

'Ik bid niet.'

'Natuurlijk niet, je bent een heks.'

Hij maakt een gebaar alsof hij zijn mond voorbij heeft gepraat.

'Dat is wat de mensen over je zeggen, Nadja. Dat weet je toch wel?'

'Ik ken geen mensen.'

De raaf tikt op de ruit, houdt zijn ernstige hoofd schuin. Meer brood. Als het om eten gaat zijn dieren bereid de zotste regels te leren die we bedenken, terwijl ze eigenlijk vinden dat ze er gewoon recht op hebben.

'Er zijn hier vaker mensen verdwenen, Nadja.'

'Ook dat hoort bij het leven,' zeg ik, het mes weer op de worst zettend. 'Een mens moet kunnen verdwijnen. Ik overweeg het zelf ook wel eens.'

Hij heeft gelijk, dit mes is te bot om iets mee uit te richten, dat me dat niet eerder is opgevallen. Wat is er me nog meer ontgaan? Ik probeer zo onopvallend mogelijk aan mijn oksel te snuffelen.

'Laten we maar gaan roken,' zeg ik tegen de vreemde man in mijn keuken. Hij knikt. Als we op de veranda zitten, begint hij er weer over. Over de mensen die uit mijn leven zijn verdwenen. Hij weet er niks van, zegt hij zelf, was er niet bij. En zo is het. We kijken naar het tuinhekje dat Lev twee dagen geleden achter zich heeft gesloten en het huis dat Serpjakov onbewoond heeft achtergelaten. Ik wil de jaren liever niet tellen, maar de kans is groot dat er nu op de kop af tien zijn verstreken.

'Ongelooflijk, zo snel als de jaren voorbij zijn gevlogen, terwijl ze zo droevig waren.'

De pope kijkt me aan zonder een greintje medelijden en begint uit de Bijbel te citeren.

'Omwille van de uitverkorenen worden de dagen verkort. Want het zal een tijd zijn van verschrikkingen, zoals er sinds het ontstaan van de wereld nooit geweest zijn en ook niet meer zullen komen. En als die tijd niet verkort werd, zou geen enkel mens worden gered.'

Hij neemt een laatste, lefgozerig trekje, schiet de peuk weg tussen duim en wijsvinger en maakt aanstalten om te gaan. Er klopt steeds minder aan deze pope, maar juist daarom zou ik willen dat hij nog even bleef en een stukje gitaar voor me speelde.

'Mattheus, Nadja. Die heeft het allang voorspeld. We zitten in het einde der tijden, maar wees blij dat het snel gaat.

Zo blijft het vuur nog te harden.'

'Ga nog niet weg,' piep ik als het tuinhek dichtvalt, maar hij hoort me niet, heeft haast gekregen. Ik doe regenlaarzen aan, muts op, das om, graai om de een of andere reden nog de mobiele telefoon van tafel. Pas erin, ik wil nu wel eens weten waar hij vandaan komt. Wie is hier eigenlijk de heks? Onmogelijk, zo snel als die dikke vooruitkomt door deze modder. En zonder een afdruk achter te laten, want zo ging het steeds op dit pad, mensen verdwijnen hier spoorloos. Toen de kleine bosnimf ons na het bezoek aan Karasov stond op te wachten zweefde ze ook een stukje boven de grond van woede. Ik zou zo langzamerhand de voortekenen moeten herkennen van een verdwijning. De blik, de geur, de toon van mensen die op het punt staan zich van me los te maken. In Siberië zeggen ze dat je een voortvluchtige kunt betrappen op zijn handen, die koud zijn en glad en zo tussen je vingers vandaan glippen. Lev maakte de laatste tijd zijn zinnen niet meer af: zijn woorden gingen hem al vooruit. Maar wat zei ik tegen hem, en tegen Vera, Lydia, Serpjakov, Ilja, wat heb ik hun toegevoegd als laatste? Vast geen zachte woorden, maar de haastige bevelen van moeder de vrouw. Ik ben de heks, die iedereen heeft weggejaagd.

'Vadertje!'

Mijn stem slaat dood tegen de kanten van de holle weg. Ben ik bang? Dertig jaar bleef de angst weg. Het beest dat op je gaat liggen maar een beetje lucht overlaat om je te laten beven. Lev komt niet meer terug, ik zal achterblijven bij de dieren, ze zullen geen medelijden tonen, maar mijn angst zeker ruiken.

'Vadertje?'

De modder hoopt zich op onder mijn laarzen, maar de

lente zet onverstoorbaar door, met kwetterende vinkjes en veldmuizen die door de uitbottende struiken scharrelen, en eindelijk klinkt het geruststellende geluid van een viertaktmotor. Er is een ander mens, dus. Achter de vlierstruiken staat inderdaad een auto op het veld, wit met rode letters en een daklicht. TAXI HOP-STOP, lees ik als ik dichterbij kom. Tot mijn verbazing zit de pope niet achterin, maar is hij de chauffeur. Hij heeft zijn gewaad uitgetrokken en draagt een met lamswol gevoerd spijkerjack. Geïrriteerd doet hij het raampje omlaag.

'Mag ik mee?'

'Waarheen?' vraagt hij met een norse chauffeursstem.

'Weet ik nog niet. Laat me er eerst maar eens in.'

Aan de achteruitkijkspiegel hangt dezelfde luchtverfrisser als bij Dimka, maar ook een icoontje. Ook op het dashboardkastje zijn icoontjes geplakt, van de heilige Serafim en Aleksandr Nevksi. Vanuit hun gouden omlijsting kijken ze ernstig naar het derde portret, dat van de chauffeur in zijn vergunning. Met de I van Igor, Petoechov, geboren 21-4-1967.

'Ik wil biechten,' zeg ik.

Hij knikt en zet de meter aan. De rode cijfers verspringen meteen naar vijftig roebel.

'Ik weet niet waar te beginnen.'

'Begin maar met de mensen die zijn verdwenen,' zegt hij.

De motor warmt de auto goed op, ik laat me zakken in de houten kralen van de massagemat.

'Ze gingen weg in het jaar dat ik me liever niet herinner. Misschien wordt het tijd erover te spreken.'

Hij presenteert me een sigaret uit een koker met een andere heilige erop, intussen verspringt de meter naar vijfenvijftig roebel. Is er een God? Verbeelden we Hem ons, of gaat Hij onze verbeelding te boven? Ik vertel hem wat Lydia heeft gezegd, dat je niet terug kunt naar het geloof, niet met de kennis van nu.

'Het kostte ons destijds niet de geringste moeite om atheïstisch te worden,' zeg ik. 'Maar er zal veel kunst- en vliegwerk nodig zijn om het proces om te keren.'

Hij gebaart naar de beregende voorruit.

'Is dit nog niet genoeg kunst- en vliegwerk? De lucht, de regen, de wolken, kijk toch eens! Uiteindelijk zijn er maar weinig echte atheïsten, Nadja. Vroeger, in Leningrad, was het museum van het atheïsme in de Kazan-kathedraal de beste plek om iets over het geloof te weten te komen. Nu hebben ze het omgedoopt in het museum van religie, maar de collectie is onveranderd gebleven. Omdat ze simpelweg niets atheïstisch hadden om tentoon te stellen. Omdat atheïsten niks te bieden hebben behalve datgene waar ze zich tegen verzetten: de verhalen en dromen van anderen. Bakoenin spuugde erop. Het rijkeluiszoontje dat hij was, keek neer op de verbeelding van het voetvolk. Maar toen hij stierf, had hij niets om naar uit te kijken, behalve zijn vreten. Op zijn sterfbed sloeg hij de bouillon af, maar koos voor de pap. "Boekweitpap, da's andere koek." En dat waren dan ook meteen de laatste woorden van Michail Aleksandrovitsj.'

Zestig, zegt de meter. Ik heb geen geld bij me, maar wil hier nog even blijven zitten, in het stationair draaiende bestaan van de Zogenaamde Pope. Als ik nu uitstap, zal hij wegrijden door dit veld, zonder een bandenspoor achter te laten. Ik wou dat hij nog een verhaaltje vertelde, voor later, voor het geval ik bang word. Maar minutenlang neemt alleen de regen op het dak het woord.

‘Hebben jullie internet?’

Hij slikt het woord in, zoekt houvast bij zijn baard als een acteur die zich in zijn tekst vergist.

‘Niet meer. Wel gehad.’

‘Internet, dat is de hel.’

‘Het zal voor sommige mensen vast iets aan het leven toevoegen.’

‘Computers zijn geen toevoeging, maar iets wat ons al het andere heeft afgenomen.’

‘Wij hebben onze laptop gewoon weggedaan, en van het geld hebben we maanden kunnen leven.’

‘En nu denk je dat het je niet meer aangaat? Internet bedekt ons allemaal. Je hebt geen idee wat daarbuiten aan de gang is. Alles is plat, platgeslagen!’

Hij wrijft hard in zijn ogen, kijkt me dramatisch aan.

‘Laat me je dit vertellen. In den beginne bevoeren wij een oceaan, een onmetelijk water vol geheimen en gevaren. Het was mooi. Soms was het stil, soms maakten de golven kabaal, maar wij hadden er niets over te zeggen. Helemaal niets. Dus voeren we door, eeuw na eeuw, op ons gemak. Maar nu is het uitspansel ingestort. We kijken omhoog, en wat blijkt het allemaal te zijn? Niks geen oceaan. Een ordinair zwembad is het, met miljarden badgasten die in het water pissen, en de longen uit hun lijf schreeuwen, maar het gaat nergens heen! Al dat lawaai, het gaat nergens heen! Het ketst af tegen een plafond dat we ooit voor de hemel hielden…’

Opeens slaat hij op de meter.

‘Genoeg! Deze was van het huis, Nadjenka. Maar als Lev er morgen nog niet is, bel me dan. Want neem maar van mij aan dat je nog terug kunt naar het geloof. Ook als je denkt dat je er nog nooit bent geweest.’

Hij stopt me haastig een visitekaartje toe, ik moet uitstappen. In de mist op het veld wacht ik op de angst. Het daklicht van de taxi verdwijnt al snel, de motor doemt nog een paar keer uit verschillende richtingen op, tot het werkelijk stil blijft. Maar dan, in plaats van de angst, stijgt er een klein, loepzuiver geluidje op. Het komt uit mijn zak. Verbaasd haal ik de telefoon tevoorschijn.

Welkom in de Russische Federatie
gratis inkomende oproepen via optie Nul Grenzeloos.
(33r. p/m)

Dus ik ben er weer?

De Russische Federatie, daar schijn ik te wonen, maar sinds ik bang ben ziet alles er heel anders uit. Dat moet het pad zijn naar het huis, maar het lijkt wel of er snel wat bomen bij zijn gegroeid, en daar torent de pijp van de batterijfabriek boven de toppen uit, maar vroeger kon ik die vanuit hier helemaal niet zien. Sowieso kan het niet de bedoeling zijn dat het nu al donker wordt. Een vleermuis scheert rakelings over mijn hoofd, zegt dat ik me er niet mee moet bemoeien. Niet hardop natuurlijk, dat doen ze nooit. In de tijd dat ik in de taxi zat is de modder opgedroogd, ook dat is onmogelijk, maar nu kan ik tenminste goed doorstappen. Na een tijdje zie ik tot mijn ontzetting weer de fabriekspijp opdoemen, nog groter dan eerst. Ik heb het verkeerde pad gekozen! Terug naar dat mistige veld wil ik niet, daarom besluit ik de rivier te volgen naar huis.

Aan de waterkou voel ik dat dat niet ver meer kan zijn, toch loop ik al een kwartier tussen de bomen. Ik begin me af te vragen of we toch niet een stukje hebben gereden, Igor en ik. *Hop-stop*, hoe ging dat liedje ook alweer...

‘Kijk maar naar die sterren, kijk maar naar die lucht, met je nuchtere blik verdomme, kijk maar naar die zee – dat alles zie je nu voor de laatste keer.’

In het donker herken ik zijn stem uit duizenden, ook al heb ik hem nooit eerder horen zingen, en de gouden tanden in zijn grijns reflecteren het beetje licht dat er nog is. Komt dat even goed uit. Hij is geen spat veranderd, mijn oude maatje uit het bos. Soepeltjes gaat hij door de knieën om een kus op mijn hand te drukken. Dat zal hij niet in de gevangenis hebben geleerd.

‘Nul Grenzeloos, was dat niet altijd al de favoriete optie in dit land?’

‘Dat weet jij het beste, Ilja. Ik dacht dat je nooit meer terug zou komen.’

‘Je hebt het vertrouwen van een bajesklant.’

‘Nu ja, je zou de eerste niet zijn die uit mijn leven verdween.’

Hij haalt zijn schouders op, draait zich naar het troebele water. Hij heeft daar iets dobberen. Daaronder leeft van alles, belletjes blazend naar het zwarte oppervlak, maar niets hapt. Ilja staat doodstil met zijn rug naar mij toe, geen vleugje adem brengt de vodden aan zijn lichaam in beweging, de wind laat het pluishaar op zijn schedel met rust. Hij lijkt wel van karton, zo dun is hij.

‘Verdwijnen en laten verdwijnen, daar zijn wij Russen meester in,’ zegt hij. ‘Ons volk kun je opdelen in illusionisten en publiek. Als ze ons zeggen: zie het over het hoofd, dan zien we het over het hoofd. Als ze zeggen: vergeet die twintig miljoen slachtoffers, dan vergeten we ze. Poppetje gezien, kastje dicht! Weg is opa Vasja.’

Hij kijkt me weer aan, met zijn charmantste glimlach. Dat bajesklanten vaak kuiltjes in hun wangen hebben, zal wel komen omdat ze de hele tijd hun kaken op elkaar geklemd houden.

'Had jij soms geen opa Vasja, die in een Stolypin-wagon op transport werd gezet? Vast wel. Iedereen had zo'n opa Vasja. Je hebt hem nooit gekend, met een half oor luisterde je naar het verhaal dat ze voor hem hadden verzonnen. Zo ging dat, zulke verhalen werden slordig verzonnen en slecht verteld, zoals je dat doet met leugens voor ieders bestwil. Halve waarheden en halve oren, daar zijn we goed in. Maar wie verzint, en wie gelooft? Die rolverdeling ligt niet altijd vast. Wees op je hoede, Nadja.'

Langzamerhand trekt de mist weer op. Met de zon achter de wolken is het onbegrijpelijk hoe ik heb kunnen verdwalen. De vogels zingen alsof ze daar nooit mee waren opgehouden. Ik herken de contouren van het berkentrio, en zelfs het dak van ons huis. Aan de waterkant staat niemand behalve ik.

15

Ja, ik had ook een opa Vasja. Voor de oorlog was mijn oma ongelukkig met hem getrouwd. Na de oorlog werd hij naar Norilsk gestuurd en verder. Het enige wat ik ooit van hem heb gezien was zijn hand op de foto's waar hij van af was geknipt, en zijn donkergroene mantel aan de kapstok van de datsja. Die werd intensief bij ons leven betrokken. Pak de jas van opa even, tegen de tocht onder de deur, onder een jurk bij het strijken, voor de hond om op te bevallen, sla de jas van opa om je schouders als je eieren gaat rapen, leen die jongen de jas van opa, die past hem wel, die past iedereen. Maar voor deze belichaming kreeg hij weinig warme woorden terug. Opa Vasja's levensgeschiedenis groeide alle kanten op, maar werd kort van stuk gehouden, als een laagstammig appelboompje. De verschillende versies wierpen hem van de ene uithoek van het land naar de andere, zijn lot was dan weer erbarmelijk, dan weer gerieflijk, zijn strafmaat kromp of groeide met wat men er zoal van vond, maar een gezicht kreeg hij nooit. Het bleef bij die hand, die oma's schouder steeds wanhopiger leek vast te grijpen.

Het kwam er zo'n beetje op neer dat hij aan de verkeerde kant van het front terecht was gekomen. Als kind begreep ik dat wel, ik worstelde dagelijks met stoepen en treden om aan te tikken of overheen te springen. Daarna, in de glasnostjaren, bewoog hij langzaam van verrader naar pechvogel. Mijn vader besloot toen dat zijn vader slachtoffer was geweest van de repressie, maar baboelja, zelf met een onverzettelijke voet in het graf, wilde er niks van horen: zat die schoft zich daar postuum nog een beetje aan te stellen! Onlangs werd de beklagenswaardigheid hem weer afgenomen, toen zijn achterkleinzoon op internet las dat het allemaal westerse laster was, van die zogenaamde slachtoffers. Dimka zei dat Stalin helemaal geen onschuldige Russische krijgsgevangenen naar de goelag had gestuurd, dus in het beste geval was opa Vasja een lafaard geweest. Niemand van ons is ooit in de archieven gedoken. Wat zou het hebben uitgemaakt, zei mijn vader over de vader die hij nooit had gekend, dan was hij misschien niet naar de vijand overgelopen, een schuinsmarcheerder bleef hij. De oudere halfbroer die een avontuurtje had opgeleverd was een zuiplap, die om de tien jaar opdook met steeds warriger verhalen en verzoeken. Oma is nooit hertrouwd. Ze is nu dood, net als mijn vader, die niet zo oud werd als zij. Ik heb de foto's nog, maar aan foto's heb je niets, hoorde ik iemand van stichting Memorial zeggen op de radio: in de archieven liggen honderdduizenden zinloze foto's van honderdduizenden vermisten. Kun je niks mee. Spoorzoeken is een exacte wetenschap, getallen moet je hebben, geboortejaar, serienummer, bloedgroep, coördinaat, sectie, eenheid, niet de keurige scheiding en glimlach op driekwart waarmee ze hun noodlot tegemoetgingen. Lev en ik fotografeerden zelden. In het dressoir ligt een album, als ik dat opensla kijken de geportretteerden nog vreemder terug dan de vorige keer. Ook mezelf herken ik niet, niet van het leven dat we leidden in ieder geval. Wie er op de foto's staat ken ik alleen van de foto's. Van opnamen waarvan het nooit de bedoeling was dat ze langer duurden dan een moment. Waarom noemen ze dat een vereeuwiging? Een vastlegging is het evenmin, want foto's gaan hun eigen gang. Ik heb er slechte ervaringen mee.

Op een lentedag in 2004 waren twee eurostandartsjiki uit de eerste lichting, een slungel en een wat ouder meisje, uit wandelen gegaan in ons bos, en daar een 'enge man' tegengekomen. Ze hadden hem gefotografeerd.

'Laat zien, laat zien,' zeiden de andere gasten, maar de slungel en het meisje wilden nahuiveren en rustig, de spanning opbouwend, hun verhaal uit de doeken doen. Ik kon het niet verstaan, want de eurostandartsjiki waren Hollanders en hielden het bij hun eigen taal. Uit hun gebaren begreep ik dat hun door een dronken dorpeling de stuipen op het lijf was gejaagd, maar toen ze het toestel erbij haalden en de foto toonden, schrok niemand meer dan ik. Het was Ilja. Ik herkende hem ondanks zijn spierwitte, ongewoon lang gegroeide haar, dat straf uit zijn uitgemergelde gezicht was geborsteld. Hij keek zo woedend dat ik wel begreep waarom de toeristen moesten lachen. Maar het griezeligste van al was dat achter zijn doorzichtige verschijning de contouren doorschemerden van het hutje dat dorpelingen een paar jaar eerder in brand hadden gestoken. Bij mijn weten was er toen niets van overgebleven behalve een paar verkoolde resten.

'Hoe komen jullie hieraan?'

Ze begrepen mijn vraag niet.

'We just took it.'

'Took it from whom?'

Laten we wel zijn, het was natuurlijk geen echte foto, maar een digitaal beeld dat zich misschien niet zou laten afdrukken als ze dat hadden gewild. Serpjakov vond het ook een eng geval en trok de volgende dag met een groepje het bos in om de zonderling te zoeken. Niets gevonden. En een jaar later verdween hij zelf. De eurostandartsjiki vonden het natuurlijk prachtig. Beren, spoken, kalinka-malinka: ze kregen het precies zoals Karasov vond dat ze het moesten krijgen. Misschien is de foto inmiddels gewist, maar de verwijtende blik van Ilja staat nog steeds op mijn netvlies. Hij zou het niks hebben gevonden hoe ons leven in een paar maanden was veranderd, hoe we ons aan hadden laten sluiten op internet en hoe we grof buitenlands geld verdienden.

Na die eerste lichting in de lente zei Esther dat we juichende aanbevelingen hadden gekregen, en dat zich nog twee toeristen hadden aangemeld voor het zomerkamp. We waren blij met haar enthousiasme, en met het geld. Ze sprak vooral met Vera, via Skype. Soms zaten ze wel een uur te kletsen, in Engels dat ik maar moeilijk kon volgen. Vera ging er volledig in op. In wat nu Levs slaapkamer is, vergat ze het licht aan te doen en scheen het computerscherm zo fel naar buiten dat het de maan tegenhield. Als we 's avonds aan de keukentafel zaten, riepen de onheilspellende sonargeluiden haar naar het scherm, dat meteen na het openklappen werd gevuld met het door de trage verbinding misvormde gezicht van Esther. Haar grafische trekken en Vera's gebogen houding wekten de indruk dat hier een icoon werd aanbeden, een uit pixels opgebouwde verwijzing naar een vrouw die zo vluchtig aan ons was verschenen dat aan haar bestaan viel te twijfelen. Als het niet lukte een verbinding tot stand te brengen – wat regelmatig het geval was – vloekte Vera als een dragonder. Geen idee wie haar die woorden had geleerd. Net als haar broer wilde ze weg uit dit gat, ook al brak de mooiste zomer aan van haar leven, met niet twee, maar vier beertjes, de bejaarde poes die opeens een nestje wierp, borders vol brandende liefde die eindelijk bloeiden en een Nederlandse student met krullend haar die een mistroostig oog op haar had laten vallen. Maar Vera wijdde zich alleen aan Esther. Als ik op de achtergrond opdook werd mij ook een joviale, zij het wazige zwaai gegund, maar ze hervatten het gesprek pas als ik doorliep. Was Esther offline, dan bekeek Vera zichzelf. Op foto's uit de serie die de Nederlandse had gemaakt, of zelfportretten die ze met de webcam maakte. Een keer trof ik haar voor een zwart scherm aan. Ze zat naar haar weerspiegeling te staren, als Narcissus in de vijver. Maar ze leek niet verrukt van wat ze zag. Ze was geen Narcissus, ze was de ongrijpbare bosnimf die van woede een stukje boven de grond kon zweven.

De nieuwe beertjes interesseerden haar niet, de eurostandartsjiki evenmin. Misschien had ze gehoopt dat ze net zo sophisticated zouden zijn als haar idool, maar de meisjes waren kordate types die hun bergschoenen aanhielden in huis, terwijl de jongens de goedmoedige minderheid bekleedden. Exotische indringers waren het, met veel gebaren en wonderlijke, soms dubbele namen die zo uit de zoölogische nomenclatuur leken te komen. Sommigen hadden uit voorzorg hun eigen voer meegenomen. Ze kwamen vooral voor de beertjes en bleven liever op hun eigen honk in het laboratorium, waar we ze tot laat in de nacht hoorden lachen, terwijl ze in onze nabijheid een stuk minder vrolijk waren. Als Lev ze iets probeerde uit te leggen, blikten ze hem ongelovig aan, met ogen zo helder als pas gezeemde ramen. Ik had nog nooit mensen van die leeftijd ontmoet die zo zeker waren van hun zaak. Ze vonden in ieder geval dat ze geen enkele schijn hoefden op te houden.

Intussen trok Vera zich steeds verder terug. Had ik moeten ingrijpen, toen ze op haar schim in de vijver begon te lijken? Ze was op de leeftijd gekomen waarop haar lijf zich had moeten vormen, zoals een glasklomp zich rondt in de vlammen, maar om dat vuur te voeden moet je eten. En zij wilde fotomodel worden. Op de website van die mannequinopleiding in Sint-Petersburg zag ik vooral hoekige schoonheden, heel anders dan het ronde, pluizige ideaal van mijn jeugd. In de jaren tachtig toupeerden we ons een ongeluk, en als we de hand op cosmetica konden leggen gebruikten we die ook, waardoor sommige meisjes eruitzagen als clowntjes. Ik zag die honderd keer liever dan de hologige, buitenaardse schepsels van Vera's mannequinopleiding. Dit is wat ik wil, mamma, zei ze.

Laat haar toch, zei Lydia, die weer eens een kans zag om tegen mij partij te kiezen. Wat had ik fout gedaan? Als kind heb ik haar nooit aan haar lot overgelaten, ik was de vleermuismoeder die haar aan de borst drukte en over de wouden vloog, weet je nog wel. Onlangs las ik dat er ook vleermuizen zijn die met het jong van een ander aan de haal gaan. Adoptie, noemen zoölogen dat met een vriendelijk woord, hoewel er bij dieren vaker toeval in het spel is dan opzet. Als zeemeeuwkuikens naar het verkeerde nest fladderen, of zeehonden zich over een vreemde pup ontfermen die in de woelige menigte zijn moeder uit het oog is verloren. Kom maar hier. Er zijn ook primaten die vrijwillig een jonkie gunnen aan een alleenstaand wijfje, om mee te knuffelen. Maar onder vleermuizen vinden we dus gefrustreerde, kinderloze dieven, net als onder de keizerspinguïns. Wit en statig glijdt de keizerin door het landschap, snode plannen smedend, die onze boerse zielen te boven gaan.

In augustus vertrok Vera naar de grote stad. Ze had alleen een klein koffertje bij zich, ik heb niet gekeken wat daarin zat. Toen ik later in haar kamer kwam, zag ik niets wat er ontbrak. Klaarblijkelijk was niets het waard geweest om mee te nemen naar haar volwassen leven. Ze reed mee met Lev en Lydia, die vanuit Sint-Petersburg zouden doorreizen naar Duitsland voor een symposium over de reproductie van wilde dieren in gevangenschap. De stemming zat er goed in. Bij het afscheid viel me op dat ze alle drie, ook Vera, de gezeemderuitenblik hadden van de eurostandartsjiki. Ze gingen wat beleven. Terugdenkend was 2004 minstens zo tragisch als het jaar dat erop volgde. In de herfst, toen niet alleen Vera, maar zo'n beetje iedereen zich van me verwijderde, sloeg de eenzaamheid me met een vuist in het gezicht. Tot die tijd dacht ik dat ik best een aangenaam persoon was. Iemand wier gezelschap op prijs wordt gesteld. Ik stond er niet bij stil dat er een tijd zou aanbreken – en voortduren tot op de dag van vandaag – waarin mij geen blik waardig zou worden gekeurd, zelfs niet door mijn eigen man. Misschien heeft het met mijn leeftijd te maken, de leeftijd van een vrouw.

Toen iedereen weg was, bleef ik achter met de dieren. Beren, Plov het paard, de oude hond Rodin, de katten en hun puberpoezen, de geiten, de kippen en alle dieren van het bos, de raaf voorop. Ik besef nu dat ik de raaf nooit een naam heb gegeven, terwijl hij dat wel verdient. De volgende keer als hij komt, zal ik eens vragen of hij zich voorstelt. In tien jaar tijd is er niet veel veranderd aan de zoölogische situatie, behalve dat Bamsja de plek heeft ingenomen van Rodin en dat er geen beertjes meer zijn. Ik mis ze wel. Ik was degene die altijd de eerste voeding deed, ook al sliepen de eurostandartsjiki naast het berenverblijf en was het voor hen een kleine moeite. Heel veel vroege ochtenden heb ik doorgebracht in mijn geurloze pak, capuchon over mijn slaapdronken kop, melkfles in mijn handschoen, terwijl er tegen me werd geschreeuwd en over me heen geklauterd. Bij de jonkies sjorde ik aan hun ruige pelzen, niet veel later moest ik al mijn kracht gebruiken om ze uit elkaar te duwen. Het viel me moeilijk om niets te zeggen terwijl zij zoveel kabaal maakten. Als ik na de eerste voeding door de knarsende sneeuw terugliep naar huis, kreeg ik het gevoel dat de nieuwe dag ook zijn tong was verloren. De stilte suisde in mijn oren. Ik wist dat ik toch aan de beren gehecht was geraakt, ook al hadden we ze geen naam gegeven. Ik herinner me hun stevige lijfjes, hun lederen voetzolen, die naar gepofte mais roken. Het afscheid kwam een paar dagen nadat de eurostandartsjiki door Serpjakov op de trein waren gezet. Karasov belde om te vragen of hij de trailer zou meenemen. De anoniemen wogen toen al vijfentwintig kilo en stonden regelmatig en stevig op de achterpoten.

Die laatste ochtend roerde ik in het laboratorium de vis door de pap en sleepte ik de troggen naar de kooien. Ze lagen braaf op hun rug te wachten. Ik maakte het hek open en ging in het midden staan, zodat elke beer naar zijn eigen portie zou gaan. Van boven keek ik neer op hun glanzende schouders, voelde hun schrokkende lijven tegen mijn kuiten. Toen ze klaar waren, deed ik mijn capuchon af en nam ik toch het woord.

'Dit was het dan,' zei ik luid, 'jullie moeten weg.'

Maar ze reageerden nauwelijks. Een plat oor, een zijdelingse blik, dat was het. Ik moest denken aan het echtpaar dat een wolvenjong had grootgebracht in de veronderstelling dat het een hondenpup was. Ze begonnen pas iets te vermoeden toen het dier geen oogcontact wilde maken. Maakten onze voorouders wel oogcontact, of werd de prehistorie bevolkt door nobele, autistische wilden? Ik deed juist mijn capuchon weer op toen er een mannenbrul door de ruimte galmde. Karasov, in een krankzinnige jas van geborduurd lamsvel. Om de een of andere reden stond de paniek in zijn ogen, hij zweette zich kapot. Hij was er al een tijdje, zei hij, had het huis doorzocht en de tuin, maar niemand gevonden. Zo te ruiken had hij wel ergens een slok gevonden en tot zich genomen.

'Waar is iedereen!'

'Hier,' siste ik, 'ik ben toch hier.'

Toen herinnerde hij zich de zwijgplicht en haalde hij plechtig de muilkorven tevoorschijn. Een voor een, zonder een woord met me te wisselen, tilde hij de beren in de trailer. Hij had geen tijd om iets te blijven eten, hij wilde van ze af.

Alleen ben ik.

De derde nacht zonder Lev. Wat ik eigenlijk nog erger vind, is dat jij het laat afweten, machinist. Misschien ben je er allang, heb je de trein tot stilstand gebracht en zit je hier naast me op de veranda te luisteren. Daar ben je wel goed in, weet ik. Jij begint niet uit de Bijbel te citeren, je houdt de preken voor je. Verstandig. Preken en luisteren gaat niet samen, daarom zijn moralisten meestal domme mensen. Maar god, zo blijft het hier wel verdomde stil. Zo stil is het hier nog nooit geweest, zelfs niet in die herfst, toen iedereen me voor het eerst had verlaten. Mijn oren suizen ervan. Sowieso zijn de nachten in de lente stiller dan in andere seizoenen. Dat zit maar te broeden allemaal, hebben gevonden waar ze in de winter zo wanhopig om hebben geschreeuwd. Ging dat bij ons mensen maar zo, een seizoen zoeken, een seizoen vinden, een seizoen gevonden hebben en een seizoen kwijtraken. Dan weet je tenminste waar je aan toe bent. Ik ga slapen, heb mijn hele dag verkletst met wazige mannen. Hoor je? Dit huis geeft tenminste antwoord. Altijd hetzelfde binnensmondse welkom van de drempel, gevolgd door een warme zucht van de kachel. Mijn oma zei dat je in het leven moest wonen als in een huis. Sommige mensen maakten van hun leven een winkeltje, anderen een museum, maar die hadden het niet begrepen. Een klein huisje was prima, nog beter was als de muren niet die van een ander raakten. Dan kon niemand je wat maken. Wat is er eigenlijk gebeurd met de jas van opa? Ik zou hem nu goed kunnen gebruiken.

Er klopt iets niet hier binnen. Ook hier ontbreekt een geluid. Ik doe het licht aan en uit, maar het blijft doodstil. Ik hoor mezelf naar adem happen terwijl ik het deurtje opentrek van de meterkast. Jackpot. Ik zou moeten juichen, want de elektriciteitsmeter staat stil, vijf nullen op rij. Maar ik juich niet, ik ben bang. Als ik overeind kom, zie ik wat ik al de hele avond had moeten zien. In de uiterste hoek van het keukenraam, aan de overkant van het pad, naast het huis van Serpjakov, brandt de straatlantaarn. Dat is in geen tien jaar het geval geweest. Ik herinner me nu dat ik vroeger uitkeek op dat schijnsel, dat ik hier, vanaf deze plek, gemakkelijk een uur aan één stuk naar dat eenzame peertje op dat eenzame pad kon staren. Mijn god, wie heeft het aangedaan? En waar is de hond? Als ik diep in mijn jas duik, stuit mijn hand op het visitekaartje van de Zogenaamde Pope. Er staat een plaatje op van een haas in gestrekte vlucht. *Taxi hop-stop is 24/7 bereikbaar*, lees ik, *onze actieradius is eindeloos.*

16

Ik was Dimka vergeten. Ook hij ging weg dat jaar, het leger in. Ondanks de hervormingen duurde zijn diensttijd nog vijftien maanden. Hij mocht naar de regio Tambov – wij allang blij, ze hadden hem ook naar Tsjetsjenië kunnen sturen om op een landmijn te stappen –, later zou hij zeggen dat het saai was geweest. Hij vertrok als een kind, maar kwam niet terug als een volwassene. Veel mannen muteren tijdens de dienstplicht in iets ertussenin, te hard om te spelen, te verward om tot tien te tellen. In elk ander land zou je psychologische hulp krijgen als je op die leeftijd zo'n levensschool voor je kiezen kreeg, maar hier schenken ze je nog eens in. Ja, drinken kunnen ze allemaal, als ze afzwaaien. En hun schouders mogen dan nog even mager zijn als voorheen, hun neus is gebroken als de wil van een veulen. Dit type zal tegenover andere mannen volhouden dat ze in het leger de beste tijd van hun leven hadden, terwijl ze in de armen van een vrouw zullen opbiechten dat ze bang zijn geweest en het de hele tijd koud hadden, zo verschrikkelijk koud. Waar ze precies naar verlangen, blijft ook voor hen een raadsel, want de verhalen die ze opdissen zijn die van anderen, die het weer van anderen hebben. Deze mythologie is het sterkste wapen van onze strijdkrachten.

'Bloeblabloeblahaha!'

Ik dacht dat ik dat beest had vastgezet. Na het voederen ben ik terug in mijn bed gekropen. Ik ga er niet meer uit, pak het maar, verniel het maar, de tuin is van jullie, laat mij maar liggen, hier tussen het stof. Zo te zien heeft het meeste zich op de gefineerde glazenkast verzameld. Dat ding had in de stad moeten blijven, daar hebben ze tijd en het personeel om stof af te nemen. En dan die porseleinen figuurtjes erin, uit wier leven stammen die eigenlijk? Dit is mijn leven, hier, in dit van mijn vuil verslapte beddengoed. Laat me maar liggen, laat me maar aan Dimka denken. Zoonlief.

Ik ben er nog niet uit wat ze van hem hebben gemaakt. Om te beginnen hebben ze zijn verbeelding eruit gejaagd. Net als zijn zus had hij een rijke fantasie, hij tekende graag wat hij om zich heen zag, of wilde zien. Toen hij in dienst ging, was hij een goede slaper die bij het ontbijt uitweidde over zijn dromen. Zes maanden later al voelde ik dat ze iets ingrijpend aan hem hadden veranderd. Recht geschaafd, zoals je dat doet als je een plank uit een boomstam haalt, zat hij aan het feestmaal dat ik ter ere van zijn verlof had aangericht. Hij kauwde op zijn eten zonder het te proeven. Hij reageerde niet op wat wij vertelden en zei zelf bijna niets. Het camouflagekloffie, dat hem veel te ruim zat, bleef hij aanhouden. Wie was dit manschap aan onze tafel? Trek toch uit, zei Lydia, die voor de gelegenheid bij ons verenigde gezin was aangeschoven, Tambov ligt duizend kilometer achter je. Hij kauwde maar, met dat van vitaminegebrek verstrakte bekkie. Mijn kinderen waren altijd mijn diertjes, maar dit was het schaap van een ander geworden, en ze hadden hem te vaak geschoren. Misschien had hij het alleen maar verschrikkelijk koud gehad, dacht ik nog, duurde het een tijdje voor hij was opgewarmd. Maar hij is altijd zo gebleven.

Hoewel hij de laatste tijd weer aan het vertellen is geslagen. Geen dromen, maar verhalen waarvan ik niet weet of hij ze zelf heeft bedacht of dat de televisie dat voor hem heeft gedaan. Zoals die sage van het vrachtvliegtuig vol Hollandse infiltranten, dat door Oekraïners uit de lucht werd geschoten. Waarom ze dat deden was niet duidelijk, maar daar ging het niet om, zei Dimka, het ging erom dat deze Hollanders elkaar allemaal bleken te kennen en dat ze hun woonplaats voor een spookdorp hadden achtergelaten, terwijl, en nu komt het, van het luchtschip zelf elk spoor ontbrak. Nu is dat volk altijd met mysteriën omhuld geweest, vraag maar aan de zeelui, maar later hoorde ik dat er ook kinderen bij waren, en dat de klokken thuis alleen nog luiden voor dorpen in de verte, omdat er niemand meer woont om naar de kerk te gaan. Het is een droevig verhaal, maar ook droevige verhalen moeten worden verteld. In alle geuren en kleuren en versies die je kunt bedenken. Men zegt dat er in Turkmenistan een stam leeft die, als iemand sterft, duizend-en-een verzinsels ophangt over die persoon, om hem te laten voortleven. Iedereen biedt tegen elkaar op, het ene levensverhaal is nog wonderlijker dan het andere, en het mooiste, waar iedereen ademloos naar heeft geluisterd, gaat uiteindelijk de overlevering in om generatie op generatie te worden doorverteld. Misschien draait het leven om wat we kiezen te vertellen. Mensen zonder verbeelding bieden zo'n keuze nooit, die vertellen niks, die houden er meningen op na. Meningen zijn vervelend, ze zetten een streep onder gebeurtenissen. Je bijt er hooguit je tanden op stuk, verteren kun je het niet. Zolang Rusland een geschiedenis kent, verdraaien we haar. We zwermen over de waarheid, linksom, rechtsom, en pikken haar de ogen uit. Waarom zou je je nog zorgen maken over de toekomst, zeggen we dan, in dit land weet je morgen niet eens wat voor verleden we hadden.

'Bloeblabloe! Blabloe!'

Hier, dieren, die verzinnen niks. Toch hebben ze de kracht van geschiedvervalsing aan den lijve ondervonden. Vraag maar aan de reuzenkangoeroe en de sabeltandtijger waarom ze niet mee mochten op de ark van Noach. Klimaatverandering? Onzin, toen al was het de schuld van de mensaap, de mensaap was de zondvloed zelve. Waar hij zijn platte voet ook zette, stierven de beesten uit. Van mij mag het tij wel keren, ik denk zelfs dat het al begonnen is. Vanochtend raapte ik een schamel eitje, meer was er niet. De kippen lagen op hun poten in het beschimmelde stro, te beroerd om overeind te komen. Sinds Lev weg is, schrikken ze niet meer van mij; ze weten dat ik, het mislukte, kaalgeplukte dier, door iedereen en alles in de steek ben gelaten. De belachelijke bedoening heeft al jaren de macht over het hier en nu.

Hier, nu, hoor ik hoe een auto het huis nadert. Als het weer die vreetzak is, doe ik niet open. Nu ik weet dat hij niet te voet hoeft terug te keren hoef ik geen medelijden te hebben. De motor wordt afgezet, ik hou mijn adem in en hoop dat de bok me niet verraadt. Maar dan klinken er twee stemmen. Het is echt zo, in mijn tuin mompelen twee mannen tegen elkaar.

'Hallo!'

Hallo, hallo... ik twijfel nog.

'Burgeres Bolotova!'

Ik geloof niet dat iemand me ooit zo heeft genoemd. Nu staan ze al op de veranda, daar is de krachtige dreun op de deur. Heeft dit soms met de elektriciteit te maken? Hebben ze begrepen dat de meter ermee is gestopt? Gisteren is na tien jaar de straatlantaarn weer aangegaan, was dat het signaal dat ze hun geld komen halen? Ik ben zo nerveus dat het laken meebeweegt met het bonzen van mijn hart.

'Politie!'

Gehoorzaam laat ik me uit bed zakken, in de spiegel zie ik de burgeres in kwestie: een bleke, ongekamde, zeg maar gerust geitachtige vrouw. Dat ze er met een beetje moeite nog aardig uit kan zien, weet alleen zij.

'Ik kom zo!'

Ik zal wel stinken. De stilte keert weer even terug, maar nu, wat nu. Op weg naar de badkamer passeer ik de voordeur, waarachter de mannen staan te ademen. Water en zeep in het gezicht, borstel door het haar, de crème die ik van Dimka heb gekregen op mijn hals, overgooier afkloppen, zo. Burgeres Bolotova is klaar.

Als ik de deur open, draaien de agenten zich op hun hakken naar me om. Het is een jonkie en een oudste sergeant van mijn leeftijd, die zich zo te zien net als ik op het laatste moment heeft gefatsoeneerd. Ze hebben hun wagen op het pad geparkeerd, een erg schoon en wit busje met een blauwe streep erop en het woord 'politie'.

'Als jullie niet van mijn erf af gaan, bel ik de militie.'

'Die bestaat al vier jaar niet meer,' zegt de oudste. 'Wij doen het nu.'

'We zijn gebeld door...' begint het jonkie, maar dan moet hij niezen. Hij onderdrukt het als een konijntje dat zich opricht om zijn snuit te wassen. Op zijn schouder is een embleem gestikt van de MVD, zie ik nu. Dus toch, nog steeds.

'En dit is hoe jullie er tegenwoordig uitzien?'

De sergeant bevoelt zijn stropdas.

'Mogen we binnenkomen? Het gaat over de vermissing van uw man.'

Hij heeft deze zin vaker uitgesproken, op een dag heeft hij besloten om het woord 'vermissing' scherp te articuleren. In plaats van 'burger Bolotov' zegt hij 'uw man', om het dramatische van het geval te benadrukken. Hij rekt de spanning tot we aan de keukentafel zitten en verklaart: 'We zijn gebeld door uw zoon. Hij maakt zich zorgen over zijn vader en heeft ons gevraagd bij u langs te gaan.'

'Dus u kunt me niks nieuws vertellen?'

'Helaas,' zegt de sergeant. Hij kijkt misprijzend om zich heen, pakt er een opschrijfboekje bij. Waarom dat misprijzen? Dit is een doodgewone, goed gebruikte plattelandskeuken als alle andere, het enige eigenaardige is dat er geen eten op het vuur staat. Ik heb nou eenmaal nog steeds geen honger.

'U woont nogal afgelegen,' zegt het konijntje. 'Niet bepaald makkelijk te vinden. Zijn jullie werkelijk de laatsten van dit dorp?'

De sergeant drukt het knopje van zijn pen in en wil weten hoeveel dagen mijn man precies is verdwenen.

'Drie nachten.'

'Gaat hij vaker zonder iets te zeggen aan de wandel?'

'Vroeger wel. Maar sinds het zo slecht gaat met zijn gezondheid komt hij niet verder dan de achtertuin. Daarom maken we ons ook zo'n zorgen.'

'Wat mankeert hem?'

Ik sta op, draai het vuur lager onder de fluitketel. Ik zou nu van alles kunnen verzinnen over Lev. Ik zou hem de meest verschrikkelijke ziektes kunnen toedichten, zodat ze niet meer zo misprijzend om zich heen hoeven te kijken, maar werkelijk naar me luisteren. Welke aandoening zou ernstig genoeg zijn om dat voor elkaar te krijgen?

'Geheugenverlies. Hij is verward, angstig. Het is erger

geworden door die geluiden uit de lucht. U zult ze ook wel gehoord hebben, vanaf uw post.'

Ze kijken me niet-begrijpend aan.

'Ik bedoel dat geschal dat de afgelopen maanden een paar keer over ons heen is gekomen. Dat treurige geluid van boven.'

Ik probeer het na te doen, maar het klinkt natuurlijk nergens naar.

'Alsof iemand twee reusachtige stalen platen over elkaar schuift,' zeg ik, het hete water op de thee schenkend. 'Lang duurt het nooit, maar het is hard. Dat kunt u toch niet gemist hebben?'

Houden ze zich van de domme? Dan had Lev gelijk, dat we de Grote Geluiden niet mogen horen. De sergeant schrijft maar een zinnetje op, het konijntje plooit zijn lippen tot een glimlach. Wat een mooie, soepele huid heeft hij, zelfs die om zijn neus is gaaf. Hadden we vroeger bij de militie ook zulke rechercheurs? In mijn tijd, toen we nog pluizig en slordig waren? En daarvoor, de agenten die het lot van opa invulden, deden die dat ook met zulke slanke vingers met schone nagels? Vast wel, want de oorlog had het volk opgedeeld in zij die hun handen nog vuil moesten maken en zij die dat al te veel hadden gedaan. Ik denk dat deze jongeman aardig is, beheerst. Ik probeer me voor te stellen hoe hij eruitziet als hij de liefde bedrijft. Je kunt je afvragen of hij de spieren in zijn smalle nek aan zou spannen, zodat de slagader zichtbaar wordt, of je zijn ribben zou voelen als je hem vastgreep, of zijn speldenknopjes van tepels nog harder zouden worden, of zijn billen sterk zijn en behaard – nauwelijks waarschijnlijk – en of hij tot besluit zijn hoofd zou laten bungelen als een verslagen atleet, zodat zijn lokken op zijn neus vallen. Maar ik kan me al helemaal niet voorstellen dat hij zich in zou spannen voor een dementerende zoöloog en zijn wijfje. Waarom die glimlach? Hij moet niet doen alsof hij mijn gedachten kan lezen.

'Waar heeft u zelf al gezocht?'

'In de tuin, op het veld, in het dorp, in het bos, bij de rivier.'

'Bent u niet bang, hier helemaal alleen?'

Zag ik eruit als zij, dan hadden ze me wel serieus genomen, maar ik ben een vrouw op leeftijd met onverzorgd haar, daarom zitten ze dit gesprek uit en zullen ze zo meteen, als ze wegrijden, in de lach schieten.

'In onze registers stond de vermelding "onbewoond" achter dit adres,' zegt de jongste. 'Maar toen zei een collega: joh, dat is die vrouw van dat berenkamp, waar toen...'

'Daar hebben we het nu niet over,' onderbreekt de sergeant hem.

Ik til het dekseltje van de theepot, de thee is nog niet genoeg getrokken, biedt me geen uitweg.

'Dat klopt,' zeg ik blazend, 'het berenkamp, dat is van voor uw tijd.'

Als we later in het bos voor het laboratorium staan, ik in mijn rubberlaarzen en zij op hun gepoetste schoenen, valt me op dat hij al kaal begint te worden, het konijntje. Gelukkig hoeft hij niet naar binnen van zijn meerdere. Blijven jullie daar maar staan, zegt hij, dan loop ik er even snel doorheen. En met een vertrokken gezicht, de spinnenwebben uit de weg maaiend, verdwijnt de sergeant door het deurtje. Zouden ze denken dat ik Lev heb omgebracht? Het broekie denkt natuurlijk dat een vrouw als ik niets meer te verliezen heeft in het leven. Ik vraag waar hij heeft gediend. Hij zegt bij de grenstroepen in Abchazië. Ik geloof hem niet, dat voelt hij. Hij stopt zijn handen in zijn zakken, kraakt een eikel onder zijn hak en slaat terug.

'Ze zeggen dat hier een vrouw is opgegeten door een beer.'

Het licht gaat aan in het laboratorium, we volgen de holle voetstappen van de sergeant door de lege ruimte.

'Is dat waar?' vraagt hij door.

'Wat dacht je zelf.'

'Ik heb geleerd dat onze beren geen mensen eten.'

'Precies. Onze beren eten geen mensen. Ze graven knollen uit, eten bessen, kraken nootjes, vangen insecten en vis, misschien een stuk pluimvee of een huisdier, als dat voorhanden is en niet te veel tegenstribbelt, als ze echt honger hebben storten ze zich op een rund, maar mensen, nee, die vinden ze niets. Daar nemen ze hooguit een likje van.'

Hij hoort bij het slag mensen dat toestemming moet krijgen om te lachen.

'Ze vinden ons niet te hachelen,' ga ik door. 'Het liefst vissen ze, dat is hun sport. Een beer vangt zalm met een lukrake klap in het water, elegant maar toch sterk. Zijn schouders zijn vijf keer zo breed als de jouwe.'

Hij deinst weg als ik hem de maat probeer te nemen.

'En de beren die een groep mijnwerkers hebben opgegeten dan? Op Kamtsjatka, was overal op het nieuws.'

'Een combinatie van overpopulatie en overbevissing, vermoed ik. Kamtsjatka-beren zijn sowieso al een stuk groter dan de onze, die hebben veel vis nodig. Is dat niet voorhanden, dan maar een mijnwerker.'

'Ze hadden hun brein eruit gezogen en de rest achtergelaten,' zegt hij op verwijtende toon, 'het schijnt dat veel van die roofdieren het op onze hersenen voorzien hebben, ze ruiken immers dat daarin onze macht schuilt.'

'Hier hoeft u daar geen angst voor te hebben.'

Hij kijkt me indringend aan. 'Maar een moederbeer zal altijd haar jongen verdedigen, toch?'

'Verdedigen is iets anders dan opeten met huid en haar.'

'Ze hebben haar af moeten maken, las ik.'

'Wat is uw naam?'

Schoorvoetend laat hij een heel gewone naam vallen.

'U zou er goed aan doen om die pulpblaadjes niet meer te lezen, agent Beljajev. Niemand is hier opgegeten en niemand is hier afgemaakt. Heb haar vorige week nog gezien. Een schappelijk wijfje, we kunnen prima door één deur, zij en ik.'

De sergeant komt het laboratorium uit, alweer maaiend met zijn armen.

'En?'

'Niks wat ons verder kan helpen. Zeg eens, die embryo's op sterk water... uw man is zoöloog, toch?'

'Klopt. Wij zijn zoölogen.'

'Ik zag onlangs een programma over een beroemde Duitse zoöloog, ongetwijfeld uw grote voorbeeld, die hier in de oorlog krijgsgevangen heeft gezeten. Een fascist.'

'Konrad Lorenz.'

'Precies, dat was zijn naam. Wist u dat hij een echte nazi was? In hart en nieren. Je ziet dat wel vaker met die grote dierenvrienden. In het kamp werkte hij als arts, ik geloof in de provincie van Kirov. Schijnt-ie een middel uitgevonden te hebben tegen gordelroos. Zo zie je maar, hebben we hem toch nog iets zinnigs laten doen.'

Als ik de balk weer op de deur leg, kijk ik even met hun ogen naar deze aftandse bedoening. Ons Laboratorium van de Onafhankelijkheid, om je rot te lachen.

'Heren, veel meer kan ik niet voor u betekenen. Als u me

wilt verontschuldigen, ik moet de dieren verzorgen.'

Langzaam stappen we door het bos naar huis. Ze zien niet dat er vlak naast het pad een eekhoorn langs een stam omhoog cirkelt, ze reageren niet op het voorjaarsgeratel van de specht, hun gedachten zijn alleen op mij gericht, en het zijn geen leuke gedachten. Ja, we waren zoölogen, maar wat hebben we nagelaten? Konrad Lorenz schreef in het strafkamp een werk over de evolutie van kennis, op stukken papier die hij van cementzakken afscheurde. Volgens zijn dochter kwam hij in 1948 thuis met enkel dat manuscript, een beeldje van een eend, een pijpje, een blikken lepeltje en twee handgetrainde vogeltjes. Daarna ging hij achter zijn bureau zitten en schreef hij nog een boek, zijn beroemdste: *Over het zogenaamde kwaad.*

In het jaar dat ik me liever niet herinner, heb ik vaak aan zijn opvatting gedacht dat agressie aangeboren is en niet aangeleerd. Als ik de kleine beertjes hun flesje gaf, zag ik van dichtbij dat ze, hoe donzig en behoeftig ook, hoofdzakelijk kwaad waren, zoals de meeste wilde roofdieren dat zijn. Woedend en kwaad van aard. Ik denk dat het uiteindelijk weinig had uitgemaakt of we tegen ze hadden gesproken. Dat ze zich daar iets van zouden aantrekken, is nu typisch zo'n idee van de mens, die meent dat andere dieren niets liever zouden willen dan hem te evenaren. Maar wij, met onze onstilbare honger, zijn de na-apers van het dierenrijk. Wij observeren en kopiëren. Ook de agressie. Hardnekkig en machinaal, tot elk spoor van de oorspronkelijke drijfveren was vervaagd, maakten we van de dierlijke woede een voor gruwelijke herhaling vatbare reproductie. En zo werden wij sadisten. Sadisten met schone klauwtjes.

'Agent Beljajev,' zeg ik als we weer bij het huis komen, 'heeft u kinderen?'

Van deze afstand kan ik hem horen zuchten – wat nou weer – maar hij schudt gehoorzaam zijn hoofd. Geen kinderen.

'Dan moet ik u wat vertellen. Die berin waarover u in de roddelblaadjes heeft gelezen, was eigenlijk een heel verstandig dier. Lang geleden, voor uw tijd dus, voerden we een gesprek, zij en ik. Het vond plaats op een plek een eindje hiervandaan, want in het laboratorium was het toen nog een drukte van belang. We ontvingen hier toeristen uit het buitenland, moet u weten, en beren houden niet zo van drukte.'

'Een gesprek,' herhaalt de sergeant. Hij vist een sigaret tevoorschijn, ik krijg er ook een. Kom maar op, gebaart hij als hij ze aansteekt.

'Dus die berin komt langzaam tevoorschijn, en ze was prachtig. Ik was niet bang, helemaal niet, nooit geweest. Ook al was ze een jaar of vijf, en woog ze zeker tweehonderdvijftig kilo. Eigenlijk kun je je niet voorstellen dat uit die koters die wij aan de fles hadden, ooit zo'n magistraal wezen zou groeien. Die pels alleen al, waar haalden ze die prachtige vacht vandaan in zo'n korte tijd? Hoe groeit zoiets? En ik kon zien dat ze zogende was. "Waar zijn je welpen?" vroeg ik. Waarop zij antwoordde: "Ik kan jou hetzelfde vragen." En ze had gelijk, natuurlijk. Ik keek om me heen, kreeg de kans niet om te vragen hoe ze dat van me wist. "Een goede moeder gaat achter haar welpen aan als die in nood zijn," zei ze streng, "al moet ze duizend kilometer rennen, ze zal ze vinden en ze bij hun nekvel grijpen, en welp voor welp terugbrengen naar het hol." En toen ik thuiskwam na dit gesprek, u zult het niet geloven, heren, toen belde ze.'

'Wie, de berin?'

'Nee, mijn welp natuurlijk! Ik had al weken niet meer van haar gehoord. En juist na dat gesprek in het bos belt ze en zegt ze: "Mamma, ik kan niet slapen." Toeval of niet? Ik begreep er eerst helemaal niets van, het was twee uur 's middags, de zon stond de laatste zonnebloemen in de moestuin te verschroeien, zo heet was het, het leek me een dag waarop zo'n meid lekker de stad uit zou gaan, om met vrienden aan de Finse Golf te gaan bakken. "Nee," zegt ze, "je begrijpt me niet, mamma. Ik heb al drie dagen niet geslapen. Nog geen minuut. Ik ga wel liggen, en mijn geest wil wegzakken, maar mijn lijf houdt me tegen, het schudt me wakker van de pijn, dat rotlijf. Kom alsjeblieft, ik kan niet meer." Dat is wat ze zei, en dat is wat u goed in uw oren moet knopen voordat u de roddels gelooft. Als een welpje zijn moeder roept, dan staat niets of niemand haar in de weg. Dan rent ze duizend kilometer op haar blote poten door de bossen, als het moet.'

'En die berin was dus ook achter haar welp aan gegaan?'

'Precies. U heeft goed geluisterd, agent Beljajev. Het was het ene welpje voor het andere.'

De sergeant neemt een trek van zijn sigaret. Weer die minachting, misschien zelfs wel haat. 'U zou ze moeten opschrijven, die sprookjes van u.'

'Bloeblahaha!'

Het is al donker. Ik heb gedronken, daarna heb ik geslapen. Ik droomde dat ik met Vera in de mist rond het meer wandelde. Het donkerblauwe water vloeide in kringen, terwijl de lucht boven ons bevroren was en soms vervaarlijk kraakte. Vera was lang en dun, ik probeerde mijn arm door de hare te halen, maar kon haar niet bijhouden.

'Blijf toch hier,' zei ik.

‘Nee, er is een feest in de stad en ik heb beloofd te komen.’

Ik wilde haar zoveel vragen, maar opeens stak er een koude wind op en was ze verdwenen. Het enige wat klonk was het geratel van de futen aan de waterkant.

Opschrijven? Niemand wil mijn sprookjes lezen, want het zijn verschrikkelijke sprookjes. Voor mij staat de fles die ik had moeten laten staan, de afgeknauwde augurk, het bordje met de broodkruimels, ja – ik veracht mezelf tot in het diepst van mijn verkommerde wezen. Maar Bamsja ligt smakkend aan mijn voeten, de kat knijpt tevreden zijn ogen toe. Die kegel vinden ze vies, maar de rest van de dronken mens vinden ze reuzegezellig. Misschien horen ze ons denken, de dieren; horen ze het geratel van onze twijfels en overwegingen, en merken ze hoe dat stopt als we dronken zijn. Weten ze dat we een paar glaasjes nodig hebben om af te dalen naar het dier daarbinnen. Het dier dat ooit de bedoeling was.

‘Bloeeaah! Bloeh!’

‘Wat heb jij toch vandaag?’

Stilte. Ik schiet in mijn overschoenen, duw de deur open. Buiten ruikt het warm. De straatlantaarn brandt weer. ‘Tsjuk-tsjuk-sjuk-tuk,’ klinkt er uit het bos, en ‘iehieuw.’ Ik kom, ik kom. De dieren gedragen zich als in een stationswachtkamer. In de staldeur knikt Plov ruim van ja, zoals paarden dat kunnen. Ja, kom maar kijken wat er is gebeurd. Voor het geitenverblijf drentelt de bok heen en weer, hij heeft voor de verandering zijn tong naar binnen gehaald en knort alleen een beetje. Er hangt genoeg maan in de lucht om me bij te schijnen. Dan slaak ik een hoge zucht. Naast de ruigharige geit staat een pasgeboren jong, vier pootjes in het stro. Even komt het naar de tralies, maar dan verbergt het zich meteen weer in de flanken van zijn moeder om te drinken, hard kwispelend met zijn staartje. Het is spierwit, geen vlekje te zien. Hoe kan dit? De tranen prikken achter mijn ogen. Er is hier al jaren niks geboren, nog geen kuiken kroop er uit een ei, en nu heeft onze belachelijke, vermolmde, hopeloze bedoening het meest smetteloze schepseltje voortgebracht dat je je kunt voorstellen. Opeens heb ik honger. Ik moet naar binnen, iets te eten maken voor mezelf.

17

Vandaag werd ik wakker als een kind op zijn verjaardag. Het bokje! De dag was al vrolijk zonder mij begonnen, met zingende winterkoninkjes en een wollig zonnetje over de vloer om mijn voeten op te zetten. Ik zag heus wel dat het tijd was voor een nieuw nachthemd, en dat ik nodig eens mijn haar moest knippen, maar wilde eerst het verzwaarde emmertje vinden dat we vroeger gebruikten voor het melken. Toen ik in de geitenstal kwam, leek de bok al te begrijpen wat ik van plan was. Even probeerde hij tussen mij en de moedergeit te gaan staan, maar toen raakte hij afgeleid door het kleintje, dat kans zag te ontsnappen. Ik legde mijn hoofd tegen de warme geitenbuik, pakte de twee spenen en begon te melken. Ze gaf veel. Ik hoorde haar zachte hartenklop. In de verte zag ik de pasgeborene in de tuin sprongen maken met vier pootjes tegelijk in de lucht. Meteen voelde ik weer die samentrekking in mijn oren. Is dit een evolutionair residu, uit de tijd dat we ze nog konden krullen van vertedering? Mijn blik ontmoette die van de bok. Een gouden slangenoog op zijn kant. Toen ik met melken stopte, werd de zwarte streep in het midden steeds breder, als een luik in de grond. Hij staarde aandachtig, informatie overwegend. Zo keek ik vroeger naar de dieren die ik bestudeerde.

In dit land zijn we gewend geobserveerd te worden. Zolang we in de minderheid waren loerden de dieren, maar toen die ons niet meer konden pakken, raakten ze op ons uitgekeken. Na de dieren kwamen de tsaren. Bij hen moest je niet proberen te ontsnappen, want dan kreeg je een brandmerk op je kop, zodat de rest van de kudde je ook kon herkennen en in de gaten houden. De Sovjets pakten het nog grondiger aan, leiders en klerken. Nergens ter wereld werd je zo goed bekeken als bij ons. Je was nog niet geboren of ze hadden je al ingevuld, in hoekig schuinschrift op een onbuigzaam stuk karton. Op school dacht je dat je op moest letten, maar zij letten nog beter op jou. Hoe gedroeg kleutertje-lief zich in de microgroep op het schoolplein? Bang, laf? Pestkop, belhamel? Zou het bij de dominanten gaan horen of bij de gehoorzamen? En op het kamp, hoe ging het daar? Kreeg het de taakjes onder de knie of droomde het weg? Alles werd genoteerd en uitgerekend. Zou het geschikt zijn voor de Komsomol, kon het bij de grenstroepen dienen of was het beter hem nutteloze kuilen te laten graven in het buitengebied? En daarna? Studie? Bouwploeg? Kwam dit geval in aanmerking voor een flatje in een grote stad, of was het veiliger om het in de periferie vast te houden tot het net zo'n dronken sukkelaar was als zijn ouders?

Je hoefde ze niets te vertellen, ze wisten het allang. En als ze het niet wisten, keken ze tot ze het zagen. Ook op het instituut werden we gadegeslagen. Ik denk nog steeds dat de vertoning van het experiment met de hondenkop bedoeld was om ons, jonge zoölogen, de maat te nemen. Die nutteloze herhaling van een vooroorlogs experiment had niets met ons vakgebied van doen. Ze lieten de film aan ons zien om de geschikte wetenschappers uit ons softe zooitje te pikken. Terwijl wij het gekwelde dier bekeken, draaiden zij zich om, zodat ze in het licht van de projector onze gezichtsuitdrukkingen konden peilen. Keken we weg, viel er iemand flauw?

Ikke.

Elk jaar was er wel een leerling die flauwviel bij dat filmpje, hoorde ik later van Lev. Het waren niet alleen vrouwen die medelijden kregen met het slachtoffer op de behandeltafel, de plek waar een serieuze wetenschapper in die tijd het dier het liefste zag. Op het formica, onder de lampen, ver weg van de onoverzichtelijke wildernis waaruit ze het hadden meegenomen. Om elke schijn van sympathie met het object te vermijden, ontleedden ze het alsof het een bodemmonster betrof. Door flauw te vallen faalde ik voor hun test, maar ik wist dat zij de lafaards waren. De natuurlijke gedragskunde, die zo belangrijk is voor de zoölogie, werd krampachtig op afstand gehouden en bleef hier bijna net zo lang taboe als religie, de macht die in de rest van de wereld bezwaar aantekende tegen het idee dat dieren ongeveer hetzelfde voelen als wij.

De laatste die me observeerde, op zo'n manier dat ik het in de gaten kreeg tenminste, was Esther. De Hollandse zag ons als de Rus in het wild. Een diersoort die gelukkig alleen vanuit de veilige verte op haar leek. Eerst beviel me die rol wel. Het is charmant om jezelf als exotische waar te beschouwen, vooral als je de leeftijd bereikt waarop je op jezelf bent uitgekeken. Ik gooide er dus een schepje bovenop, en mat mezelf het imago aan van Russisch moedertje: het zorgzame type dat ik eigenlijk nooit echt ben geweest. Een ander personage was sowieso niet voor mij weggelegd omdat mijn Engels niet toereikend was om de gesprekken te voeren die ze met Lev en Lydia voerde. Evenmin kon ik nog doorgaan voor het avontuurlijke meisje dat ooit haar intrek had genomen in dit sprookje. Dat was nu mijn Vera. De Hollandse keek toe, ik deed auditie voor de rol die elke Russin uit haar hoofd kent: die van breedarmige, Slavische oermoeder boven een pan boekweitpap. Deze pan heeft ze altijd bij de hand om in te roeren, als ze een muurtje metselt, een gewonde soldaat verpleegt of afstudeert in de microbiologie. Ik ben niet opgevoed als boerin en het nooit geworden. Lev en ik beschouwden onszelf als wetenschappers die toevallig een paar dieren hielden op het platteland. Wat verafschuwde ik de ijdele dames die op zekere dag een schort voorbonden en het bevel 'eet' uitvaardigden over een tafel vol onhandig bereide, volkse gerechten die ze zelf niet aanraakten omdat ze aan de lijn waren, maar des te liever opdrongen aan de gasten.

'Eet, eet.'

Dat bevel is zo'n beetje de enige tekst bij deze rol. Mijn leeftijdsgenoten uit de stad praatten natuurlijk hun omatjes na; de generatie die hardnekkig de Grote Moederlandse Oorlog bleef voeren. Eet, eet, anders ga je dood van de honger. Eet, die trog aardappelsalade moet leeg. Met een tempo alsof ze aan de Baikal-Amoer Magistraal de betonmolens moesten vullen, werd wat ze overdag bij elkaar hadden gestampt naar de monden van de visite getransporteerd. Eet, eet, zodat je op de wc nog weet wat Russische gastvrijheid is, verdomme, eet, de aftiteling is nog niet in zicht, er is nog taart gevuld met wrongel toe.

Mijn oma kon trouwens niet eens koken. Ook dat bestaat. Ik heb nog steeds haar exemplaar van *Culinaria*, het gastronomische naslagwerk met het gewicht van een vijfjarenplan dat vlak na de oorlog over de Sovjet-Unie werd verspreid. Kijkend naar de doorhalingen begrijp je dat ze de ingrediënten van zelfs de meest eenvoudige recepten niet te pakken kon krijgen. Als kind fascineerden mij de wonderlijke afbeeldingen, die het midden houden tussen foto's en illustraties. Ze tonen sombere buffetten en uitgebeende karkassen, gedecoreerd soezengebak en met mayonaise opgespoten koude schotels, industriële gehaktmolens en koelkasten, en heel veel kazen en worsten die nooit in onze winkels lagen. Ze hebben iets sinisters, vooral de platen die voorschreven hoe openbare eetgelegenheden dienden te worden ingericht, want de mensen die van deze stalinistische overdaad mochten genieten, zijn afwezig. Alleen in het hoofdstuk 'Vlees' verschijnt er een herenhand ten tonele, die aanwijst uit welk deel van het rund de biefstuk wordt gesneden. Ook al zoiets wat ik nog nooit heb gegeten. Toen we hier kwamen wonen, had de dorpswinkel altijd varkensneuzen en hoeven in het assortiment. Niemand vroeg zich af waar de rest van de dieren was gebleven. Soms voerde een Kamaz de karkassen aan van runderen die nog dieper bevroren waren dan de straat waarover ze werden uitgestort. Daarna werden ze niet anatomisch verdeeld en uitgebeend, maar gewoon, communistisch, in honderd gelijke stukken gezaagd. Als je de hand had weten te leggen op een mooi lapje, gooide de verkoopster er nog een slecht stuk bij op de weegschaal, want het moest schoon op en ze hadden verkoopquota te halen. Daar zei niemand wat van, want een breedarmige Slavische oermoeder weet wel raad met onmogelijk vlees. De breedarmige Slavische oermoeder mishandelt het goede vlees met een hamer, ook al is het mals genoeg, en gaat vervolgens eindeloos staan schrobben, malen en stoven met die droge knook of taaie reep huid, want vlees moet lijden, en zij erbij. Tegenwoordig beklaagt ze zich over de halffabricaten, want sloven wil ze. Sloven op de toegeworpen restjes.

Eet, eet. Ik speelde mijn rol met overtuiging. Maar Esther at niet. Wat was ze sterk, zoals ze de Russische dwangvoeding trotseerde. Ze glimlachte naar de gerechten, prees hun uiterlijk, maar raakte ze niet aan. Ze legde nog een keer uit dat ze niets van dierlijke oorsprong tot zich nam, maar vooruit, omdat de Russische wildernis weinig geduld had met voedselovertuigingen wilde ze haar lange tanden wel in een stukje kaas zetten. Dat wij vlees aten vond ze trouwens de normaalste zaak van de wereld, want wij behoorden tot de soort die zij observeerde. Russische vleesverslinders.

Uiteindelijk brak het poseren me op. Ik dacht altijd dat we het in dit land wel van elkaar doorhadden als we een toneelstukje opvoerden voor westerlingen. Niemand verried je als je met je dronken lijf door de knieën wilde zakken voor de Kazatsjok, of met een nasaal stemmetje 'Katsjoesja' probeerde te zingen, dat helemaal geen traditioneel Siberisch liedje is maar propagandistische kitsch uit de jaren dertig. Een kniesoor die zo'n feestje bedierf. Ik dacht dat Lev het spelletje met me meespeelde, dat we later, als de buit was binnengehaald, weer met Klimov en Evtjoesjkin in het vuur zouden staren, grinnikend om die naïeve eurostandartsjiki, waar ik Esther ook toe rekende. Dat gebeurde niet. Toen de herfst kwam, zat ik alleen bij het vuur. Ik wist niet beter dan dat Lev met Lydia naar het symposium in Duitsland was gegaan, om daarna Ksenija te helpen, die zich daar toen net had gevestigd. Maar toen ze terugkwamen, kibbelend als een stel pioniertjes van zomerkamp, om wie de avonturen mocht vertellen en tot in welk detail, begreep ik dat niet alleen Lydia, maar ook Lev was doorgereisd naar het hoofdkantoor van de IVON in Amsterdam. En dat ze, omdat een hotel te duur was, bij Esther hadden gelogeerd. Ik had moeten zien hoe ze woonde, zeiden ze. Hoe steil het trapje was dat naar haar appartement leidde. Dat je moest bukken om uit het raam te kijken, maar dat het uitzicht mooi was, op een gracht met woonboten, waarin boomlange Hollanders woonden, die hun boodschappen, kinderen, huisraad vervoerden op fietsen. Dat Amsterdammers van lelijke hondjes hielden en graag aten onder het lopen, te veel om op te noemen. Dat het er ontzettend druk was, maar dat iedereen toch zijn gemak hield, ach, ik had het moeten zien. Maar het enige nieuwe dat ik te zien kreeg, was Levs blik. Die was anders, en dat zou zo blijven.

'Ach, Nadja, Nadjenka, ons aller moedertje...'

Fouillerend tastte hij mijn lichaam af. Ik had dat schort weer aan omdat ik het fornuis wilde poetsen. Hij aarzelde even om het los te maken, maar liet het toen maar, plofte neer aan tafel. Het schort ging niet meer af, het was in mijn huid gegroeid als de ketting in de strot van een erfhond.

Neem deze benen, machinist, dat zijn toch geen oudewijvenkluifjes? Laat staan tien jaar geleden. Mijn haar, dat nu nog even dik is als toen ik naar school ging, maakte nog geen aanstalten om grijs te worden. Mijn tanden waren heel, mijn borsten zaten nog hoog, maar bijzonder elegant was ik nooit. Mijn vader zei dat ik de rug had van Vasili Aleksejev. Toch bleef ik dankzij het leeftijdsverschil met mijn man tot mijn veertigste een meisje, en ik zou dat nog steeds zijn gebleven als Esther niet was langsgekomen. Lydia zei dat Esther uitzonderlijk slank was vergeleken bij haar landgenoten, dat ze daarom wel geliefd zou zijn bij de Nederlandse mannen. Probeerde ze me gerust te stellen? Ik had zo ook wel gedacht dat Esther zich niet tot een oude Russische baard hoefde te verlagen.

In de nazomer van 2005 kwam ze weer. Lev haalde haar

op van Sheremetyevo. 's Avonds belde hij dat de vlucht was vertraagd en dat ze pas de volgende dag uit de hoofdstad zouden vertrekken. 'Twaalf uur rijden op één dag is ook niet te doen op mijn leeftijd,' voegde hij eraan toe. Eerder had ik al Vera gebeld, om te vragen of ze toch niet wilde komen. Maar ook zij beklaagde zich over de afstand. Ik had gedacht dat ze blij zou zijn om haar idool weer te zien, maar ze zei dat ze ziek was. Ze was te moe om een hele dag met Lydia in de auto zitten. Hoe was het gekomen dat we opeens te ver weg woonden? Twaalf, acht uur rijden, vroeger waren we daar nooit te moe voor. Zulke afstanden legde je af met beleid, verzonken in gedachten die je verzweeg bij thuiskomst, als hoeren langs de weg.

'Echt niet?'

'Ik heb geen zin in al die mensen.'

Buiten heerste de verstikkende hitte, maar Vera blies koude rillingen mijn kant op. Ze sprak dicht in de hoorn, zonder dat haar woorden resoneerden, alsof ze zich ergens diep onder de grond bevond.

'Esther en Lydia zie je toch graag?'

Stilte, de lijn leek dood.

'De toeristen zijn er nog maar een week,' zei ik, 'daarna is alles weer zoals het was. Beloofd.'

Ook ik was de eurostandartsjiki spuugzat. Terwijl de beren begonnen te puberen, kregen we de verantwoordelijkheid over zes vrijwilligers die deze fase nog nauwelijks waren ontgroeid. Ze waren lui, onbeleefd en bang voor de dieren die ze moesten verzorgen. Op een avond kwamen ze bij ons alarm slaan, omdat een beertje was uitgebroken en in de keuken van het laboratorium een rol koek had verslonden, met verpakking en al. Leugens natuurlijk, we zagen zo wie van de lefgozertjes het dier in het laboratorium had uitgenodigd. Uit veiligheid besloten we niet de beren weg te halen, maar de toeristen vrij te geven tot het einde van hun verblijf; dat was nog maar een paar dagen. De dag dat Esther terugkwam waren ze onder begeleiding van Serpjakov met de bus naar de stad gegaan. Later hoorde ik dat ze de hele dag in een café cocktails hadden gedronken en poolbiljart hadden gespeeld, omdat de hitte buiten ondraaglijk was. Ze waren nog niet terug toen onze jeep het pad opreed.

Ik herkende haar niet meteen. De afgelopen maanden had ik alleen haar gezicht bij vlagen gezien, vertekend door de slechte internetverbinding. Ik was vergeten dat ze zo lang was. Toen ze uitstapte bleek ze een halve kop boven Lev uit te steken, maar daar leek hij geen last van te hebben. Hij volgde glimlachend haar bewegingen, terwijl ze zich als een waterlelie uitstrekte aan zijn hand. Jawel, dacht ik, jawel, jawel. Ze is wel degelijk gecharmeerd van deze Russische baard. En ze hoefde zich niet te verlagen, want naast haar zag hij er beter uit dan ooit. Onomstotelijk mannelijk.

Ze droeg een zomerjurk tot op de kuiten. Het irriteerde me. Het ragfijne gebroken wit, de pofmouwtjes, de uiteinden van het gestrikte lint die op haar billen dansten. Het was de snit van vlak na de oorlog. Ik heb foto's van mijn oma van moederskant, in jurken die de bedoeling hadden om zo om het lichaam te vallen, maar daarin faalden omdat ze niet van zijde waren, en omdat het lichaam van mijn oma in die vier afgrijselijke jaren alle sierlijkheid had verloren. Ze was nog maar in de twintig, maar kon er niet anders meer bij staan dan zo: zich schrap zettend. Mijn moeder nam die houding van haar over. Kin vooruit, armen strak langs het lijf, voeten een eindje uit elkaar, zo stond je stevig, zo kon niemand je omzagen. Dat bracht mij voort, met die rug van een gewichtheffer. Pas bij Vera ging het weer de goede kant op. De vier jaar dat zij op de aangestampte Sovjetbodem heeft rondgelopen waren niet genoeg om wortel te schieten, ze liet zich nog eenvoudig naar een lief leven overpotten. En kijk eens hoe ze uitgroeide. Haar zou deze jurk pas goed staan, dacht ik terwijl ik het verliefde paar op de veranda in mijn armen sloot. Want mooi was Esther nog steeds niet. Ja, haar elegantie was van een haast buitenaardse klasse, maar haar lengte was obsceen, alsof ze zich naar het vele licht was blijven strekken dat haar ten deel was gevallen.

'Ik ben zó blij dat ik terug ben!' riep ze, me opnieuw om de hals vallend. Ze rook lekker. Een verfijnde, geraffineerde geur, die ze niet vlak voor haar reis had opgespoten. Haar haar was zacht, vormde dikke lokken die tegen mijn wang vielen. Haar handen trommelden schattig op mijn rug. Ze was echt blij om me te zien. Ik stond op mijn tenen, met mijn kin op haar schouder en keek naar mijn man.

Mannen krijgen hartaanvallen van affaires. De scharrel, die meestal jonger is dan hij, zeurt aan de ene kant van zijn kop, het schuldgevoel aan de andere. En bam, daar ligt hij, gevloerd onder de last van twee wijfjes. Had hij maar nooit rechtop moeten gaan lopen, want als aap kon hij met gemak een hele harem aan. Ik zag hoe Lev haar bagage neerzette en zijn zakken beklopte voor sigaretten. Hij had zich van ons afgewend en grijnsde maar, alsof hij gek was. Toen is het begonnen, denk ik; toen begonnen zijn zenuwen het te begeven.

Ik lig in zijn eenpersoonsbed. De lakens die hij weg heeft geslagen, heb ik over me heen getrokken, maar ik ruik niks.

Niets valt me te binnen. Ik draai me op mijn buik, duw mijn neus in zijn hoofdkussen, snuif. Niets wijst erop dat hij van plan was me te verlaten. Waar is hij nu? Denkt hij aan mij? Misschien heeft hij zich vastgelopen in het bos, als een bronstig hert met een veel te groot gewei. Dit bed is groot genoeg voor twee, trouwens. Overal heb ik meer dan genoeg ruimte om me heen. Meer dan genoeg lucht om in te ademen en een weelde aan geluiden die niemand anders opvangt. Het mag wel wat minder allemaal. Het benauwt me, meer dan toen ze me nog in de gaten hielden. Toen werden er tenminste nog gedachten aan me gewijd. Wie houdt me nu nog bij? Ze hebben me doorgestreept, afgetimmerd, opgeborgen in een naamloos graf.

'Is daar iemand?'

Kto tam? Ktotam? Ktototam?

Geen tromgeroffel terug. Waar is mijn trein, machinist? Misschien ben ik wel doof geworden. Sta je hier stiekem te wachten zonder een geluid te maken. Je had beloofd haar terug te brengen, je zei: geduld, er komt altijd nog een trein. Ik heb het geduld van een dier, machinist, maar mijn stem, die ik alleen nog gebruik om mee te kuchen, slaat van de wanden op me terug. Bovendien is het hier te koud. Gelukkig hoef ik niet naar buiten voor het hout, heb ik vanmiddag nog een mandje van de voorraad onder de veranda naar binnen gesleept, die tegenwoordigheid van geest ben ik nog niet verloren. Ik verlaat het bed maar sla het dek dicht om mijn warmte te bewaren. Vannacht zal ik hier slapen. Ik doe alleen het kleine lampje aan in de keuken en laat de kachel open zodat ik naar het geknetter kan luisteren. Ik ga op baboelja lijken. Waarom komt ze zo vaak terug in mijn gedachten deze dagen? Het is een vreemde ruilhandel, al deze herinneringen in ruil voor het gemopper van Lev. Alsof hij de kurk was op een fles vol treurende geesten. Hier, nog zo'n ziel die ik liever niet binnenlaat: de stem van Vera door de koude hoorn. In mijn bezwete hand.

'Mamma, kom alsjeblieft.'

Esther was al twee dagen bij ons en Lydia had zich juist bij ons gevoegd. Ik herinner me er verder niet veel van, had te veel gedronken. Volgens mij was ik op de veranda in slaap gevallen, zo diep onder zeil dat geen alarmbel me kon wekken. Gesjor aan de hangmat, die toen nog niet door de vleermuizen was aangevreten. Lydia's drankadem in mijn half geloken ogen: 'Nadj, telefoon. Het is Vera. Ze wil alleen met jou spreken.'

Ik schrik wakker van een knal. Geen idee waarvan, maar buiten de kachel ligt een grote smeulende snipper hout, die ik uittrap met mijn slof.

Nee, het was geen knal. Het was een Russisch orthodox koor, dat hier buiten is komen zingen. Verheugd snoer ik mijn badjas dicht, schiet ik in mijn overschoenen en loop ik naar buiten.

Sst, zeg ik tegen de krakende veranda.

De stemmen zijn weg. In plaats daarvan slepen twee stroeve tonen zich voort. Even trekt de galm weg, in de stilte gaat de nachtuil gewoon door met zijn roep, dan begint het weer. Het huilt. Anders kan ik het niet noemen, het huilt ontzaglijk hemelsbreed. Waarom reageren de dieren niet?

'Hallo!' schreeuw ik.

Mijn ogen doen pijn van de zwarte lucht.

Een hoge, weifelende klank zet in. Ik dacht dat ik de Grote Geluiden begon te missen, maar Lev had gelijk, dit is niet goed. De hemel klinkt zelf bang. Niets jaagt een kind zoveel angst aan als de angst van zijn ouders.

'Ben je klaar, verdomme?'

De bomen zijn wat harder gaan ruisen, lijkt het. Verder is er niks veranderd. Alleen ik heb hier last van. Uitgeput plof ik neer in de tuinstoel, wrijf mijn trillende handen tot bedaren. Mijn ogen zijn nog niet van plan te wennen aan het donker, desondanks sta ik op, schuifel ik naar de dierenverblijven. Langzaam tekenen zich de bolle, gevederde lijven af, ze liggen op een kluitje te slapen onder het gaas. Daar liggen de geiten. Ook nergens last van. Alleen het kleintje komt naar me toe. Het is nog steeds spierwit, en klaarwakker.

'Ga je met mij mee?'

Het laat zich rustig oppakken. Ik vouw hem onder mijn vleugel en schuifel snel terug naar de veranda, het huis in. Deur dicht! Vuur knettert, redt zich wel! Met mijn andere poot duw ik de deur naar Levs kamer open, duik het bed in, bokje en al. Onder de dekens, waar het nog een beetje warm is, krijg ik vier koude hoefjes in mijn buik. Ik aai de stevige, pasgeboren vacht op zijn kop en krul mijn oren van vertedering.

18

Ik heb altijd gedacht dat het zo zou gaan. Op een nacht open ik mijn ogen zonder wakker te worden. Het silhouet van de duivel buigt zich over me heen. Registreert mijn slaapadem. Bevoelt met stevige hoef mijn hartslag. Buiten, achter het hoofdeinde, komt van alles in beweging, bemoeit zich ertegenaan: 'Waar zullen we haar laten? Ze is oud genoeg, nu is het wel welletjes.' Ik wil doorslapen, de beslissing aan me voorbij laten gaan. Maar de twijfel heeft mijn spieren al aangespannen. Het silhouet doet een paar stappen achteruit op het hobbelige matras. Blijkt nu een stuk kleiner te zijn, hoornloos bovendien. Een duivel van niets. 'Mááámma,' blaat het, 'máhamma.'

Kom me halen. Mamma, ik kan niet slapen.

Buiten krijg ik nog steeds geen idee van de tijd. Alleen de kippen slapen, de rest van de dierstapel is klaarwakker. Duiveltje stribbelt tegen onder mijn jas, zijn ouders komen me verontwaardigd tegemoet. Bamsja volgt op de voet, Plov buigt zijn hoofd over de staldeur, allemaal staan ze braaf op wacht, alsof ik de enige ben die slaap nodig had. Zij zijn gemaakt om alert te blijven in de paar jaar dat ze over deze aarde springen, en als hun tijd daar is, zullen ze sterven in hun natuurlijk doodskleed, dat nog vol is en glanzend. Die paar diersoorten die net zo lang leven als wij, sterven meestal al net zo kaal, gerimpeld en bemoeiziek. Ik schaam me als ik het bokje naast zijn moeder zet.

'Hier, hij kon niet slapen. Ik zal het niet meer doen.'

Ze begint hem meteen te wassen. Al het vieze van de mens eraf.

Kom alsjeblieft. Ik kan niet meer.

Ik was dronken toen Vera belde. Sindsdien ben ik nooit meer zo dronken geweest. Misschien was ik er wel in gebleven als ze niet had gebeld, was ik van slaap op dood overgestapt – een goede verbinding, machinist. Lydia begeleidde me naar binnen, tot op de dag van vandaag voel ik haar dwingende hand op mijn rug. Ik vocht tegen de slaap, de hoorn dreigde uit mijn slappe hand te glijden. Lev en Esther zaten achter mij aan de keukentafel, toen ik Vera hoorde zeggen: *Kom me halen, mamma.* De lijn kroop uit het toestel het stopcontact in naar de stofgrond onder het huis, de tuin door, voor het huis van Serpjakov de mast in, voorbij de bushalte, het dorp in en weer uit, kriskras door het moeras, langs de akkers, onder de wolken, zwenkte tussen de gebouwen, over de dennentoppen, verder, verder, over provinciegrenzen, rakelings langs de flats in de buitenwijken, over grachten, bruggen, langs de gevel tot aan de vensterbank, klopte op haar raam. *Als ik opleg, sterft ze.* De dringende tonen van de verbroken verbinding maakten me wakker en de hoorn viel alsnog uit mijn hand.

'Wat is er?' vroeg Lev.

'Morgen ga ik naar Vera.'

'In Sint-Petersburg?'

Ik knikte maar draaide me niet om. Hun ogen priemden zo al in mijn rug.

'Maar daar ben je twintig jaar niet meer geweest.'

Eerlijk gezegd was ik er nog nooit geweest. Toen we hierheen verhuisden heette het nog Leningrad. Daar ben ik geboren. Sint-Petersburg was maar een dun laagje stof van spoken en sprookjes boven de stad, van beroemde doden in praalgraven achter de oude Nevski, van geesten die door de smog op de ramen naar binnen keken, en zich erover verbaasden wat een rotzooi we ervan hadden gemaakt. Sint-Petersburg bestond uit de doffe rekwisieten van kerk en tsaar, hun romantische riedeltjes, paleizen en façades, die te mooi leken om waar geweest te zijn. Waren ze ook niet, bezwoer men ons, toen ze de straatnamen uitveegden. De beroemdste straten en pleinen van Sint-Petersburg waren in Leningrad onvindbaar, en andersom, want men bleef maar schrappen en gummen, vernoemen en hernoemen. Er was geen touw meer aan vast te knopen, niemand wist meer waar hij was. Naar de Kleine Zeestraat heb ik nooit de weg gevraagd, in mijn tijd heette het de Gogolstraat. Zijn personages kwam je nog wel eens tegen, trouwens. 's Nachts, als je dronken was, als je in steegjes en op binnenplaatsen voor de ijzige wind probeerde te schuilen. Maar overdag snelden we ondergronds van Burgerprospekt naar Veteranenprospekt, en als we boven kwamen, wees Lenin naar links: 'U bent op de juiste weg, kameraden!'

Toch zei niemand Leningrad. Het was altijd *Pieter*. Leningrad was de stad van helden, niet van ons. We wilden niet meer stilstaan bij die grafkuil vol hongerdoden, en zij, Leningrad, is er van ellende maar tussen gaan liggen. Ze heeft het deksel boven haar hoofd dichtgeschoven en wacht haar moment af om weer op te staan, krijtwit en bloeddorstig: 'U bent op de juiste weg, kameraden!'

Nog vreemder dan Leningrad was het Sint-Petersburg uit de verhalen van Lev en Lydia. Alsof ze het over een buitenlandse stad hadden, zo klonk het me in de oren. Als ik naar een café vroeg waar we ooit graag kwamen, schudden ze meewarig hun hoofd. Mijn herinneringen waren ook afgeschaft. Waarom ik er twintig jaar ben weggebleven? Moskou bezocht ik wel regelmatig, dus de drukte, de mensen waren het probleem niet. Het waren de vergeven kansen die ik niet wilde ontmoeten. Meer dan wie dan ook worden emigranten verteerd door de angst de verkeerde keuze gemaakt te hebben. Sommige blijven een leven lang twijfelen tot ze stikken van verbittering. O, waren wij soms geen emigranten? Zonder van onze plek te komen werd mijn generatie van het ene land naar het andere verplaatst, van de ene tijd in de geschiedenis naar de andere, van de ene leugen naar de andere. We werden 360 graden in de rondte gedraaid, ingedrukt, uitgerekt en weer ingedrukt, en daar konden we tegen, want we waren een volk van kosmonauten.

De avond dat Vera belde, was begonnen met een ruzie. Daarom had ik zoveel gedronken. Lydia had ons uitgemaakt voor zwakkelingen. Ze had Esther in onbeholpen Engels proberen uit te leggen dat zij wel, en wij niet op de barricades hebben gestaan in 1991. Dat zij bij de helden hoorde, en wij bij de lafaards, omdat we honing gingen maken van onze eigen bijtjes in de natuur.

'Laboratorium van de onafhankelijkheid, m'n reet,' zei ze. 'Jullie vonden het gewoon te ingewikkeld worden.'

En toen vroeg Esther of mijn leven me nooit was gaan vervelen. Lev en Lydia vielen stil. Even leek het of een rekwisiteur de keuken had ingericht: de transistor op de vensterbank, de scheve hanglamp met het spinrag om het snoer, het plastic tafelkleed met hun zongebruinde handen erboven, daar weer een glaasje in of een vork – alles drong zich als een bespottelijk stilleven op de voorgrond van deze vraag. Was ik niet bang, verduidelijkte Esther, zo helemaal alleen in the middle of nowhere?

Het Russisch kent deze uitdrukking niet. Als dit nergens is, waar begint dan het ergens? Wat maakt dat ergens? De mensen soms? Dan is het hun ergens, niet het jouwe. Dan kun je alleen maar hopen dat je een stukje van ze krijgt.

'Heb je nooit willen reizen?' vroeg ze glimlachend, 'een nieuwe horizon tegemoet?'

Ik wilde zeggen dat mensen die voor de lol op zoek gaan naar een nieuwe horizon, er meestal niet lang genoeg blijven om hem te vinden. Dat ze vluchten voor het lot kan toeslaan. Ze zoeken het leven, maar vinden slechts een toonbeeld. Ze noemen zich avonturiers, maar het zijn verzamelaars, die de wijde wereld in een album schuiven als een ongebruikte postzegel. Daarom zijn hun foto's en verhalen zo stomvervelend. Dat wilde ik zeggen, maar het Engels bleef als een mes in mijn keel steken. *I'm not afraid*, zei ik toen maar. Ze had vastgesteld dat ik alleen was. En ze had gelijk. Lev en Lydia hadden me achtergelaten om haar te bezoeken en keerden terug als vreemden. Ik nam een fles mee naar de veranda en viel in slaap. Het was warm buiten, dat voelde ik door mijn dromen heen. Vera belde, Lydia duwde me naar binnen om haar noodkreet te beluisteren, de verbinding werd verbroken. Ik vroeg of Lydia me de volgende dag naar de trein kon brengen en ben naar bed gegaan. Ik was niet bang. Niet voor de reis, niet voor de spookstad waar ik twintig jaar niet meer was geweest. Ik was niet eens bang om mijn man achter te laten met een andere vrouw.

Om tijdens de tien uur durende reis van bemoeizucht verschoond te blijven kocht ik een kaartje derde klas. Liever dan in een besloten vierpersoonscoupé te moeten converseren ijsbeerde ik langs de kooidieren van de *platzkart*-wagon, die nergens een woord aan vuil maakten en hooguit een kapotte kousenvoet aan je opdrongen. Sommigen bleven tot het middaguur in hun afgezakte ondergoed op hun britsen liggen, hun volmondige zweetlucht verspreidend. Deze tokkelende, puzzelende, dobbelende lijven reisden niet voor de lol, maar zeker niet als straf; ik was blij om te zien dat hier in ieder geval nog niets was veranderd, dat mijn landgenoten nog steeds een grote voorliefde koesterden voor het in blote bast delen van benauwde ruimtes. En ook aan de andere kant van het raam was het landschap hetzelfde gebleven. Niets wees erop dat er twintig jaar waren verstreken, nog steeds lag er een kwartier tussen het ene hoopje dorp en het andere, stonden er stevige honden in het veld naar de trein te blaffen. Ik dacht aan de reisjes die ik maakte met Vera toen ze nog een kind was. Hoe ik de kleine bosnimf kennis liet maken met de schommelende buiken en borsten van moedertje Rusland. We voelden ons nooit onveilig. Ze leerden haar vals te spelen met kaarten. Speelden liedjes en slikten de slechte woorden voor haar in. We telden de blaffende honden en kwamen tot de conclusie dat het een en dezelfde moest zijn, die met fabelachtige snelheid de trein op de hielen zat. Ik verheugde me erop om met haar de terugweg te maken. Hier, in het grote, rommelige nest van de platzkartwagon, zou ze zeker in slaap vallen. En die molligerd met de tatoeage van een schorpioen op zijn borst zou wel een liedje voor haar zingen.

Maar toen de trein de eerste voorsteden van Sint-Petersburg bereikte, veranderde alles. Gezichten verstrakten, gitaren werden opgeborgen, broeken aan gehesen. Het uitzicht bood geen ruimte meer voor gestaar, want de verstedelijking begon veel eerder dan ik me kon herinneren, met scherp op elkaar gebouwde flats en kantoorgebouwen. Urenlang had het landschap geen woord laten vallen, behalve de verschoten namen van de stationnetjes die we passeerden. Nu riepen reclamezuilen zo groot als deze wagon VERHUUR en KREDIET in kapitalen. De passagiers zwegen toen ze de trein verlieten, alsof we er zonet niet hadden zitten zweten met mekaar. In het mooiste station van Rusland stond de avondzon op ons te wachten, maar iedereen liep haar voorbij. Het was pas daar, bij de uitgang naar de stampende stad, dat ik een slecht voorgevoel kreeg.

Ik kon Vera niet bereiken. Eerder had ze me verteld dat ze een kamer deelde met een vriendje dat ik nog niet kende, aan de Schoolstraat, metrostation het Zwarte Riviertje. Ik hoopte maar dat ze daar nog steeds woonde. Ik liep met de massa mee naar buiten en keek naar de stad. Ze was mooi geworden. Opgemaakt in felle kleuren, ze rook naar veel en goed eten. Ik herkende de straten nog wel, ze waren schoner en strakker maar ook ontzettend druk geworden, met auto's die bumper aan bumper stonden in een onwillig ordenende chaos. Hoe kon dit? Iedereen wist dat onze bevolking kromp. Hadden al deze mensen dorpen verlaten zoals het mijne, of had valse nostalgie de drukte uit mijn herinneringen weggenomen? Als ik afging op hun auto's en kleding hadden de voorbijgangers het financieel beter dan twintig jaar geleden. Toch ontbrak er iets: het gevoel van verstandhouding. Vroeger keken de inwoners van deze stad elkaar ook niet graag aan, maar we werden verbonden door het absurde leven dat ons was aangedaan. Althans, dat denk ik. Deze mensen waren tevreden noch ontevreden, er was eenvoudig niets waarover ze een blik konden uitwisselen. Misschien was ik gewoon te oud en het aankijken niet meer waard, een overbodig mens geworden.

Eenmaal over de rivier besloot ik een auto aan te houden, maar alleen een echte taxi stopte, die niet over de prijs wilde onderhandelen.

'Ga nou maar zitten,' zei de chauffeur nors. Hij leek op Dimka. Zijn auto rook ook naar luchtverfrisser. Ik hoopte dat hij een praatje zou beginnen, dan kon ik hem vertellen dat ik geen overbodig mens was, maar een breedarmige Slavische oermoeder die haar dochter ging redden. Maar hij zette de radio harder en ik keek uit het raampje naar de flikkerende reclameborden. *24/7, valuta, grillkip, optica,* een norse verbastering van het gedicht van Aleksander Blok. De bakstenen laagbouw van de Schoolstraat was nog net zo grauw als vroeger. De enige winkel was er een voor auto-onderdelen, en daarboven, achter een van de vierkante raampjes zonder vitrages, moest Vera zich bevinden. Het was even zoeken naar de juiste portiek, maar de deur had geen bel, alleen een code. Ik draaide opnieuw haar nummer, maar het bandje bleef zeggen dat ze onbereikbaar was. Toen er een vrouw van mijn leeftijd naar buiten kwam, glipte ik, dankzij die oude glimlach van verstandhouding, het onverlichte trappenhuis in. Het rook er naar kattenpis en sigaretten. Achter de stalen deuren blaften de televisies. Op de derde verdieping stond een man op saunaslippers te roken, turend in het witte licht van zijn telefoontje. Ik passeerde hem als een onzichtbare, belde aan bij nummer 47 en keek naar mijn voeten. Na een tijdje haalde een jongen in een vrouwenbadjas de deur van het slot.

'Ik ben de moeder van Vera,' zei ik. Die zin had ik lang niet meer uitgesproken.

'Aha,' zei hij, maar hij kwam nog niet in beweging. Het leek of er iets tussen was gekomen, tussen hem en mij en het vorige moment en het volgende. Een plek waar hij liever was dan hier. Juist toen zijn ogen dichtvielen schrok hij weer op.

'Ja, kom maar.'

Met een voet hield hij het zeil in de gang op zijn plaats. Ook hier stonk het naar sigaretten en kattenpis, plus nog iets walgelijks, iets organisch. Ik herkende haar lievelingslaarsjes. Ze hoorden daar niet, hun plek was op onze veranda, paraat in de boslucht. Ik bedacht dat de hele onderneming met deze laarsjes zou moeten beginnen. Als die eenmaal met de neuzen de juiste kant op stonden, zou Vera wel volgen. Ik schuifelde achter de jongen aan, voorbij een kleine, verduisterde kamer met alleen een matras op de grond. De stank werd sterker toen we bij de keuken kwamen.

'Vera?' riep de jongen lijzig.

De stem waarmee ze antwoordde, leek op die van hem.

'Ik zit in de badkamer.'

Net als dieren denken kinderen dat je God bent. Ze denken dat je dwars door hen heen ziet, dat je alles kunt raden en oplossen als een rebus. Maar net als God tasten ouders in het duister. Ik kon niet dwars door Vera heen zien, kon niet navolgen wat haar bezielde om zichzelf dit aan te doen. Om voor deze hel te kiezen, terwijl ze in het paradijs geboren was. Ik schrok niet meteen toen ik haar op de rand van het bad zag zitten. Haar blik verried dat ik dat wel moest doen, dat ik verder moest kijken dan haar ogen, die even mooi en kinderlijk waren als altijd. Daarna trokken vooral haar geestige tijgersloffen de aandacht. Die waren echt iets voor haar. En ze pasten bij de huid op haar schenen, die in grauwe stukken was gebroken als de bodem van een opgedroogd moeras. Met beide handen probeerde ze een donkerpaarse korst op haar been te verbergen. Het leek wel een adderbeet, maar dan groter.

'Je hebt je haar geverfd,' bracht ik uit.

Verontschuldigend haalde ze een hand door haar platinablonde haar. Ze had het ook afgeknipt.

'We gaan naar huis,' zei ik.

'Zijn die mensen er nog?' vroeg ze. 'Die vreemden. Die moeten eerst weg.'

Uren gingen voorbij, waarin Vera steeds van de badkamer naar de keuken schuifelde, ruzie maakte met Sasja en het huis probeerde op te ruimen. In de woonkamer lag een berg beddengoed, kussens, vodden, ze wist niet wat ze ermee aan moest, begon erin te graven als een mol. Ik opende de gordijnen naar de donkere stad, wilde de kamer luchten, haar bed opmaken, maar ze stond het niet toe. Sasja gooide met dingen in de keuken en verliet het huis in een stortvloed van vloeken. Toen ik op zoek ging naar eten, vond ik alleen een pak macaroni en een pannetje met een ingekookte zwarte stroop op de bodem. Alles was kleverig in die keuken. Vera ging in een hoek van de kamer zitten, sloeg minutenlang wartaal uit en viel in slaap.

Rond middernacht werd ze even wakker als zichzelf.

'Ik heb geslapen,' zei ze verbaasd.

Toen begon ze zich te krabben, machinaal als een kat, terwijl ze haar droom uit de doeken deed. Het was niet meer dan een reeks griezelige gewaarwordingen, die zich amper lieten vertellen. We hadden altijd onze dromen gedeeld, ook de nachtmerries. Daar werden ze minder eng van. Als de kinderen niet meer konden slapen, ging ik naast hen liggen en nam ik ze van ze over, zoals ik in Basjkortostan had geleerd. Dan legde ik mijn hoofd tegen dat van hen, en seinden we als telegrafisten. Nu voelde haar voorhoofd koud aan, terwijl ze zo koortsig had lopen ratelen. Ze drukte haar wenkbrauwen tegen de mijne. Ik werd misselijk, kon haar angst bijna proeven.

'Hebbes,' fluisterde ik schor. 'Over en uit.'

'Over en uit,' herhaalde ze.

Ik had haar toen moeten meenemen. Ik had haar in een deken moeten rollen, laarsjes aan, wegwezen. Maar toen kwam Sasja thuis. Vera begon weer te redderen, met een vertrokken gezicht over haar been wrijvend. Zat er maar een vachtje op, dacht ik. Wat moeten we toch met onze gebrekkige, naakte mensenhuid in deze harde wereld.

Ik rol me op mijn buik en huil. Waarom smoor ik mijn tranen in het matras? Alsof iemand me zou horen als ik in het doodstille donker brulde als een koe zonder kudde. Ik huil in het kussen omdat ik het evenmin wil horen. Ik wil niet de enige zijn die naar mijn verdriet luistert.

Je kunt niet zeggen dat ik geen geduld heb gehad, machinist. Je zei dat je haar terug zou brengen. Ik hoefde maar te wachten. Hoe vaak heb ik die reis niet uitgestippeld in gedachten: hoe ik haar in die deken rolde, hoe we ons samen in jouw trein nestelden, hoe we de hele reis vergezeld werden door dezelfde blaffende hond en een gezellige schommelbuik op de gitaar. En daarna, hoe ik haar verzorgde in dit bed, dat toen nog het bed van mij en Lev was, tot haar aders weer fijn en lichtblauw waren als van een pasgeborene. Vera, Verotsjka. Mijn domme bosnimf op tijgersloffen.

'Sst.'

Daar is zijn tedere hand in mijn nek. Hij is nog even warm als altijd, alsof hij nooit het huis heeft verlaten.

19

'Mag ik erbij?'

Ik sla de dekens terug. Hij davert het bed in, torso, ene been, andere been, arm op mijn heup. Het is een grote man en het bed is klein. Al die jaren is me nooit opgevallen dat het allemaal maar net aan paste. Langzaam ontwaar ik in het donker zijn gezicht. Hij heeft zijn ogen open, daarom duik ik weg in zijn omhelzing.

'Nadjenka vamme.'

Zijn stem trilt door zijn borstkas in mijn oor, zijn borsthaar kriebelt mee: wat heb ik dit gemist. Hier moet ik ook om huilen.

'Vind je mij een overbodig mens?'

Hij schiet in de lach.

'We zijn allemaal overbodig.'

Hij slaat nu ook zijn been om het mijne, het is loeizwaar. Zijn hand blijft troosten. We vinden elkaars lippen in het donker, alsof er geen jaren zijn verstreken. Hij ruikt naar melk en soldatenzweet. Ik draai me snel op mijn buik, val bijna uit bed, maar hij klauwt me terug en schuift zijn hand onder mijn bekken. In deze greep voelt alles van hem groter aan dan ik me herinner; zijn doortastende vingers aan de ene kant, aan de achterkant zijn lid, dat hard is als de stang van een hert. Nu is de tijd dat mannetjesherten hun stangen afwerpen. Het testosteron maakt de basthuid los, ze jeuken hun koppen tegen de bomen. Twee keer heb ik zo'n gewei gevonden, de laatste had nog een bebloed zegel. Als een nieuw gewei aangroeit, is het nog bedekt met een fluweelzacht velletje. Het is hard, gevoelig, goed doorbloed.

Het verbaast me hoe goed we paren. Sterk en ongedwongen, met hete lijven en gulzige tongen. We passen elkaar precies. Wat ook gek is: er is geen schaamte, maar we laten het donker heel en zeggen geen woord. Ik zie hem pas goed als we liggen na te gloeien en zijn gezicht oplicht in het vuur van de aansteker. Het roken is het enige wat ik herken van vroeger. Ik schurk me onder zijn oksel en snuif.

'Ik heb een verrassing meegenomen,' zegt hij. 'Wil je het nu zien of liever morgen?'

'Nu natuurlijk.'

Hij stapt pummelig uit bed, doet in de gang het licht aan. Ik krijg meteen spijt. Laat hij me weer bestijgen, voor het licht wordt en de dag begint. Wat er verder tussen ons gebeurt, of juist niet, doet er nu niet toe. Er is een luikje in me geopend en daaronder kolkt het.

'Kijk,' fluistert hij.

Onwillig kom ik overeind. Hij draagt een glazen bak, het is een van de terraria uit ons laboratorium.

'Ik ben benieuwd of jij het wel herkent,' zegt hij, terwijl hij voorzichtig de handdoek eraf haalt. 'We zouden hier wel eens te maken kunnen hebben met een nog niet ontdekte soort.'

In het schijnsel van de gang zie ik iets wat het formaat heeft van een kleine handvleugelige, maar dit beestje is helemaal kaal. Het leeft nog zo'n beetje. Zijn vleugels zijn lang en botloos als van een insect, zijn pootjes zijn dan weer duidelijk vleermuisklauwen, maar dat hoofdje... nee, ik zou echt niet kunnen zeggen wat dit is. Met een donker, knipperend oog staart het ons zijdelings aan.

'Doe weg.'

'Vind je het niet waanzinnig? Nu houdt hij zich stil, maar buiten zong hij de gekste geluiden. We móéten hem determineren.'

'Morgen is er weer een dag.'

Wat is dit voor spookachtig intermezzo? Zonet dacht ik nog dat we de harmonie hadden hersteld. Dat we de klok hadden teruggezet naar de tijd van voor onze belachelijke bedoening, dat de dingen weer hun functie hadden. Een nieuw leven was geboren, blatend en blakend van gezondheid, Lev kwam terug, zijn verstand kwam terug, belangrijker, onze liefde kwam terug, en we leefden nog lang en gelukkig. Maar nu heeft deze kwijnende onbekende zijn intrede gedaan. Wat het ook mag wezen, het heeft hiervan te lijden.

'Laat het vrij.'

'Ben je gek? Dan gaat hij dood. Hij was zeker gedehydrateerd toen ik hem vond. En moet je nu eens kijken, hij drinkt al.'

'Zet het alsjeblieft terug in de gang. Morgen kunnen we het onderzoeken, maar nu toch niet...'

Als Lev weer naast me in bed schuift, is er niets meer over van de geile spanning. Integendeel, de weerzin komt terug. Hij schikt zich in het hoofdkussen en valt in slaap, mij in eenzaam waken achterlatend. Zo ging het altijd. Lev was de enige van ons gezin die niet droomde, zei hij althans. Ik denk dat hij zijn dromen wegjoeg als ongedierte. Ksst, vort met de dag. En van ons verwachtte hij hetzelfde. Maar we deelden ze in geuren en kleuren aan het ontbijt, en voor Vera stopte het daar niet, zij droomde overdag verder en vertelde ons bij het avondeten hoe onze dromen afliepen. Later heeft Lev mij dat verweten. Hij zei dat ik haar verslaafd had gemaakt aan geuren en kleuren.

Zouden alleen dromers verslaafd worden, machinist? Daar ben je dan eindelijk. Je wagons klinken zwaarbeladen, het hele bos trilt onder de losse bielzen. Je hebt zeker gewacht tot Lev terug was om mij in mijn hemd te zetten. Ik lig er inderdaad belachelijk bij, met zijn zinloze zaad tussen mijn benen. Ik was nooit met Lev als de trein langskwam, ik voel me betrapt. Gelukkig slaapt hij erdoorheen. Waar is hij geweest, die dagen? Welk avontuur verbergt hij achter die brave, dichtbewimperde oogleden? Het makkelijkste is nu een scenario uit te dokteren, een mooi, goed passend vluchtverhaal voor hem te verzinnen. Vrouwen zoals ik zijn pas echte droomvrouwen, machinist. Hoezeer je ze ook bedriegt, ze dromen graag jouw alibi bij elkaar.

'Wat zeg je nou?' mompelt Lev.

'Niets. Werd je wakker van de trein?'

Hij gromt en smakt. Welke trein? Dan richt hij zich op zijn elleboog op, opeens klaarwakker: 'Ik zal je eens wat vertellen. Dat diertje daar in de gang is het antwoord op onze vragen.'

'Ik heb geen vragen, behalve dat ik wil weten waar je bent geweest.'

'Nee, nee, de vraag waar het heen gaat met deze wereld! We zitten midden in een massa-extinctie van soorten, Nadja. Populaties van gewervelden zijn sinds de jaren zeventig gehalveerd. Je hoort er niemand over. In een enkele eeuw tijd verloor de helft van de zoogdieren tachtig procent van hun leefgebied. Maar hier, bij ons, is de mens weggetrokken. Je zou zeggen dat de dieren dan terugkomen. Ik ben die nacht tot het einde van het moeras getrokken, omdat ik wilde weten waar de geluiden vandaan kwamen. Ik kwam bij het gehuchtje Koelkino. Weet je nog dat we daar een keer een koppel kalkoenen hebben gekocht? Lang geleden. Nu waren alle huizen verlaten, net als bij ons. Op de wegen lag een dikke laag verpulverd antraciet, het voelde alsof ik over een vulkaan liep. Het asfalt was opengebroken als de korst van een te hard gerezen brood, en daaruit kwam geel gras omhoog. In de moestuinen groeiden griezelige gewassen, immense, oneetbare kolen, grillige stelen met paarse spruiten eraan. Maar het ergste vond ik dat er geen dier te bekennen was. De erven waren leeg, nog geen mus zat in de bomen. Je moest eens weten hoe gek het is als er geen vogel zingt. Als je alleen dingen hoort die mensen hebben gemaakt, klepperend en piepend en knarsend in de wind. Ik raakte in paniek, heb een nacht en een dag naar dieren gezocht. In de lege stallen, op de oude akkers, tussen het riet in het moeras. Ik zou zo blij geweest zijn met een simpele kikker, of zelfs de kringen van een vis in het water. Ik ging de huizen in, op zoek naar muizenholen, maar ik vond niks. Zelfs het beetje eten dat mensen hadden achtergelaten – macaroni, suiker, dat soort dingen – was onaangeroerd gebleven. Eigenlijk wilde ik zo snel mogelijk terugkeren naar huis, maar ik was bang dat dit besmet gebied was. Dan zou ik deze uitsterving met me mee naar huis nemen, Nadja. Moet je je eens voorstellen wat dat had betekend voor ons en de dieren.'

Vanachter zijn rug kan ik zijn hart horen bonzen. Ik wil zijn hand pakken, maar hij heeft zijn zinnen alweer op zijn vondst gezet.

'Nee, haal hem er niet weer bij,' fluister ik.

'Wat heb jij toch?'

'Ik vind hem griezelig. Een misstap in de evolutie.'

'Alsof de evolutie alleen optimale schepsels zou afleveren... Alsof wij zo goed gelukt zijn, Nadja, waar wij komen, verdwijnt het leven! Is dat soms logisch? Niet alleen de stilte was afschuwelijk. Ook de geur, die ik niet kan omschrijven. Het rook er niet naar mest, want dat lag er niet meer. Misschien rook het naar plastic. Steeds zag ik stukken landbouwplastic, tuinstoeltjes, lege flessen aan voor levende wezens, maar het was slechts de wind die ermee speelde. Ik dacht dat ik gek werd. Knijpend in mijn arm werd ik me er opeens zeer van bewust hoe uniek dit vlees is... levend, maar allesverwoestend. En toen hoorde ik hem. Hij begon te gillen toen ik naderbij kwam.'

Hij loopt naar de roerloze kooi. Opeens ben ik toch bang dat het dood is, dat we dit naakte wezen ons huis hebben binnengebracht alleen om het weer te begraven, nog voordat het gekend is. Een verzinsel, zinloos gestorven. Hier ligt het Onbekende Dier. Gelukkig, hij leeft nog, hoor ik Lev zeggen.

'Hij moet overleven.'

En wat dan? Hij heeft er maar eentje. Op de universiteit noemden ze Lev de Noah van West-Rusland. Hier staat hij, vijfhonderd jaar oud, adamskostuum, baard tot op zijn borst, met een hopeloos wezentje in zijn handen. Het blaast als een kat naar hem.

'Toen ik hem vond, schreeuwde hij hard maar melodieus,' zegt hij. 'Zoals je dat hooguit van een vogel zou verwachten. Je kunt je niet voorstellen hoe blij ik was om dat te horen.'

Hij zet het beestje terug, dekt de bak af en gaat buiten op de drempel staan roken. Als ik naast hem ga zitten begint de lucht vanonder lichter te worden, alsof er iemand een vuurtje onder houdt.

‘Heb jij nog geluiden gehoord?’ vraagt Lev. ‘De Grote Geluiden.’

‘Ja, gisteren. Heel kort.’

‘Gisteren was het warm en helder. Het was niet moeilijk om de weg terug naar huis te vinden. Ik kon niet wachten om je te zien. Weet je welk liedje me toen te binnen viel? “De lucht komt dichterbij”.’

‘Boris Grebensjtsjikov.’

‘Ik moet altijd denken aan dat we op het dak zaten van het Egyptische huis, weet je nog?’

Ik weet het nog. Ik was zwanger. We wilden afscheid nemen van de stad en kenden geen betere plek om dat te doen dan vanaf het dak van het Egyptische huis, dat plat is en hoog boven de andere huizen uittorent. Net als het Huis der Boeken op de Nevski was het vlak voor de revolutie, onwetend van de spoedige onteigening en opdeling in meergezinswoningen, opgetrokken in art-nouveaustijl. De belabberde staat waarin het verkeerde was in ons voordeel, omdat niemand kwam vragen wat we er te zoeken hadden. Tussen de sombere koppen van de farao’s woonden sombere bewoners die geleerd hadden zich niks van een ander aan te trekken. We beklommen wel acht trappen en nog een roestige ladder door het gat van het dak. Ik greep de hand van Lev en liet me door hem naar buiten trekken. Hiervandaan leek de stad op een dinosaurus, die met roestige schubben van daken de levens afdekte van mensen die niet te veel omhoogkeken. Deze hemel zouden wij wel meenemen, zeiden we tegen elkaar, en inderdaad, hij hangt hier ook wel eens rond, zo lazuurblauw ingelegd met zilveren sterren als een kostbaar deksel. Later hoorden we het liedje ‘De lucht komt dichterbij’ en dachten we dat Grebensjtsjikov zeker ook op het dak van het Egyptische huis had gezeten:

We namen afscheid op de hoek van alle straten,
totaal vergetend dat iemand ons nastaarde;
Alle wegen begonnen bij onze deuren,
maar wij gingen er alleen uit
Om sigaretten te bietsen.
En die lange nacht lag voor ons,
en ik wist zeker dat we nooit in slaap zouden vallen.
Maar weet je, de hemel komt dichterbij met de dag.

20

‘Hij is dood.’

Hij zegt het zacht, weet niet eens of ik al wakker ben. Door mijn wimpers zie ik zijn naakte, ingezonken gestalte in de gang staan, uit de open voordeur schijnt de zon om zijn schouders. Arme Lev. Ik deel zijn verdriet niet. Een kind kon zien dat de Niet Nader Vastgestelde niet levensvatbaar was. Een probeersel, dat was het. Wie weet hoe vaak een soort ontstaat waarvan het niet de bedoeling is dat we hem ontdekken.

‘Laten we het begraven,’ zeg ik, ‘misschien was het toch ergens mee besmet.’

‘Nee, nee, we moeten hem onderzoeken.’

Een opgewekte bries beroert zijn haar, maar hij merkt het niet. Hij beent naar de keuken, ik verwacht gejammer en gekletter, hoop vurig dat de verwarring nog even wegblijft. Misschien heeft de zwerftocht iets verankerd in zijn hoofd.

Als ik opsta vind ik mijn kleren in een prop op de grond. Het lijkt een eeuwigheid sinds ik ze heb uitgetrokken. Ik wil deze vodden niet meer aan, maar naakt blijven kan ook niet. Die nacht is echt voorbij. En dit was ooit onze kamer, daar, in die kast, zit een sleutel die zich al een tijd niet meer laat omdraaien. Er hangen jurken in, welke, dat ben ik vergeten, maar bij ons weerzien zullen ze herinneringen oproepen als oude schoolvriendinnen. Ik ben de enige die is verouderd, zij zullen hooguit een beetje stoffig zijn. Met een schouder tegen de deur probeer ik het slot omhoog te wrikken. De sleutel geeft niet mee, de rest van de kast wel. Die dreigt al jaren om te vallen.

'Wat doe je? Laat mij maar.'

Hem lukt het wel. Als de deur openvalt staren we teleurgesteld in het donker, enkel gehuld in een wolk van kamfer. Uiteindelijk haalt Lev een gele gebloemde jurk tevoorschijn.

'Deze stond je altijd goed.'

'Die heb ik zelf gemaakt, weet je nog?'

Van de Koreaanse zijde die Lydia me gaf voor mijn verjaardag. Het was een voor haar doen nogal vrouwelijk cadeau, ze drapeerde de stof om me heen en zei dat ze al wist dat deze kleur me mooi zou staan. Toen werd ze opeens verlegen. Die schichtige blik was me nog niet eerder opgevallen en vergeet ik nooit. Maar met één handgebaar was ze weer stoer: 'Ik heb er geen verstand van, jij bent handig met die dingen.'

'Probeer eens?'

Lev mag zich dan herinneren hoe hij me aanraakte door deze stof, we weten allebei dat ik er niet meer in pas. Hier staan we dan, naakt, de schaamte kwam in een zijden jurkje tussen ons. Ik worstel me door de kraag en de mouwtjes, hij trekt voorzichtig de delicate stof over mijn borsten, maar als ik weer bovenkom zie ik dat mijn vlees uit de open rits naar buiten puilt.

'Ja,' constateert Lev, 'dat was een heel mooie jurk.'

Hij trekt zijn badjas aan en meldt dat hij honger heeft.

'Eerst de dieren' En dan bedenk ik: 'Ik heb ook een verrassing voor jou.'

Buiten heerst een wellustige ochtend, met zwellende bladknoppen en reikhalzende kelken. We lopen blootsvoets over het mollige gras, voor het eerst zie ik de lenterozen, de borders vol viooltjes, ereprijs en akeleien, de dikke bijen erboven. Het ruikt naar kamille en warme hars. Wacht, zeg ik, ik wil dat je het hoort voordat je het ziet. We blijven staan om te luisteren, maar niets komt boven het vogelgezang uit. We laten Plov zelf naar de weide huppelen. Ik vraag Lev zijn ogen af te dekken, loop op een drafje naar de geiten, pak de kleine en zet hem op de tuintafel.

'Nu mag je kijken.'

Kinderlijk, met open mond en gestrekte armen, loopt Lev op de pasgeborene af. Voor de tafel valt hij op zijn knieen, de oude bok komt zwijgend poolshoogte nemen.

'Wie is dit, hoe kan dit? Wil je me vertellen dat hij daar...'

'En jij wilde hem al op het slachtblok leggen! Hij heeft niet meer geroepen sinds hij vader is geworden. Daar was het hem klaarblijkelijk om te doen.'

'Maar hoe? Ze hebben hier jaren rondgelopen zonder dat er iets gebeurde.'

'Weet ik veel. Misschien was het wel een onbevlekte ontvangenis. Kijk hem dan toch. Het Geitje Gods!'

Ik hurk naast Lev in het gras. De pasgeborene blijft parmantig staan, zichtbaar genietend van zijn verheven positie. Zijn eerst zo witte vacht is wolliger en goud van kleur geworden. Maar Lev kijkt helemaal niet blij, omdat hij zich zijn kleine monster herinnert. Later, als we ontbijten met de ramen open, besluit hij het terrarium pontificaal op tafel te zetten. Door het kunstglas staart de dode ons nog steeds aan, met ogen die nog groter en zwarter zijn geworden. Zo'n diertje van Jeroen Bosch.

'Ga je mee? Dan gaan we hem prepareren.'

Bamsja reageert als eerste. Als we in processie door het bos naar het laboratorium lopen valt me op hoe groot het contrast hier is met de andere kant van ons huis. Deze kant ligt in de schaduw, is dus kouder en ruikt niet naar bloesem maar nog naar de schimmels van de herfst. Het is moeilijk je voor te stellen dat het hier ooit zomer was en dat we verderop, in die mistige open plek tussen de berken, hebben gepicknickt.

Op de bewuste ochtend had ik heel aandachtig staan koken. Koolpastei. Dikke kwarkpannenkoekjes, paddenstoelenbroodjes met room, knoflook en dille, kruidkoekjes met versuikerde aardbeienjam. Ik had mijn slaap ingehaald en kookte alle ellende van de stad van me af. Elke chef weet dat je het hoofd koel moet houden als je kookt, maar bakken gaat juist heel goed als je verdriet hebt. Kneden, wachten, rollen, vullen zijn prima handelingen om bij te huilen. In mijn hoofd spookten steeds vijf beelden rond. Hun kleverige keukentje, het pannetje met de ingekookte viezigheid. Het matras. Zijn rotkop, haar ribbenkast. Hier moest meer boter in, zeker drie eetlepels. Ik staarde in het deeg, daarna staarde ik in de oven zonder iets te zien.

Het was een vreemde ochtend, waarop ik alleen aan Esther was overgeleverd. Ze had de tweede voeding van de beren gedaan en mestte daarna vrolijk de hokken uit. De mannen waren naar de stad om onderdelen te vinden voor de jeep, Lydia voerde bij het moeras een hydrologische analyse uit – opdrachtje voor een commercieel bureau, zei ze. Uiterlijk om twee uur zou iedereen terug zijn, zodat we samen konden eten. Esther kwam de keuken in toen ik de pasteitjes uit de oven haalde.

'Dat ruikt lekker.'

Dat komt door de eieren en de boter, dacht ik, maar ik zei niks. Ik had al genoeg rekening gehouden met haar dieet.

'Kan ik helpen?'

Ik liet haar de komkommers en tomaten snijden voor de salade. We zeiden niet veel, zij slikte een paar keer haar woorden in.

'Ik kan me gewoon niet voorstellen dat ik woensdag weer thuis ben,' besloot ze. 'Ik had me er zo op verheugd Vera weer te zien.'

Die picknick was haar idee. We lieten een briefje achter op de keukentafel waar ze ons konden vinden, en gingen alvast op weg. In het bos, achter het laboratorium, stalden we het eten uit op een sprei. We schonken onze glazen vol limonade, namen elk een kleintje wodka ernaast. Ze wilde weer eens foto's maken, dit keer met zichzelf erop. Daarvoor poseerde ze geroutineerd. Veel ernstige blikken in de verte, terwijl ze me aanwijzingen toespeelde over het juiste standpunt of de hoek waaruit ik moest schieten, maar toen we op het scherm het resultaat bekeken, zagen we allebei dat er iets ontbrak. Er was geen contrast. Alles was even onverbiddelijk aanwezig. Het was de warmste dag van het jaar, de berken stonden spierwit om ons heen. De middagheks was gekomen. Ze had zich met haar zeis een weg gebaand door het bos en openbaarde zich aan ons in haar vlijmscherpe furie.

'Het is de *poludnitsa*,' mompelde ik, 'we moeten drinken.'

Zelfs als ze me had kunnen verstaan zou ze het verschijnsel niet kennen. Lev geloofde er niet in, maar zijn familie heeft dan ook nooit op het land gewerkt. Aan mijn kant was het natuurlijk weer baboelja die vertelde dat ze als meisje zag hoe een sterke boer op het veld bevangen werd door de gekte. Het was haar meteen duidelijk dat dit het werk van de middagheks was, want hij scheurde zijn hemd stuk en schreeuwde steeds hetzelfde raadseltje: 'Twee keer geboren, nooit gedoopt, een profeet voor alle mensen!' Alle binders riepen 'de haan, de haan!' maar hij reageerde niet, probeerde in de trillende lucht de poludnitsa van zich af te slaan. 'Tussen twaalf en één rust iedereen,' zei mijn oma, 'anders hakt ze je kop eraf. Maar ja, het alternatief waren de volkspatrouilles van de kolchoz.'

Door de lens heen sneed de zon in mijn ogen, maar mijn neus deed het nog prima. De geur van een volwassen beer is nauwelijks te beschrijven, behalve dat hij niet onprettig is, ook al schreeuwt hij boven alle andere geuren van het bos uit. Beren kunnen tweehonderd kilo bessen per dag wegwerken en hoeven nauwelijks te hurken om te kakken. Ik zag dat Esther zich de slapen wreef. Misschien was ze moe, verlangde ze ernaar om weer naar huis te gaan. Ik zoomde in. De zon had geen vat gekregen op haar huid, die nog steeds blank en puntgaaf was. Ze zag er inmiddels jonger uit dan Vera. De tijd, die malafide handelaar, had een valse wisseltruc uitgehaald.

'Ach Nadja,' zei ze, 'mag ik er een beertje bij halen? Voor de foto. Even maar.'

Ik liet het toestel zakken.

Uit het laboratorium stijgt Levs gebruikelijke gevloek op. Misschien is het toch beter om even te gaan kijken wat hij daar aan het doen is. Het stinkt er nog erger dan de vorige keer. De kluwen spinsel die zich aan het gebinte heeft vastgeklampt lijkt nog dikker geworden. Waar zijn de bewoners van deze kraamwebben? Deze soort zijn echte sloeries, laten zich door hun mannetjes paaien met cadeautjes.

Meestal zijn het buitgemaakte en zorgvuldig omsponnen insecten. Sommige vrijers zijn zo lui om alleen de verpakking cadeau te geven, maar daar trappen de kraamwebspinnen niet in. Als die lege spinsels bij het wegen te licht worden bevonden, worden ze weggesmeten en vreten ze de mannetjes op. De generatie vrouwen die na mij in onze grote steden opgroeide, heeft deze kunst van de geleedpotigen afgekeken. De truc zit 'm in het zwijgen. Zeur niet aan zijn hoofd, spin minzaam verder en sla in stilte toe.

'Ben jij hier nog geweest?' vraagt Lev zonder zich om te draaien. Hij rangschikt het monstertje op de werktafel. Pootje zus, vleugeltje zo.

'Er ontbreekt namelijk weer van alles.'

Het valt me op hoe breed en recht zijn schouders zijn in de badjas. Als hij zich vannacht vol heeft gezogen met nieuwe levenskracht, dan begrijp ik niet hoe hij het zo lang zonder heeft kunnen stellen.

'Ik niet, maar jij hebt hier nog dat terrarium gepakt,' zeg ik.

Na wat gemopper besluit hij een oude pot te gebruiken waar de meeste ethanol uit verdampt is. Het kikkertje dat we ooit de moeite van het bewaren waard vonden, schudt hij eruit, het landt in springhouding op de grond. Zelfs Bamsja gelooft dat het nog leeft.

'O, en de brigadier van de politie heeft hier nog even binnen gekeken.'

Lev laat de glazen stop vallen.

'De politie! In godsnaam?'

'Omdat je vermist was. Dimka had ze gevraagd eens poolshoogte te nemen. We zullen ze moeten vertellen dat je weer terecht bent.'

'Wat moesten ze dan hier, in het laboratorium?'

'Nieuwsgierigheid. Ze zijn het heus niet vergeten, zelfs dat jonkie begon over het ongeluk.'

Als hij zich omdraait, een en al onbegrip, krijg ik meteen spijt dat ik erover begonnen ben. Zijn concentratie sijpelt weg, de oude, radeloze uitdrukking komt ervoor in de plaats. Kom op, denk ik terwijl ik hem terug naar de werktafel duw, laat het varen. In feite ziet het wezentje eruit alsof het al geprepareerd is. Alsof het vlak na zijn geboorte al in de formaldehyde was gedoopt, of in een ander griezelig goedje waar de lucht in Koelkino mee verzadigd is, om geplastificeerd te blijven voor een verre toekomst. De toekomstige ontdekkers van onze planeet zullen tot de slotsom komen dat we niets meer dan een bijeengeveegd zooitje genetisch materiaal waren, dat zich bleef herhalen tot de koek op was.

'Waarom leven wij nog?' vraagt Lev. 'Waarom is al het leven verdwenen uit Koelkino, en niet hier? Wat hebben ze daar wel niet misdaan, als zelfs wij nog leven?'

'Waarom zouden wij niet mogen leven?'

Hij kijkt me verwilderd aan.

'Na alles wat hier is gebeurd.'

'Wat is hier dan gebeurd?'

We worden onderbroken door een razend geluid, alsof er een schip tussen de bomen zeilt. Het verduistert de kamer voor een paar seconden, we rennen naar het raam. Achter ons komt iemand krakend de drempel over. Eén stap, twee stap. We draaien ons om en zien de raaf in de deuropening staan. Nonchalant vlooit hij onder zijn rechtervleugel, tot hij vaststelt dat hij onze aandacht heeft. Dan opent hij zijn machtige snavel, kokt een voor een de woorden uit zijn keel: 'Een grote klerezooi. Dat is hier gebeurd.'

21

Bij onze geboorte krijgen we allemaal dezelfde feiten mee, waar het op aankomt is hoe je ze aandikt. Hoe dikker, hoe beter, nietwaar? Maar zoals de kranten het beschreven was gewoon lelijke onzin. En dat is niet de bedoeling. De blaadjes die onze agenten lezen, beschreven een verloederde verschrikking met huilende toeristen. Om te beginnen waren die al weg. Een uur voordat ik terugkwam uit Sint-Petersburg, een dag dus voor de gebeurtenis die klaarblijkelijk zo sensationeel was dat het de internationale pers haalde, waren zij door Serpjakov op de trein naar Moskou gezet.

Toen wist ik niet eens of het dag was of nacht. Maar ik was blij om mijn buurman op het perron te herkennen, fier in zijn witte vestje, met de linnen pet schuin op zijn bruine kop, als een matroos uit Odessa. Hij had rozen meegenomen voor Vera.

'Maar waar is ze?'

'Ze komt met de volgende trein, zei de machinist.'

'Welke machinist? Waarom is ze nu niet meegekomen?'

Hij was geschokt, maar zijn van nature zo laconieke gezicht wist die emotie nauwelijks uit te drukken. Ik wilde dat hij 'komt goed!' zou zeggen, zoals toen we de berenverblijven bouwden. Komt goed, Vera komt heus wel terug. Maar dat zei hij niet. Hij nam de bagage van mijn schouder en legde er een behoedzame hand voor in de plaats.

'Kom maar, mijn auto staat op het stationsplein.'

Wankel van slaapgebrek liet ik me door hem naar de uitgang leiden. Hier was hij, de wellevende, keurig afgeborstelde held waarmee de Sovjetcinema ons had grootgebracht, maar die je in het echte leven zelden tegenkwam. Als het al gebeurde, dan in het voorbijgaan. Op de roltrap in tegenovergestelde richting, bijvoorbeeld, onmogelijk om in te halen. Een fata morgana van een mens. Als je dan diezelfde roltrap afspeurde naar een vrouw die bij hem zou passen, vond je die niet. Het was onvoorstelbaar dat deze passant ook een bestendig leven kon leiden. Maar hier was Serpjakov, de echte, en ook zijn vrouw heb ik nog gekend, die heette Nina en kende geen sprankje nervositeit, omdat ze getrouwd was met een voorbeeldig man.

'Dus de eurostandartsjiki zijn opgehoepeld?' vroeg ik toen we eenmaal op weg waren. 'Vera wilde niet terugkomen zolang het huis nog vol was met gasten.'

'Maar nu zijn ze weg,' zei Serpjakov. 'Dus had ze net zo goed wel kunnen komen.'

'Esther is er toch nog?'

'Ja. Esther is er nog.'

Hij wierp me een onzekere blik toe en tuurde snel weer naar de weg, met een gezicht alsof we elk moment een afslag konden missen. Maar na de huizen van Krivandino zou een uur lang niets meer komen, want daar lag het Erwtenbos. Dit was toen al een van de meest desolate wegen van de streek, kaal, met weinig tegenliggers. De paar die we toeknikten omdat ze net als wij moesten afremmen voor een kuil in de weg, waren mannen alleen. We beseften allemaal dat de auto luie, maar vooral eenzame reizigers van ons had gemaakt. Vroeger kon je tenminste nog een gesprek aanknopen met de koetsier op de bok, of het paard dat je mende.

Na het bos won het landschap amper aan leven. De huisjes langs de weg kende ik allemaal van gezicht, maar hun bewoners waren altijd vreemden gebleven tot ze waren vertrokken. Nu bleef alleen het gras achter, metershoog achter de hekken gevangen. Bij de eerste kruising zagen we eindelijk een voetganger. Op de rug. Rijk getatoeëerd, mouwloos matrozenhemd, schoffelloopje. Verdomd als het niet waar was.

'Stop!' riep ik. 'Stop de auto!'

Gehoorzaam bracht Serpjakov de jeep in de berm tot stilstand. Ik duwde het portier open en rende de bloedhitte in.

'Ilja! Wacht, ik ben het!'

Maar hij was het niet.

Toen ik weer instapte zag ik dat Serpjakov werd geplaagd door vele vragen, maar zijn voorbeeldigheid belette hem die te stellen. Hij stelde enkel vast dat ik doodop was, eraan toevoegend dat hij ook slecht sliep in nachttreinen, omdat ze hem aan de slaapzalen in het leger herinnerden.

'Niets zo eenzaam als wakker liggen tussen de slapenden,' zei hij. 'Als je in het donker aan honderd huigen bent overgeleverd en je weet dat zij wel aan de nacht gehoorzamen, en jij niet. Een hachelijke positie.'

Zoals je weet, machinist, had ik in die nachttrein geen oog dichtgedaan. Ik was op mijn sokken aan het ijsberen over de gang tot jij me betrapte. Ik was de patiënt op weg naar de uitgang, jij de arts die er moe van werd me te blijven redden.

'Bent u daar weer,' zei je, 'kunt u niet slapen?'

'En u? Moet u deze trein niet besturen?'

Wisseling van de wacht, legde je uit. Je had ochtenddienst, een lang traject voor de boeg. En omdat je meestal 's nachts reed, kon je nu de slaap niet vatten. Wat een raar leven, zei ik, maar jij wilde geen praatje maken. Dus bood je me een sigaret aan om in de oorverdovende herrie tussen de wagons op te roken. Ik hoefde ook niets meer te zeggen, had alles er op het perron al uit geschreeuwd. Nu was het alleen nog de rook die onze lippen verliet, terwijl we onze ogen strak op de rammelende vestibulevloer gericht hielden. Onder de losse delen zagen we dwarsliggers voorbijflitsen die daar ooit door min of meer gedwongen handen waren neergelegd. Hoeveel dwarsliggers zou dit land wel niet tellen? Ik dacht aan wat Ilja had gezegd toen hij weer eens terug was van een reis, namelijk dat ons volk niets liever deed dan bij de pakken neerzitten, maar dat we mak door bleven ploegen als we eenmaal op gang waren gekomen, kilometers en jaren in de verkeerde richting. En daarna het hele pokkeneind weer terug, het koudbloedige hoofd schuddend.

Toen Serpjakov de auto bij ons huis had geparkeerd, kwamen de anderen naar buiten met de vragen die hij niet had durven stellen. Ze deden alsof Vera een stuk handbagage was dat ik over mijn schouder had kunnen hangen.

'Dus ze is wel meegegaan naar het station?'

Ik probeerde scherp te stellen op hun gezichten. Lydia was geïrriteerd, Dimka snapte er niets van, Lev fronste ongemakkelijk en alleen Esther keek vriendelijk. Nog iets scherper, inzoomen. Hij deed een stapje opzij om haar zoekende rechterhand te ontwijken, maar het fijne linnen van haar rok danste nog tegen zijn blote onderbeen. Toen zette ze haar handen in haar zij en schommelde ze de veranda op, een beetje wijdbeens, als een hoogzwangere, en liet ze zich met haar rug tegen de gevel zakken. Ik zag dat zij dit geen verloederde verschrikking vond, en ook geen belachelijke bedoening. Veilig vanachter haar taalbarrière zag ze dezelfde idylle als ik had gezien toen we hier kwamen wonen.

'Ja, ze is meegegaan naar het station,' mompelde ik, 'maar er kwam iets tussen.'

'Wat dan?' viel Lydia uit. 'Waar heb je het over?'

'De krokodil.'

Toen werd ze kwaad. Ik was te moe om te begrijpen waarom. Ze balde haar vuisten en ademde over haar ondergebit.

'Hou op met die stomme sprookjes, Nadja. Spuugzat ben ik ze! Volgens mij ben je niet eens in die hele stad geweest, heb je alleen maar een beetje lopen dromen, zoals altijd.'

'Kom, kom...' mompelde Lev.

'Zeg jij maar helemaal niets meer!'

En ze stampte de veranda op om een sigaret te roken, maar vond geen aansteker.

'Ze bedoelt desomorfine,' zei Dimka lijzig. 'Krokodil.'

'Ja,' zei ik, 'de krokodil greep haar bij haar bil en spuugde het hele verhaaltje uit.'

Daarna ben ik weggelopen, machinist.

Ik liep langs de rivier naar ons sprookjesbos. Het was er heet en vochtig, de grond broeide van de schimmel, er groeiden veel paddenstoelen maar ik zocht alleen een plekje om te slapen. Er lag ook berenstront. Goedgevormde drollen, als zoete broodjes vol vuurrode bramenpitten. Uiteindelijk heb ik me maar laten vallen. Ik droomde dat ik een plant was. Ik liet de smog van de stad uit mijn aderen dampen en zoog me vol met boswater. De schimmels vraten aan mijn wortels en miljoenen luizen overlegden of ze mij zouden nemen of toch die varen verderop. De droom verliep volgens plan, tot de grond begon te dreunen. Het was diep en ritmisch en niet onprettig, ook al kon ik geen pink verplaatsen. Mijn ogen bleven ook op slot, maar de geuren en de geluiden waren te vertrouwen. Paardenzweet. Rammelende stijgbeugels.

'Kijk, daar is ze. Ho, ho...'

Lydia ging naast me zitten, streek over mijn haar. Laat me nog even slapen, dacht ik. Ik was nog nooit zo moe geweest.

'Het spijt me,' zei ze.

Plov begon te grazen, naast me hoorde ik de wortels in de aarde scheuren.

'Sorry, Nadja. Ik had gewoon met je mee moeten gaan naar Sint-Petersburg.'

'Vera wilde alleen mij.'

'Als de jeep niet kapot was zouden we zo kunnen vertrekken.'

'Eerst Esther weg.'

'Wat heeft die ermee te maken?'

'Alles.'

Eindelijk gingen mijn ogen open. Zo van onderen zag Lydia er schattig uit, met een pruilmondje en overal donshaartjes.

'Vertel me hoe het met Vera gaat.'

'Niet goed.'

Ze rilde. 'In onze tijd was *Krokodil* een komisch tijdschrift.'

'Vergeet de tekenfilm niet.'

'Krokodil Gena.'

'Die vriendjes zocht om tegen te schaken.'

'Jeugdsentiment.'

'En het oude wijfje Sjapokljak.'

'Chapeauclaque. Ons voorland.'

Plov graasde alsof zijn leven ervan afhing, maar dat deed het niet. Vanaf de dag dat we hem vonden, met zijn hoofd in de Oezbeekse rijstschotel die we per ongeluk op de veranda hadden laten staan, hebben we goed voor hem gezorgd. Niemand wist van wie hij was. Steeds meer mensen vertrokken, maar de dieren kwamen naar ons toe. Lydia liet me niet wegdromen.

'Ik had met je mee moeten gaan,' zei ze weer. 'Esther vertrekt woensdag al.'

'Vera wil haar nog niet onder ogen komen. Ze vond zichzelf niet mooi genoeg.'

Lydia schudde geschokt haar hoofd.

'Ze had zich opgesloten in het badkamertje om zich op te maken, maar steeds als het er eindelijk op zat, veegde ze het er weer af. Kijk dan, schreeuwde ze, zo kan ik toch niet gaan? Ik zag niets bijzonders, maar zij huilde met lange uithalen, vertrok haar gezicht tot een afschuwelijke, langgerekte grimas en begon als een bezetene over haar huid te boenen. Kijk dan! Dit mombakkes moet eraf, eraf! Ze liet zich niet tegenhouden. Ik weet niet wat ze zag in die spiegel, maar het moet verschrikkelijk zijn geweest. Ze kokhalsde ervan. Al die tijd bleef Sasja apathisch op wacht staan in de gang. Wat moest ik beginnen, Lydia? Daar stond mijn dochter, die van alles zag wat er niet was, terwijl ik heel duidelijk zag wat er wel was. Je kent me, ik had er graag een draai aan gegeven. Uiteindelijk ben ik weggelopen. Ik ben een sigaret gaan roken in het trappenhuis en heb gewacht op een verhaal. Maar er kwam niets. Alleen dat joch, dat me vertelde dat ik moest vertrekken. 'Met alle respect, mevrouw Bolotova...' Ze nemen dat toontje over van misdaadseries op televisie. 'Gaat u nou maar rustig naar huis, Veraatje komt wel als ze weer beter is.' De enige manier om hem weg te krijgen was hem geld te geven en naar de winkel te sturen om iets te drinken te halen voor mijn afscheid. Godzijdank, het werkte, het joch rotte eindelijk op, met z'n kromme bokkenpoten. Maar niet voor lang. Alles leek te gaan lukken, we waren verdomme al op het station... en daar doemde hij weer op. Een nachtmerrie, Lydia. De dood in een afritsbroek...'

'Sst, rustig maar.'

Ik geloof dat Lydia me nog nooit had getroost. Haar tederheid had ook iets behoeftigs, zoals ze me naar zich toe hengelde; ze eiste mijn tranen op. Ik maakte me los en veegde ze weg.

'Ik durfde niet achterom te kijken,' ging ik verder. 'Kon het niet aanzien. Vera had haar hand uit de mijne getrokken en verzeilde met hem in een discussie die kant noch wal raakte. Achter mijn rug vormden hun woorden een onbegrijpelijke, mistige wolk terwijl voor me alles zo duidelijk was, van de magistrale overkapping tot het spoor in de diepte, de trein, heldergroen onder de felle lampen, de machinist met alleen zijn bovenlichaam uit de open deuren, zoals je dat in films ziet. En het zuivere fluitsignaal, niet te vergeten. Maar ik durfde niet achterom te kijken.'

Lydia begon te knikken, zag het voor zich. De bosnimf die op het station in een wolk van onzin ten onder dreigde te gaan. Daarna stelde ze zich voor hoe het allemaal goed ging komen.

'We repareren de jeep en halen haar samen op. Die Sasja trappen we tegen de vlakte, als twee wijfjes Sjapokljak. Denk daar maar aan. Kijk eens, je lacht al. Jij bent hier altijd goed in geweest. Angst bezweren met sprookjes.'

Maar toen het moest, dacht ik bitter, lukte het me niet. Toen bleef de realiteit onverzettelijk voor me staan, in de gedaante van mijn ontregelde, begoochelde dochter. Hoe ironisch.

'Vanochtend zei je nog dat je ze spuugzat was.'

'Sorry,' zei Lydia. 'Eigenlijk ben ik altijd jaloers geweest op jouw talent om de verhalen op te pikken. Verbeelding is nuttig, evolutionair nuttig gebleken.'

Ik dacht weer aan wat mijn vader zei, dat de verbeelding zich niet alleen in je hoofd afspeelt, maar overal om ons heen aanwezig is. En op dat moment begon de natuur gehoorzaam een sprookje te breien. Zoiets gaat heel geniepig, niet iedereen heeft dat door. Eerst denk je nog dat het allemaal waar is wat je ziet, dat de middag op zijn einde loopt en dat dempend en dimmend de avond zal aanbreken, maar dan valt in één klap de nacht en ben je verdwaald. We waren heus niet bang. Lydia had beter opgelet op school dan ik, en wist zich zodoende op de sterren te oriënteren. Ik pakte het op mijn manier aan en stak mijn neus in de lucht.

'Ruik je dat?' vroeg ik. 'Volwassen berendrollen.'

'Jij en je drollen ook altijd. Weet je nog dat je met drollen indruk probeerde te maken op Lev? In Basjkortostan. Als een prieelvogeltje met een bloem in de bek.'

'Wolvensporen. Dat weet ik nog.'

In het donker zocht ze mijn arm om me de juiste kant op te leiden. Mijn nek werd plotseling heel warm. De holle weg waar we hadden gelopen werd achter ons opgevuld. Ik hoorde een neus zo groot als een brood over de grond snuffelen. Maar zij merkte niets.

'Nooit begrepen wat je in hem zag,' zei ze. 'Of wat al die andere vrouwen in hem zagen.'

Misschien was dit wel het laatste gesprek dat we hebben gevoerd, want daarna is ook Lydia in een onbegrijpelijke, mistige wolk verdwenen. 'De geabonneerde is tijdelijk niet bereikbaar,' zegt de robot, 'belt u later terug.' Doe ik dus al jaren.

Luister nu goed, machinist. Minder voor mijn part een beetje vaart om op mijn woorden te letten. De kranten hebben gelogen. De volgende dag brak geen verschrikking aan, maar een idylle. Zoals dat hier in de zomer niets bijzonders is. Maar rond het middaguur werd het bloedheet en een kind weet dat dingen dan een vreemde wending kunnen nemen. Zoals ik al zei, kwam het idee van de picknick van Esther, en het was geen goed idee. Het eten begon te zweten zodra we het uit het mandje haalden, de pasteitjes barstten weer open, de vulling smolt eruit, het vet parelde uit de poriën van de pannenkoeken. Het halve bos kwam in beweging van die geuren. Eigenlijk is de kookkunst de enige menselijke vaardigheid die door de rest van het dierenrijk op waarde wordt geschat. Maar de prinses gaf niets om dat met pijn en moeite bereide eten, die wilde mooie plaatjes schieten. En dan moest er ook nog zo nodig een beertje bij poseren.

Vooruit dan, dacht ik, over een paar dagen zou Karasov ze toch al komen halen. Terug in het dierenverblijf koos ik een welpje dat zo schichtig was dat het nooit aan mensen zou wennen, al namen we hem elke avond als knuffelbeer mee naar bed. Hij was kleiner dan de anderen en had een prachtige, blond gestreepte vacht. Omdat hij zich schrap bleef zetten moest ik hem met harnas en al optillen, terwijl hij al zoveel woog als Bamsja. Natuurlijk kreeg hij meteen een pannenkoek te pakken en moesten we de rest van het eten weer opbergen. Ik weet niet eens of die foto's zijn gelukt, want ik schoot maar wat in het wilde weg.

Het was de middagheks, machinist.

De poludnitsa maait je het zicht uit je ogen, het verstand uit je kop en stopt er raadsels voor in de plaats. Mijn neus deed het nog wel, maar ik dacht dat wat ik rook het kleine beertje was. Ik dacht dat wat ik hoorde het naderende onweer was. Dat wat ik op ons af voelde bulldozeren een woudreus was die door de bliksem was getroffen. Een paar keer brak iets als een broodkorst, er klonk onafgebroken gekrijs, dan weer laag en snorkelend, dan weer buitenaards hoog. Zo'n beetje de hele schepping bemoeide zich ertegenaan, mensen, dieren, fenomenen. Een paar bomen helden medeplichtig voorover, wreven zich de sappige handen, maar ik zag, met en zonder camera, nauwelijks een hand voor ogen. Hand op mijn hart, ik dacht dat het de siroop van de aardbeienjam was. Dat ze gilde van het lachen. Maar haar wang was opengescheurd en uit de wond stroomde driftig en gestaag het bloed naar buiten, alsof het daar een leven lang op had zitten wachten. Toen ik dichterbij kwam zag ik dat ze nog witter was dan normaal. Ik hurkte naast haar op de omgewoelde sprei en streek over haar hoofd.

'Sst, rustig maar.'

Dat gedesintegreerde gezicht was me eigenlijk heel vertrouwd. Zoals het schokte, maar toch woorden probeerde te vormen. Ze vocht tegen die lage resolutie, tilde ter verduidelijking haar arm op, maar de verbinding was verbroken, de huid stond strak over het losgeraakte gewricht en ze bleef maar huilen, hol als de wind door een schoorsteen.

Misschien, als ik erover nadenk, had ik daarvoor wel iets groters voorbij zien komen. Maar toen alles voorbij was zag ik alleen het kleine beertje staan. Van een afstandje keek het toe, precies zoals die ene op het schilderij van Sjisjkin, half overeind met zo'n hangend voorpootje. Ik moest ontzettend lachen. Uit mijn mond kwam het meest rudimentaire geschater, de zenuwenlach die dieren ook kennen, die elk moment kan overgaan in gejank. Ik ben opgestaan om een geweer te gaan halen. Dat was de bedoeling.

En toen donderde alles in elkaar. Om kort te gaan, het kamp werd gesloten, de jeep geconfisqueerd, de beertjes werden afgeknald. Lev en ik werden meegenomen naar het bureau voor verhoor, daarom voerde Karasov het woord voor de toegestroomde camera's. Het gerucht ging dat er een volwassen beer in het spel was, een moeder die haar kleintje kwam halen. Maar dat sprak hij tegen, het waren weesjes en ze kwamen allemaal uit zijn provincie. Daarna zeiden de mensen dat Lydia verhaal was gaan halen, dat ze de moeder met het jachtgeweer van Serpjakov onder schot heeft gehouden en op haar rug sprong toen ze probeerde te vluchten. Zo, wijdbeens op die hotsende brede berenrug, verdween ze het sprookjesbos in. Ik kan daar niet van getuigen. Tegen de politie heb ik gezegd dat het de schuld was van de middagheks, en dat vonden ze aannemelijk. Want die was hier altijd.

22

Wat dacht ik toen ik dit behang op de wand plakte?

Het was warm, zoals nu. Door het halfopen raam speelde hetzelfde windje met mijn nekharen. Ik vermoed dat die nu grijs zijn. Ik heb mijn achterkant lang niet meer gezien, de kamer wel. Een paar weken heeft ze het uitzicht op mijn kruin moeten missen, maar sinds de hitte lig ik weer in mijn eigen bed. De tijd dat Lev en ik elkaars zweet voor lief namen is voorbij. Naar mijn voorkant kijk ik trouwens ook niet graag. Als ik zo mijn linkerhand op het laken zie liggen, denk ik dat het een vergissing is. Die droge huid hangt te los om de vingerkootjes, als bij een aap, de brosse nagels, de verheven aderen zijn handig voor een infuus, maar deze veroudering hoort niet bij mij. Toen ik dit behang op de muur plakte dacht ik dat verval altijd te verhelpen zou zijn. Dat, als je maar wilde, de tijd zich de tanden wel uit de bek liet slaan.

Ik heb goed geslapen, dat doe ik al een tijdje. Als ik 's avonds ga liggen ben ik weg. Maar nu blijft mijn hoofd het hitje afspelen dat iemand in mijn droom heeft opgezet. *Een miljoen, een miljoen, een miljoen vuurrode rozen...* Mijn dromen zijn B-films. De beelden vergeet ik zodra ik wakker word, maar de waardeloze achtergrondmuziek blijft de hele dag hangen. *'s Nachts voerde de trein haar weg, maar in haar leven bleef het waanzinnige lied van de rozen...* Ja, het ligt op mijn weg om waanzinnig te worden. Zonet dacht ik bijvoorbeeld dat we bezoek hadden. Ik werd wakker van een auto op de oprit, hoorde het gerammel met potten en pannen in de keuken, Dimka's stem, maar ook die van een vrouw, muziek, gejuich... Ik viel weer in slaap en nu is het opeens doodstil. Zal ik opstaan? Maar ik wil nog even bij het behang blijven. Ik zou zo graag willen voelen wat me toen bezielde. Waarom kan ik daar niet meer bij? Alsof mijn hoop van toen niet uit dit lijf kwam, dat nog steeds in dit bed ligt. Waar is ze gebleven? Ik heb haar zeker op een onbelangrijke plek laten liggen, zoals je dat doet met kostbare dingen.

Dit moet wel het lulligste behangetje zijn geweest uit het lulligste voorraadje van het lulligste maar nog steeds grootste land ter wereld. Zo zagen we onszelf toen graag: als verschoppelingen van grootse komaf. Sommige vrienden zwolgen in dat imago, rookten hardnekkig Belomor en kleedden zich als oude lullen. Aan sport deed niemand, dat was ons te lang opgedrongen geweest. Onze lichamen behoorden de staat toe, in voor- en tegenspoed, dus toen de Sovjet-Unie uit elkaar viel, waren de hardste schreeuwers solidair genoeg om zichzelf ook naar de kloten te helpen. Spuitend, zuipend en nachtbrakend sleepten ze zich door de smog. *Verandering, wij wachten op verandering...* Later beweerde Tsoj zelf dat het helemaal geen protestlied was. Wachten en zwelgen, dat is wat onze generatie deed. Dat Lev en ik dat leven verruilden voor de idylle op het schone platteland vonden ze verdacht. Hetzelfde overkwam vrienden die naar het buitenland emigreerden; die werden er binnensmonds om gehaat. In de smog moest je blijven, tot je er dood bij neerviel, schone lucht was voor lafaards. Terwijl er hier net zoveel fabrieken stonden als in ons oude wijkje. Wat had ik hier te zoeken? Dat ik niet begreep hoe onhandig het is om je op het randje van het grootste land ter wereld te vestigen. Dat ik niet aanvoelde dat er een moment zou komen dat ik eruit geduwd zou worden. Kunt u even opschuiven? Hier is de verandering! Nee, de tijd zou geen uitzondering maken voor ons.

De zomer roezemoest goedgemutst, op het irritante af. Hommels, kippetjes, vinkje hier, vinkje daar. Plov briest tegen niemand in het bijzonder, de jongste geit, die zijn stem godzijdank niet van zijn vader heeft geërfd, roept zijn moeder. De Grote Geluiden hebben we al weken niet meer gehoord. Ik mis ze. Ja, sinds ze weg zijn, opgelost zonder dat wij ze hebben begrepen, voel ik me nog eenzamer. Het is niet de verklaring maar het raadsel dat ik mis. Over verklaringen kun je kort zijn, die neem je voor kennisgeving aan, maar raadsels bezielen hele volksstammen. Van grote mysteriën tot kruiswoordpuzzels houden ze de tobbende mensaap gezelschap. Want iemand die van gedachten wisselt, al is het maar met zichzelf, kun je niet meer eenzaam noemen.

Voor Lev is het beter. Zijn nervositeit is weg en hij komt weer buiten. Hij maakt ochtendwandelingen, gaat twee keer per week vissen. Gisteren heeft hij voor twee dikke palingen de rookoven uit de schuur gehaald. Zelf heb ik het spinnen weer opgepakt. Ik kam de lange haren uit Bamsja's pels en meng ze met de stugge wol van de geiten. Een buitenstaander zou zeggen: die mensen leven in het paradijs.

Weer die vrouwenstem.

Mijn gealarmeerde hart trekt me overeind. In de spiegel ontmoet ik mijn angst: bleek en ineengedoken, alsof het nog winter is, zit ze met haar beentjes over de rand van het bed. We glimlachen zo'n beetje naar elkaar. Wat te doen? Ze hebben me niet eens wakker gemaakt. Ik had gelijk. Al die weken heb ik gedacht dat deze idylle niet kon voortduren. Er klopte niks van, hoe het belachelijke van onze bedoening verdween zonder dat we er iets voor hoefden te doen. De elektriciteit is tot rust gekomen, de waterdruk hersteld. De geit brult niet meer, Lev redt zich prima zonder mij. Hier, de vloer, zelfs de drempel, kraakt niet meer. Alleen aan mij is niets verbeterd. Ik begin hier aardig uit de toon te vallen! Kijk, zonder de gang aan te raken spring ik naar de andere kamer. Het is niet te geloven. Hij heeft zijn bed verschoond. De vuile was heeft hij aan de kant geschoven en over de kussens zitten nieuwe slopen. Ik snuffel aan het onderlaken, ruik uien, gebakken, uit de keuken. Iemand is aan het koken.

'Goedemorgen!'

Godsamme, het is de raaf. Hij zit in het open raam en houdt zijn hoofd scheef. Ik wacht tot hij begint te vloeken, maar nog zoiets, hij blijft me vriendelijk aankijken. Ook: de kast, die zich moeiteloos van het slot laat halen. De linnen jurk die altijd te groot was, maar me nu prima past. Zal ik dan maar door dat kleine raampje naar buiten klimmen en wegrennen? Maar daar is Dimka aan het bellen. Zo te horen laat hij zich telkens onderbreken, hij is geïrriteerd, misschien heeft hij weer een vriendinnetje. Terug naar de badkamer. Op de wastafel ligt een haarspeld die ik kwijt was, wat kan ik ervan zeggen? Als ik de voordeur neem naar buiten, zullen ze me ook betrappen. Ik wil mijn lippen stiften, maar als ik omlaag kijk zie ik de harige onderbenen van de duivel, hoeven en al. Laat dan maar! Weer naar de zwarte gang, doorlopen, het zonlicht ontwijken dat uit de keuken komt, het overdreven enthousiasme incasseren waarmee mijn naam wordt geroepen. Blijven glimlachen, wegwuivend gebaartje maken, voorzichtig mijn toegeknepen ogen openen. Eén, twee.

Ze is verdomme niks veranderd.

Er is niets van te zien. Niet van de jaren die zijn verstreken, niet van het ongeluk. Haar gezicht is nog even jong en gaaf. Ze komt overeind van mijn keukentafel, schittert haar tanden bloot, strekt haar porseleinen armen naar me uit. Ze is nog even slank als toen en draagt weer zo'n ouderwets overslagjurkje. Ik doe een stap achteruit, wil kijken of het door het tegenlicht komt, maar ze valt me al in de armen. Dezelfde geur. Het was vast niet de bedoeling van de parfumeur dat ik zijn kristalheldere compositie zou associëren met dood en verderf, maar te laat, de rot zit al in de neus. Als ik naar achteren neig zie ik het pas. Een fijn, spierwit lijntje loopt van haar slaap langs haar jukbeen naar beneden, als de winkelhaak in een nylon kous. Meer is het niet. Het was allemaal voor niets. Tien jaar waren wij uitschot voor niets. Lev ziet me kijken, wendt zijn ogen af, en zij is zich weer eens van de duivel geen kwaad bewust.

'Wat zie je er goed uit, Nadja! Wat een prachtige jurk!' roept Esther.

Voor het raam doemt mijn zoon op, zijn blik schiet boos naar de mijne. Als je denkt dat anderen je doorhebben, moet je onmiddellijk ophouden dat te denken, anders lezen ze het alsnog van je gezicht. Daarom glimlach ik naar hem, ook als hij zijn woede kracht bijzet door op de ruit te slaan.

'Hé!'

Lev perst een zucht uit zijn wangen, loopt naar buiten, laat mij achter met haar. Zij staat kaarsrecht, alsof iemand haar hier bij wijze van decoratie heeft neergezet. Achter het raam wisselen vader en zoon gedempte woorden. Wat ruik ik toch? Het gaat steeds vreemder worden, let maar op.

'Hoe gaat het met je, Nadja?'

'Goed. Heel goed.'

'Dat kan ik zien.'

Ze meent het.

We staan een poosje zwijgend tegenover elkaar. Misschien proberen we allebei hetzelfde te doen: de som op te maken wie harder te grazen is genomen.

'Ik heb soep gemaakt.'

Nu pas zie ik dat ze mijn keukenschort draagt, met vetvlekken en al.

'Dahlsoep. De ingrediënten heb ik in Moskou op het vliegveld gekocht. Ze hadden zelfs het naanbrood.'

Ze wenkt me naar de pan, begint te roeren. Zij vindt het helemaal niet raar om voor het fornuis te staan. Met een klein stemmetje vertelt ze hoe Dimka haar 's avonds van Sheremetyevo afhaalde, in zijn zwarte 'bolide', 'een luxe' waar ze aan moest wennen na 'de stugge paardenzadels in Mongolië'. Ja, dat komt later, ze heeft zoveel verhalen met me te delen, nu wil ze alleen maar kwijt hoe moeilijk de nachtelijke rit was geweest. Ze vond het griezelig om steeds dichterbij te komen, moest onderweg huilen. Toen zette Dimka de auto stil om haar te troosten, zegt ze. Ik kan me er niets bij voorstellen. Met het hart in de keel vraag ik of ze een hotel hebben genomen, maar nee, het blijkt nog erger te zijn, voorbij middernacht zijn ze hier aangekomen en ik heb niks gehoord. Ik durf niet te vragen wie in welk bed heeft geslapen.

'Hier, proef.'

Ze kijkt droevig als ze de houten lepel naar mijn lippen brengt. Met verbrande tong geef ik toe dat hij heerlijk is.

Later, als we aan de met linnen gedekte tuintafel zitten, heeft ze nog steeds tranen in haar ogen. Er is wijn, maar ze vraagt of we er niet te veel van willen drinken. Ze is iets van plan, Lev en Dimka weten er al vanaf. Een ritueel, zegt ze gedragen.

'Heel belangrijk voor jou en mij, Nadja.'

Ik laat mijn hand zakken met een stukje brood erin, weet dat ik niet lang hoef te wachten om de voorzichtige snuit van de hond te voelen. Als iedereen je vreemd is, zijn daar altijd nog de dieren. Eeuwenlang onverstoorbaar hetzelfde blijven, dat is de werkelijke trouw.

'Laten we drinken op de planeet,' zegt Esther. 'Dat meer mensen begrijpen hoe mooi ze is, en dat we goed voor haar moeten zorgen.'

Tot mijn verbazing stemmen Lev en Dimka in. In mijn tijd heette de planeet nog de aarde, moedertje aarde, zorgde ze voor ons, niet andersom. Als ik Esther mag geloven is ze nu een hulpbehoevend oudje geworden dat zich moet laten voortduwen en van alles vergeet, zoals het feit dat ze wel vaker een klimaatverandering heeft meegemaakt.

'Tsjernobyl is nooit gebeurd,' zegt Dimka halverwege zijn soep. 'Het is een mythe, verzonnen door de westerse media om de Sovjet-Unie te ontwrichten. Een diversie van de Amerikanen om de nucleaire energie in diskrediet te brengen, zodat wij ons wapenarsenaal moesten afbouwen. Er is helemaal geen ontploffing geweest in de vierde reactor.'

Er valt een ongemakkelijke stilte. Diversie. De *vierde* reactor. Woorden, details, om ons een discussie uit het hoofd te praten. Want wat weten wij nou helemaal. Ik weet alleen dat we dat jaar, toen Dimka net geboren was, onze oogst moesten vernietigen. Lev werd begin jaren negentig ingeschakeld voor sporenonderzoek in het besmette gebied, maar ook hij zwijgt. Onze generatie heeft geleerd de stelligen niet tegen te spreken. De stelligen verzamelen hun feiten als vliegenzwammen tussen de cantharellen, je moet goed bij de les blijven als ze deze giftige waar voor je uitstallen. Want dat is het moment dat de vergeetachtigheid wordt ingezet. Onder druk van de stelligen zijn miljoenen mensen hun halve leven vergeten. Stelligheid is nog besmettelijker dan radioactieve straling, en minstens zo hardnekkig. Het kan wel een eeuw duren voor je ervan af bent.

'Jullie kijken naar de verkeerde kanalen,' zegt Dimka.

'Sterker nog, we kijken helemaal geen kanalen,' mompel ik.

'Nee, jij blijft liever bij je eigen verzinsels,' zegt hij fel. Wat heb ik misdaan? Deze situatie, die allesbehalve eerlijk is, wekt een beledigde opstandigheid in me op. En Lev heeft alles in de gaten, zijn blik is vogelscherp maar verontschuldigend.

'Hé,' zegt hij, 'laat Nadja ook eens dat filmpje zien. Over de Grote Geluiden.'

Dimka pakt zijn telefoon erbij, begint geïrriteerd te zoeken.

'Ik had hem gedownload,' mompelt hij. Als hij uiteindelijk het ding in mijn handen duwt zie ik eerst nog niks, omdat de zon op het scherm schijnt. Maar de geluiden herken ik, ook al klinken ze klein en ver weg.

'Was dit wat jullie hoorden?' vraagt Dimka.

Ik draai het toestel naar de schaduw. De geluiden zijn dezelfde, het uitzicht is heel anders, gefilmd uit het raam van een flat. *What the fuck*, klinkt het op de achtergrond, *do you hear this?* Het beeld verandert, nu zijn we in een woonhuis, de filmer beweegt van de rommel op de vloer naar het raam, schuift de vitrage opzij en trekt het raam open. In een regenachtige straat rijdt een auto voorbij, daarboven zet een raspende toon in, suist door. In de korte stilte die volgt, komt niemand uit de bakstenen huizen om te zien wat er aan de hand is. De regen drupt door, maar daar is hij weer, de dreigende dissonant uit de lucht.

'Precies hetzelfde,' zegt Lev. Ik snap zijn triomf niet.

Halverwege een huiltoon slaat de filmer het raam weer dicht, schuift gedecideerd de vitrages ervoor.

'Dat was België,' zegt Dimka.

De volgende beelden tonen het speelveld van een honkbalwedstrijd. Boven de hoofden van de geconcentreerde mannen loeit het aan. *It sounds supernatural*, zeggen de commentatoren. Mooi gezegd, maar hoe is het mogelijk dat ze er zo laconiek op reageren, en de spelers op het veld kijken niet op of om.

'Oostkust van Amerika,' zegt Dimka, een sigaret opstekend. 'De volgende dag vond er een aardbeving plaats.'

Nu zijn we in een naaldwoud, de zon gaat onder en het gehuil wringt zich tussen de sparren door. Weer het verbaasde Engels: *you hear this*? De stiltes zijn adembenemend en vertrouwd tegelijk, het beeld wankelt in de hand die het vastlegt, een Russische tekst schuift ervoor:

HET KNARSEN VAN DE WERELD

De jingle van de televisieshow maakt aan alles een einde. Het woord is aan de presentatrice in mantelpak, haar achterste wordt gemoedelijk beoordeeld door de twee gasten aan de tafel – een frisse pope en een wat oudere man van het type homo sovieticus.

'Van Tsjelabinsk tot Ontario, van Rostov aan de Don tot New York, in het afgelopen jaar verschenen uit de hele wereld getuigenissen van dezelfde, vreemde geluiden uit de lucht,' ratelt de vrouw. 'Op YouTube is te horen hoe de ooggetuigen compleet verrast worden door het lawaai, dat zich nog het best laat omschrijven als disharmonieus trompetgeschal. Geestelijken van verschillende confessies hebben er al op gewezen dat in de Bijbel het einde der tijden wordt ingeluid door dergelijke geluiden. Moeten we al vrezen voor de Apocalyps, of is er toch een logische, wetenschappelijke verklaring voor dit verschijnsel? In de studio met mij eerwaarde Sergej Mjasnikov, populair van zijn religieuze blog *Spreuken*, aan de andere kant van de tafel Michail Joeraskin, professor in de geofysica van de universiteit van Saratov.'

'Sst,' zegt Lev als de pope het eerste woord heeft gehad, 'nu moet je opletten.'

De camera zoomt in op het asgrauwe gezicht van de professor. Hij neemt lang de tijd om uit te leggen dat dergelijke geluiden van alle tijden zijn, en eenvoudig te verklaren.

'We worden altijd omgeven door de geluiden van de aarde, maar de meeste liggen buiten ons gehoorveld. Recentelijk is er nogal veel geodynamische activiteit gemeten, de magnetische velden zijn snel aan het verschuiven. Heftige platentektoniek kent ook zo haar akoestische golven.'

'Zie je nou wel?' zegt Lev, 'de tektonische platen, dat zei ik toch al steeds? Een goed gedocumenteerd verschijnsel, niets om je zorgen over te maken.'

Zelfs al ziet hij de uitzending voor de tweede keer, hij is nog steeds zo opgelucht als een kind.

'Momentje,' onderbreekt de pope de professor, 'u doet het nu voorkomen alsof hier wetenschappelijke consensus over bestaat. Maar dat is niet het geval. Een collega van u in Bakoe beweert dat dit de geluiden zijn van de zon. Een ander heeft het over radiogolven van de oceaan en een derde zegt dat de NASA iets geheims aan het testen is. Jullie zitten maar wat te gissen, omdat jullie bang zijn voor de dood. Voor het oordeel Gods, wiens bestaan jullie zo heftig ontkennen.'

'Als ik de eerwaarde zo hoor,' zegt Joeraskin in de camera, 'vreest hij het einde van de wereld niet maar wacht hij erop, enkel om zijn gelijk te krijgen.'

'Die zit!' juicht Lev. 'Die onnozele gelovigen.'

Ik geef hem het kwekkende toestel terug, hij neemt het aan als een inboorling een spiegel. Maar misschien zou een inboorling nog wel aanvoelen dat het geen wonder is. En zelfs geen goocheltruc, juist het tegenovergestelde; dit is een kijkdoos die elke illusie vernietigt. Ik moet denken aan een documentaire – van lang geleden, ze lieten hem ons op de universiteit zien – over de leden van een primitieve stam die, eenmaal gecultiveerd en aangekleed, zichzelf uitlachten toen ze de oude opnamen terugzagen van de naakte eenvoud waarin ze waren ontdekt. Schaamden ze zich of lachten ze van de zenuwen om het paradijs dat ze waren verloren? Zelfs wij, hoogtechnologische Sovjetstudenten, vonden het tragisch om te zien. Maar kijk ons nu eens. Wat is er met onze stam gebeurd? Waar is ons verhaal gebleven? Esther kan het allemaal niet volgen en is tijdens de discussie van tafel weggelopen. Ik benijd het goede humeur waarmee ze door de tuin slentert. Ze raapt een voortijdig gevallen appeltje uit het gras, ruikt eraan, ontmoet mijn blik en wenkt me vriendelijk.

'Die zijn nog niet rijp,' zeg ik. 'Nog een maandje wachten. En zelfs dan zijn ze alleen goed voor in de compote.'

Ze komen van een zaailing, daarom zijn ze niet zoet. Om dezelfde eetbare appels te krijgen moet je van de beproefde boom enten, niet de zaden van de vruchten in het rond strooien, zoals de wind dat doet. De natuur is graag klakkeloos, daarom pakt het leven eerder bitter uit dan zoetsappig.

'Wat brengt je eigenlijk hier, Esther?'

Ik weet niet waarom, maar ze moet hard lachen om die vraag.

'Ik ben een reiziger, Nadja. Dat weet je toch? Ik ben op doorreis uit Mongolië.'

Ze valt stil, tuurt in de verte. Nee, mooi is ze nog steeds niet, en nader beschouwd evenmin perfect. Het is iets anders waardoor ik mijn ogen niet van haar af kan houden. Ze houdt van zichzelf. Dat kom je hier niet veel tegen. En ze weet waar ze heen gaat, komt niet zomaar ergens terecht. Ze heeft haar leven uitgekozen op de smaak.

'Ik reis,' herhaalt ze. 'Van Mexico tot Tokio, waar ik al niet ben geweest... maar in Mongolië, aan de voet van de Gouden Berg, ben ik naar *mezelf* gereisd. Zo ver ben ik nog nooit geweest.'

Weer die schaterlach. Uit haar beschrijvingen begrijp ik dat ze met de 'Gouden Berg' en het 'Heilige Land' de Altai bedoelt. Ze legt uit dat ze de streek bezocht met tien anderen, voor een workshop sjamanisme. Wat heb ik toch tegen haar? Ze is zich van geen kwaad bewust.

'Ik twijfelde wel, want de cursus was niet goedkoop. Maar zodra ik daar voet aan land zette wist ik: ik ben er al. Ik ben thuis.'

Ze hurkt om het appeltje terug te leggen onder de boom,

houdt haar beide handen op het gras en haalt haar neus op. Ik kan niet zien of ze huilt.

'Ik heb mijn roots gevonden. Ik heb zelfs de *spirit* van mijn roots gevonden. Het was zo'n voorrecht om met sjamaan Vijñāna te reizen.'

'Dat klinkt niet erg Mongools,' zeg ik.

Ze komt korzelig overeind.

'Sanskriet. Maar weet je, transpersoonlijke wijsheid overstijgt de begrenzing van talen. Vijñāna is gewoon Nederlands, hij is onze groepsleider van thuis.'

Gedecideerd pakt ze mijn handen, sluit haar ogen en haalt diep adem. Dan huivert ze opeens krampachtig, over haar hele lichaam, en schudt ze haar handen uit de mijne, alsof ze zich heeft gebrand.

'Oef. Oef, dat was even heftig.'

Ze klopt haar jurk af, wandelt lichtvoetig naar het terras, ik volg als een os.

'Die lessen waren heel goed. Nog beter dan de cursus die ik in de Appalachen heb gedaan. Je moet het zo zien, wij hebben tenminste nog sjamanen. Die van jullie zijn allemaal uitgeroeid door de Sovjets.'

Ze strekt haar beide armen in de lucht, sluit haar ogen en vouwt haar bovenlichaam over haar benen. Zo kan ze haar handen plat op de grond leggen.

'Ik ben opnieuw geboren,' zegt ze ondersteboven. 'En dat was hard nodig. Weet je wat het mooie is van het Siberisch sjamanisme? Dat je na een ritueel zelf ook over genezende krachten beschikt.'

Aan tafel spreekt ze nog even door, maar ik ben te moe om nog te luisteren. Ik vraag me af of die spirit het wel goedvindt dat ze zoveel over hem praat. Vader en zoon hebben een sigaret opgestoken, roken zwijgend voor zich uit: een op het eerste gezicht klassiek plattelandstafereel. Maar deze mannetjes hebben in hun rookpluimen iets te verbergen noch te dromen. Ze zijn alleen maar zeker van hun zaak, net als Esther. Mijn drie tafelgenoten hebben alle raadsels opgelost. Wat je ze ook vertelt, ze zullen heftig beginnen te knikken en je zal het verhaal niet af kunnen maken, want ze kennen het al, sterker nog, ze zijn er geweest, want ze zijn óveral geweest. Ze vatten 'm, machinist. Ik ben hier de enige die twijfelt. Dat is geen prettig gevoel, kan ik je vertellen. Misschien is het nog vervelender dan als enige wakker te liggen tussen de slapenden in een trein.

'Mag ik even jullie aandacht?'

Esther heeft met haar vork de waterkaraf aangetikt.

'Ik heb goed nieuws, lieve vrienden. Vanmiddag begin ik met een *smudging*, en vannacht of morgen, afhankelijk van hoe snel Lev het lukt er een te bouwen, volbreng ik een zweethutritueel. Het is nodig. En ik beloof jullie: zoiets maken jullie nooit meer mee.'

De zon gaat onder alsof ze nooit meer op zal komen, heeft de hele lucht in brand gezet. Achter het huis bouwen de mannen een vuur, binnen maken de vrouwen een salade. Zo is de rolverdeling nu, maar zo meteen zal zij het allemaal overnemen. Ze is in gedachten, neuriet een liedje. Net als toen kijk ik naar het kleine mes in haar fijne rechterhand, de tomaat houdt ze in de linker. Ze snijdt hem als een man dat zou doen. Ik vraag niet om opheldering, wat moet, dat moet, wat komen gaat, komt. Zonet tikte Dimka op het raam om lucifers met een blik die nog zwarter was dan vanochtend, maar die pimpelpaarse zonsondergang maakte hem belachelijk. De Grote Geluiden komen zeker terug, en ik kan me niet voorstellen dat ze dan zullen klinken alsof ze uit het diepste van de aarde komen in plaats van uit de lucht. Wat denken ze wel. Als ik de gehakte bosuitjes van de plank in de kom schuif, ontmoet ik Esthers glimlach. Zou ze nog steeds vinden dat ik me dood zou moeten vervelen, door op deze ene plek te blijven leven?

'We gaan het biologisch station opknappen,' vertel ik haar. 'Het laboratorium, de dierenverblijven, alles wordt weer als nieuw. We gaan weer beertjes opnemen.'

Ze neuriet door, gooit een handvol tomatenblokjes bij de salade, neemt een paprika onder handen. Ze is nergens van onder de indruk.

'Misschien ook wel wolven, ter observatie,' zeg ik. 'Dimka zegt dat er een grote markt voor is.'

'Lijkt me sterk,' zegt ze, zorgvuldig de zaadlijsten verwijderend. 'De vrijwilligersmarkt draait nu helemaal op Afrika. Jongeren willen als wereldverbeteraar op de foto. Weeskinderen doen het op selfies beter dan dieren.'

De wereld doemt op uit een klein hoekje: Dimka heeft de radio aan de praat gekregen en een Moskouse stem bemoeit zich tegen ons aan. Esther blijft symmetrische reepjes snijden.

'Je zult het wel gek vinden,' zegt ze in de korte stilte die ons door een elektriciteitswissel wordt aangeboden, 'maar ik ben heel gelukkig met wat er hier is gebeurd. Uiteindelijk heeft het me meer gebracht dan ik ooit had durven dromen.'

Ze duwt een paar tenen knoflook uit de schil en begint driftig te hakken, onvermoeid Engels inwerpend tegen het bassende Russisch. Ik vang maar de helft op. Ze zegt dat ze terug moest naar deze plek om in vrede te zijn, zoiets.

'Wacht, ik moet je iets laten zien.'

Ze veegt haar handen af aan haar schort, neemt me bij de arm, mijn huis door, haar kamer in. Aan het onopgemaakte bed kan ik niet aflezen of ze er alleen in heeft gelegen. Ze bukt naar haar tas en haalt plechtig een groot glanzend boek tevoorschijn. Het is zwaar. Eerst zie ik alleen haar naam, dan blikkert uit de zwarte achtergrond ook de wijd open muil van een dier naar voren. Het is in reliëf op het omslag gedrukt.

'Mooi hè? Heb ik gemaakt.'

Ik knik, keer het boek om en zie haar gezicht en face. Ze heeft haar haren opgestoken, loert zijdelings naar de camera. Nu zie ik pas wat ik zonet niet zag. Er ontbreekt een oor.

'Geef eens, zal ik het voor je signeren.'

Ze buigt voorover en komt overeind, maar het gebrek blijft zich schuilhouden in haar kapsel.

'Er staan veel foto's in, kijk maar.'

Ze laat me niet ontkomen. Met tegenzin sla ik de bladzijden om tot ik bij de eerste foto kom. Zij is het zelf. Geen twijfel mogelijk, ook al bedekt de grote zwarte camera de helft van haar gezicht. Ze hurkt op één knie voor de voeten van Lenin, die weer eens de richting aanwijst, ergens in ons land. De volgende foto's laten de in onbruik geraakte kanten van een stad zien, met nog meer Leninkoppen, eentje van Marx, een oude slogan op een muur, een Sovjetster in een metalen hek. Ze is ernaar op zoek gegaan. Ze heeft moeite moeten doen om westerse reclames en auto's uit beeld te houden en is rode sterren gaan verzamelen als een premiejager. Dan herken ik ons dorp. De verroeste draaimolen heeft ze inderdaad gefotografeerd, zoals ik had verwacht. En ze heeft nog kans gezien een paar van de oude bewoners vast te leggen, twee meisjes in schooluniform met strikken in hun haar, een oude kerel die een halve liter bier drinkt uit de fles. Ik wil niet verder, weet dat ik Vera tegen zal komen, en toch sla ik de bladzijde om. Meteen verslappen mijn handen van afgrijzen. De norse boerenvrouw die de camera ontwijkt die haar paginagroot zal vereeuwigen, ben ik.

Maar wacht, ze heeft me vermomd. Ze heeft mijn schort ingekleurd, elke schaduw, al zat hij in het kleinste kraaienpootje, diepzwart gemaakt. Ze heeft me met een bochel opgezadeld, zodat er op deze foto nauwelijks plek over is voor de tuin waarin ik me bevind. En alles, werkelijk elk detail aan mij is onomstotelijk, onontkoombaar Russisch. Is dit nog terug te draaien? Wat is de oplage van deze leugen?

'Het is oké,' zegt ze, het boek weer in mijn richting duwend, 'het is voor jou! Je hoeft je niet schuldig te voelen, neem maar aan!'

Doodgewicht, noemen ze zoiets. Een blok beton in mijn handen. Ze ziet de tranen in mijn ogen en streelt me terwijl ik zink.

'Uiteindelijk is alles gebeurd zoals het moest gebeuren, Nadja. Vanmiddag zullen we alle slechte energetische krachten verwijderen. Let maar op. Ja, je zult wel denken: wat is er met Esther gebeurd? Want ik was altijd een vrouw van de wetenschap...'

Ze had toch nooit gestudeerd? Ze was een televisievrouw, zoals dat ratelende mens van zonet, ze leest op, dat is wat ze doet. Ze leest op wat anderen haar voorleggen.

'Dit,' ik tik op het boek omdat ik het Engels niet kan vinden, maak mijn zin maar af in mijn eigen taal, 'dit is allemaal klets.'

Maar ze begint gewoon weer over de Altai. Ze heeft ontdekt dat ze daar in een vorig leven al woonde, als sjamaan nog wel. Ik herinner me een programma waarin mensen onder hypnose hun vorige levens bezochten. Die waren altijd spectaculair. Ze eindigden op het slagveld, op de troon, onder de guillotine, maar nooit in een tevreden sterfbed of onder de brandende zon op een akkertje, terwijl die kans toch groter zou moeten zijn. Misschien reïncarneren boeren niet.

'Vijñana heeft me in contact gebracht met de geesten van de Middenwereld om me van de pijn te verlossen,' zegt Esther. 'Want pijn, ja, die heb ik nog.'

Nu gebeurt er iets vreemds. Terwijl we op neuslengte afstand van elkaar staan, kamt ze met haar vingers die lok achter haar oor. Het linkeroor, dat ontbrak op de foto, zit er gewoon! Ik wankel, mijn brein overweegt de keuze tussen flauwvallen of overgeven, maar het dier daarbinnen protesteert: niks ervan, doorlopen, op de tast desnoods, zo gaat-ie goed, langs de lambrisering van de gang, jóúw gang, naar buiten, jouw veranda op, ruik de lucht met jouw vogels erin, de rook van gesmolten hars uit de door jou gekapte bomen. Laat niemand je wat wijsmaken, bromt het dier, en inderdaad, het ruikt hier naar vroeger. Mijn vroeger. Baboelja legde brandstapels aan zoals deze van takken, struiken, stronken en alles wat niet in de kachel paste. Soms zat er een met dieselolie of teer geïmpregneerde balk tussen en dan kleurde de rook zwart. Wat hield ik als kind van die geur en kijk, ik leef nog steeds, hunkerend naar de bedwelming en naar wat baboelja me op het hart drukte als we samen in die giftige vlammen staarden. Waar zijn haar toverspreuken gebleven? Aan het wonderbaarlijke leven dat ze me toen beloofde, ben ik ongemerkt voorbijgeschoten.

'Ik voel dat we kunnen beginnen,' zegt Esther. Ze heeft een heel lange jurk aangetrokken en kruiden meegenomen die hier niet groeien. Goed, denk ik als ze voor me uit naar het vuur achter het huis loopt, gooi het er allemaal maar op. De meest giftige rotzooi, in de fik ermee. Er zal toch niets gebeuren.

De avond is afgekoeld, maar de hoofden van de vuurmakers zijn nog even rood. Met weifelende eerbied kijken ze hoe Esther de voorbereidingen treft voor de ceremonie. Ze heeft bundeltjes gemaakt van lavendel en tabaksbladeren en in mijn gietijzeren pannetje ligt een kooltje te gloeien. Zo meteen zal ze daar de salie boven verkruimelen. *Cool*, zei Dimka, maar nu mogen we niets meer zeggen. We mogen ook nog niet eten van de salade en het brood. We mogen alleen van de afschuwelijk smakende thee drinken die ze heeft getrokken terwijl we met onze boerenheupen in kleermakerszit proberen te zitten.

Waarom weten we ons geen houding te geven? We waren zonder god, duivel, angsten en zonden, hoefden ons op de keper af nergens meer voor te schamen. We hadden hier het paradijs, en nu zitten we in dit schuitje. Weemoedig denk ik aan een andere brandstapel uit mijn leven. Het lieve kampvuur in Basjkortostan, dat een week bleef branden om onze jonge dromen aan de gang te houden. Ik herinner me een drukte van belang. Iedereen mompelde, sprak, fluisterde in zijn slaap of daarbuiten, de dieren in hun bomen bemoeiden zich ertegenaan en soms trok een windvlaag onze woorden uit hun verband, kortom, hier werd een primitief doch samenhangend betoog gekneed. Het was uniek. Van ons, maar eenmalig. We hadden niemand nagepraat, geen exotische gebruiken afgekeken om als goedkope souvenirtjes mee te nemen. Zo jong als we waren – of misschien juist daarom – wisten we dat wat hier gebeurde niet voor herhaling vatbaar was, niet in Basjkortostan, dus laat staan dat het een kunstje was dat we thuis wel weer konden opvoeren.

Mijn mond wordt droog, ik moet wel drinken van dit smerige afgietsel. Ik krijg de indruk dat Esther moet lachen om mijn vertrokken gezicht. Ze steekt de bosjes kruiden aan en loopt ermee het pad op naar het laboratorium, gevolgd door een gehoorzaam rookspoor.

'Zo steekt ze nog het hele bos in de fik,' mompel ik hoopvol, maar de mannen kunnen er niet om lachen. Lev kijkt naar Esther met een blik die hem jonger doet lijken, zij draait grote cirkels met haar armen, verdwijnt even in het donker, doemt dan weer op in de rook van de kruiden. Volgens mij huilt ze als ze weer dichterbij komt. Intussen proeft Dimka kokhalzend van de thee. Als een zuigeling zo snel wisselt hij van stemming, omdat Esther niet wil dat hij boos op mij is.

'Zo meteen kom jij aan de beurt,' zegt ze. 'Ik wil dat iedereen iets losmaakt wat vastzat. Maar we beginnen bij de oudste. Lev, dus.'

Lev slaat met een stalen gezicht zijn thee achterover.

'Spreek uit wat je zwaar op de maag ligt. Oud zeer, een schuldgevoel, een nare herinnering. Gooi los.'

Hij tuurt naar zijn handen. Ik kan me niet voorstellen dat hij haar gehoorzaamt. Wij doen dit niet, wij storten onze harten niet uit. Beter dan welk volk dan ook zijn we geoefend in het op de tong bijten, dat is dus nou eens onze traditie. Een rijke folklore van bespieders en stillen gebiedt ons te zwijgen. Maar er verstrijkt een poosje, waarin ook Lev begint te huilen. Hij slikt en smakt alsof hij zijn verdriet proeft, en daar rollen ze, dikke tranen verstoppen zich in zijn baard. Kijk hem zitten, de wolharige mammoet, gebukt onder zijn verdriet. Esther vindt het prachtig. Tranen zeggen meer dan woorden, beweert ze.

'Nee, ik wil het hebben over schuld,' zegt Lev. Hij blikt heel even naar mij. 'Over Klimov. Mijn beste vriend is omgekomen bij een kajakongeluk. Ik was er niet bij. Hij had gevraagd of ik meekwam, ik ben niet gegaan... Ik wil vertellen over hoe ze hem gevonden hebben op de oever, ze zeiden dat zijn benen...'

Hij wil het vertellen, maar ik wil het niet horen. We hebben onze handen al vol aan de rampen waar we wel bij waren. Met mijn vingers in mijn oren bestudeer ik zijn gekwelde gezicht, zijn holle ogen, waar hij hardhandig in blijft wrijven. Verdomd, hij heeft dezelfde houding aangenomen als het beest waarnaar hij is vernoemd. De Berjozovski-mammoet zit in zijn vitrine net zo gekromd en reusachtig te snikken. Uitgestorven en wel. Een mooier monument van een existentiële crisis is niet denkbaar. Zo'n vierenveertigduizend jaar geleden brak de drommel zijn heup toen hij al grazend in een ravijntje donderde, en zo zat hij erbij, op zijn kont met zijn poten naar voren, toen hij in 1901 werd ontdekt. Hertz, Sevastjanov en Pfizenmayer haalden hem uit het ijs. Kop en nek staken uit de smeltende permafrost en waren aangevreten door wolven, maar zijn lijf en pels daaronder waren nog intact. Hij heeft niet geleden, want in de bek vonden ze nog ongekauwd gras en tijm: die hap nam hij vlak voor zijn doodsmak. Na de preparatie werd het diluviale monster op de trein gezet naar ons museum. Ik heb gehoord dat de Chinezen proberen om DNA te onttrekken aan een andere mammoet, die nog wat bloed zou bevatten onder het ijs. Daarmee hopen ze de soort weer terug in ons midden te brengen. Wat zal hij te melden hebben, als we weer oog in oog staan? Misschien heeft hij in die tienduizenden jaren uitgestorvenheid toch iets gezien en opgeslagen. Zal hij ons uitlachen, omdat we zo moeilijk zitten te doen met onze vuurtjes en ceremonies. 'Hou maar op,' zal hij zeggen, 'God is allang dood. Er was een tijd dat Hij hier ook rondliep, moeten jullie weten. Ik mocht hem wel. Hij was nog een stukje hariger en groter dan ik, maar de kwaadste niet. Maar nu is Hij uitgestorven en vergeet maar dat jullie nog iets van Hem terugvinden.'

Zo te zien is Lev opgehouden te spreken, Dimka neemt het woord. Nieuwsgierig haal ik mijn hand van een oor. In de tussentijd is de nacht op de voorgrond gedrongen en zijn we omgeven door dieren die niets met elkaar van doen hebben, zoals krekels en kikkers. Marters en eekhoorns krijsen in de verte als een leger dat in de val is gelopen. Vleermuizen scheren rakelings over onze hoofden. Het lijkt wel of alleen ik ze kan horen, dat geluid alsof ze limonade drinken door een rietje. De nacht is hier altijd rumoeriger geweest dan de dag. Volgens mij doet de hitte van het vuur niet alleen beelden trillen, maar vervormt het ook geluiden. Ik begrijp dat Dimka net zo'n gruwelijk verhaal probeert te vertellen als zijn vader.

'Het bloed liep nog steeds,' zegt hij tegen Esther. 'Ik heb mijn T-shirt uitgetrokken om het te stelpen, terwijl ze toen waarschijnlijk al dood was.'

Wat is het donker geworden! Hoe verder ik omhoogkijk in de lucht, des te blauwer en dieper ze wordt, als een holle edelsteen. We laten geen stiltes vallen in deze echoput, maar kletsen, krijsen, grommen en blaffen steeds meer de ruimte vol.

'De halsslagader.'

Doet me denken aan de vampiervleermuis. Waarom hebben ze deze diertjes in de Sovjet-Unie niet tot helden verheven? Ze horen tot de meest socialistische schepsels ter wereld. De vrouwtjes delen bloed dat ze hebben buitgemaakt met hongerende leden van de groep, door het op te braken.

Opeens is het stil. Drie paar ogen kijken me aan. Alleen het vuur knettert zachtjes.

'Ja, stop je oren maar dicht,' zegt Dimka. 'Je hebt nooit verteld dat je het hebt zien aankomen. Nu blijkt dat je iets had kunnen doen. Waarom heb je dat niet gedaan? Je *wilde* het niet, nietwaar?'

'Stop,' zegt Lev geschokt. 'Dat kun je niet zeggen. Je weet niets.'

'O nee?' zegt Dimka, terwijl hij zich uitstrekt om het zware boek te pakken dat Esther heeft meegenomen. 'Moet je hier maar eens in kijken.'

Esther, die hem niet heeft verstaan, slaat een arm om zijn schouders, met haar andere hand begint ze door haar eigen foto's te bladeren. Ze glimlacht naar een gezicht dat ik meteen herken, ook al ligt het ondersteboven naar me toe. Het is heel scherp, zoals alle foto's die ze van Vera nam. Die ziet er zenuwachtig uit, heeft voor het poseren op haar lip gebeten. Er is een velletje vanaf, de huid daaronder glanst. Je kunt ook zien dat haar haren van plan waren nog vele jaren weelderig door te groeien, zo scherp zijn de wortels vereeuwigd.

'Dit lijkt helemaal niet op haar,' zeg ik. 'In het echt is ze veel mooier.'

Dimka slaat zuchtend zijn hand voor zijn ogen. Denkt hij nog wel eens aan zijn zus? Heeft hij überhaupt ooit van haar gehouden? Ze waren zo verschillend dat er zelfs geen rivaliteit tussen hen bestond; ze beperkten het contact tot een noodzakelijk minimum onder ons dak, als de bewoners van een kommoenalka. Ik blader door, Esther houdt me tegen bij een ander beeld dat ik moet zien. Maar het is te donker, de vrouw op de foto geeft zich nog niet prijs. Bovendien trekt die bronzen kerel op de achtergrond de aandacht, met zijn priemende wijsvinger. Ach natuurlijk, het is Lydia. Die poseerde altijd met haar armen in haar zij en haar hoofd een beetje schuin. Een vlam flikkert op en ik kan zien hoe ze kijkt. Ze trekt haar neus op en fronst, alsof er iemand heel vals in haar oor staat te zingen. Ze is vernederd, dat is duidelijk. Ik smijt het boek dicht en ga staan.

'Wat moet je toch van ons?'

Esther kijkt me niet-begrijpend aan.

'En dan die Lenin,' zeg ik. 'Wij hebben nooit iets met die man gehad. We troffen hem zogezegd al koud aan. Wij lieten hem met rust en hij ons. Dat hij in een vitrine lag was gewoon... nou ja, we hebben fantastische taxidermisten in dit land. Mammoets, volksmenners, we draaien er onze hand niet voor om, waarom zouden we. Maar jij bent een toerist, Esther. Je zoekt een beeldje voor op je schoorsteenmantel. Je verzamelt totems. Net als de roestige Volga M21 op die andere foto: je weet niet eens dat er bij deze auto prachtige walsmuziek hoort, de melodie van een speelfilm waar mijn generatie mee is opgegroeid. En achter die Lenin zag je nog net de trappen van ons instituut, dat duizenden briljante wetenschappers heeft voortgebracht. Dat zie je niet, omdat jouw blik uit dezelfde mal is gegoten als dat beeld van Lenin. Je kopieert een kopie. Parodieert een parodie. Maar waarom moesten wij erin meespelen? Je hebt jezelf wijsgemaakt dat je ons hebt ontdekt. Je hebt ons gefotografeerd als een inheemse stam, en nu wil je dat we om onszelf lachen.'

Ze vouwt haar benen over elkaar in lotushouding, in deze superieure houding bekijkt ze mijn woede van onderen.

‘Weet je wat,’ draaf ik door, ‘als wij biechten, zuipen we. Niet deze troep, maar wodka. Dat is ons waarheidsserum, heel authentiek.’

Ik heb geslapen. In die slaap heb ik gewandeld, of ben ik door een van hen weer naar het vuur gebracht. De mannen roken, Esther zit nog steeds kaarsrecht in kleermakerszit. Zolang ze nog niet weten dat ik wakker ben, bekijk ik hen door mijn oogharen. Lev inhaleert en laat zijn hand met de sigaret erin rusten op het zware boek naast hem. Zijn blik is intens verdrietig. Ik bedenk opeens dat mijn ogen waarschijnlijk niet hetzelfde zien als die van hem. Dat onze waarneming uit elkaar ligt op een manier die niet te meten is, zelfs niet door ons zoölogen.

‘Kijk eens, ze is wakker!’

Esther hoort bij die mensen die op dezelfde toon blijven doorpraten, of het nou dag is of nacht. Opgewekt legt ze haar hand op mijn schouder.

‘Waar ben je toch zo bang voor?’

‘Ik ben niet bang,’ zeg ik verbaasd.

‘Je hoeft niet bang te zijn. Maar je moet wel meewerken. Voor mij is dit ook niet makkelijk.’

‘Ik begrijp je niet.’

‘Wacht,’ zegt ze vriendelijk. Dan gebeurt er iets heel raars. Ze strijkt met haar vingers langs haar slapen en haalt met de glimlach van een goochelaar een heel oor tevoorschijn. Gaaf en lichtroze ligt het in de palm van haar hand.

‘Zie je?’

Nu ontbloot ze de plek waar het oor heeft gezeten. De huid is glad als een drooggevallen vijver, maar naast de holte steken twee zilveren knopjes uit het weefsel. Daar klikt ze het oor weer op vast.

'Voilà. Ik kan er gewoon mee horen. En deze nog.'

Nu moet ik naar haar bovenarm kijken, waarop een grove, zwart ingekleurde tatoeage is verschenen. Die moet een vis voorstellen. Het past niet bij haar.

'Dat is mijn zielendier. De haai staat voor overlevingsdrift. Als ik me even onzeker voel, strijk ik erover en dan gaat het weer. Voel maar eens.'

De huid onder de inkt is niet vlak, maar bobbelig. Ik trek m'n hand terug. Door het vuur kijken Lev en Dimka me gespannen aan. Er wordt van alles van mij verwacht, alleen van mij. Het is tijd om de vluchtmogelijkheden af te wegen. Ik kan Plov opzadelen, maar ze zullen me inhalen. Ik kan de Zogenaamde Pope bellen om me op te halen, maar hij zal willen aanschuiven bij het vuur en met ze meedoen. Misschien heeft Dimka zijn autosleutels op de keukentafel gelegd en kan ik zijn auto pakken.

'Goed hè?' zegt Esther tevreden. 'Ik wilde elk randje van mijn litteken laten bedekken. Niet uit schaamte, maar om er iets moois van te maken. Weet je, ik heb de pijn nog heel lang gevoeld. 's Nachts schreeuwde ik mezelf wakker. In het donker voelde ik weer hoe de beer mijn arm tussen haar kaken nam. Niemand gelooft dat ik werkelijk de opperhuid hoorde knappen voor haar tanden dieper in mijn vlees schoven. Maar het is echt zo. Eerst voel je de huid meeveren, dan kraakt het, en dan dring je vanzelf door tot op het bot. Waarschijnlijk is bloed de smeerolie van zo'n beet. Wij worden ook gegeten, als we leven en al helemaal als we dood zijn! Weet je nog dat je dat zei, Nadja?'

Lachend rolt ze haar mouw weer omlaag. Daarna pakt ze de theepot om me opnieuw in te schenken.

'Opdrinken,' zegt Dimka, 'tot op de bodem.'

Misschien steken zijn autosleutels nog in het slot. Ik

weet niet eens of ik nog weet hoe ik moet autorijden.

'Is het wel verstandig?' zegt Lev opeens. 'Ze heeft wodka gedronken.'

'Daarom juist,' zegt Dimka, 'ze moet dubbel ontnuchterd worden. Eerst de wodka weg, dan de verzinsels.'

Esther mengt zich niet in het Russische overleg, ze is verzonken in het witte licht van haar mobiele telefoon. Na een tijdje drukt ze me het toestel in de handen. Als ik op het zwarte scherm druk verschijnt er een foto van een meisje. De kleuren branden zo fel dat ze pijn doen in mijn ogen. Het kind, dat is aangekleed in de stijl van mijn overgrootmoeder uit Tobolsk, staat kaarsrecht, met de gekniekousde beentjes gestrekt en de armpjes gevouwen voor haar roodfluwelen lijfje. Alleen haar vlechtjes lopen uit de pas.

'Vera. We hebben haar Vera genoemd. Ze is nu acht.'

Met haar duim en wijsvinger zoomt ze in op het gezichtje. Het kind krult de onderlip lachend onder de hazentanden, kijkt met lieve ogen naar haar moeder achter de camera. Ik moet geloof ik huilen.

'Hé, het is oké,' zegt ze, mijn arm wrijvend. 'Begrijp je dat nu? De aanval heeft me de spirit gegeven voor dit wonder. Iets gruwelijks bracht iets prachtigs voort. Ik ben hier om het af te sluiten. Ik verwijt jou niks. Vergeven, maar niet vergeten.'

Zij is heel dicht bij me, ik kan de haartjes zien die van haar ene wenkbrauw naar de andere overlopen. Als ik de autosleutels heb, moet ik Bamsja meenemen. Zonder Bamsja ga ik niet weg. Ik kan ook zeggen dat ik met haar ga wandelen, dan zullen ze me niet achternakomen. Er zijn tijden geweest dat ik vijftig kilometer aflegde in rustig tempo.

Vergeven, maar niet vergeten. Hoe vaker ik het herhaal,

des te dreigender het klinkt. Misschien wil Esther onderstrepen dat ze ook nog over de deugd van genade beschikt. Wie kijkt daar nog van op? Alles zat haar mee. Om te beginnen was ze al charmant, de eenzaamheid heeft haar nooit gegrepen, het chagrijn bleef op afstand: dan blijven de mensen wel van je houden. Ze heeft zich een minzame houding aangemeten als een luxe jas, en hij staat haar goed. Haar misvatting is alleen dat het natuurlijk zou zijn, natuurlijker dan wrok, woede of afgunst. Elke idioot weet dat de natuur genade noch beheersing kent; ze is in het beste geval onverschillig. De natuur smeet een van haar trouwste minnaars met kajak en al op de rotsen en keek rustig kabbelend toe hoe hij zijn verbrijzelde lijf voortsleepte naar de dood.

'Ze vergeeft je dat je niks deed,' verduidelijkt Dimka. 'Dat je vluchtte, zoals altijd.'

'Ssst,' sust Lev.

'Niet dan? Ze liep altijd weg, en als ze dan terugkwam, had ze een gelukkig einde meegenomen. Hier, pak an, wel vrolijk zijn, hoor!'

Wees blij, denk ik. Ik zou nu tekenen voor een goede afloop. Een lief lang en gelukkig, met een nachtkus toe.

'Als kind is dat fijn,' gaat Dimka door, alsof hij mijn gedachten heeft gelezen. 'Een kind bewondert de verhalenverteller, zijn heer en meester in de onzin. Maar een volwassene heeft er niets aan. Spuugzat werd ik het.'

Met een sigaret in zijn mondhoek begint hij weer in het boek te bladeren, de bladzijden zo ruw omslaand dat hij zich eraan snijdt. Hebbes, zegt hij, en hij schuift het boek naar me toe.

Wanneer komt de aftiteling van deze voorstelling in zicht? Het is niet voor niets dat we de televisie nooit meer hebben gerepareerd. Niet voor niets dat Lev en ik onze foto's in een slordige la bewaren. De enige beelden die we koesteren zijn acht kleine ramen vol seizoenen. Mijn ogen hebben genoeg gegeten, willen zich op een zij laten vallen als een leeuw in het gras. Geef me liever een geluid, machinist. Nog liever: je woord. Beelden vervagen in het vuil van ruiten en geheugens, beloftes klinken door, almaar duidelijker, als pieptonen die mensen horen voor ze hun gehoor verliezen. Waar rij je nu? Je ziet dezelfde nacht als ik, dus zul je net als ik tegen jezelf moeten praten.

Het is waar, ik heb deze foto gemaakt. Maar in het echt zag het er anders uit. Om te beginnen reiken die bomen tot in de hemel, ik ken ze goed, ze staan hoog op hun magere poten als struisvogels, hun kruinen beginnen meestal waar de zon hangt. De linkerfoto, hoewel ze hem paginavullend heeft afgedrukt, is niet groot genoeg om al die mooie groene en rode kruinen onder te brengen. In het bos is de zon overal een beetje gaan liggen, op de achterkant van sommige stammen en beneden op de varens, maar waar het gras begint schijnt ze zo fel dat het hele veld lijkt ondergesneeuwd met het picknickkleed zwevend erboven. Daarop Esther. Ze geeft de fles aan een beertje dat daar al te groot voor is. Hij heeft zich in haar elleboog achterover laten vallen, maar zij moet haar knie gebruiken om hem te houden. Op de voorgrond herken ik de pannenkoekjes die ik had gebakken. Het zijn er minder dan ik me herinner; misschien hadden we er toch al van gegeten. Esther draagt een zonnebril en lacht breeduit; zo'n glimlach die je vanzelf nadoet als je hem ziet. Het is een leuke foto, jammer dat de bomen er niet goed op staan. Ik hou het boek dichter bij het vuur om te kijken of ik de schoorsteen van ons huis kan zien. Maar daar staat iets anders.

De grote vlek achter in het bos is een beer. Ze houdt zich compact op het zachte naaldenpad tussen de bomen, het hoofd wat lager dan de schoft. De foto is te vaag om haar ogen te zien, maar het is duidelijk dat ze naar ons staat te staren. Ze moet veel hebben geroken. Dampende pannenkoeken, warme jam, melk, jonge beer. Maar beren zijn geen olifanten; ze bekommeren zich niet om de jonkies van anderen. Op de linkerpagina is de afstand die ze moet overbruggen om bij Esther te komen zo'n dertig meter. Op de rechterpagina nog geen twintig. De laatste foto is bewogen. Opeens ruik ik weer de verse drollen en de plukken haar die Lydia en ik de avond ervoor hadden gevonden. Natte hond met paprikapoeder, zo zou ik de geur omschrijven.

'De foto's zijn zo stil, vind je niet?' zegt Esther zacht. 'Weet je nog hoe de beertjes gniffelden als ze melk dronken? Dat tevreden geluidje was het laatste wat ik hoorde voordat mijn oor eraf werd gerukt. Ik weet nog steeds niet wie van de twee het heeft gedaan. Het ging zo snel. Op die foto zie je dat de berin steeds bleef staan. Ze twijfelde, heeft halverwege de knoop doorgehakt, denk je niet?'

Mijn adem hapert hoorbaar, ze wacht mijn antwoord niet af.

'Ik hoorde gesnuffel, groot en klein, lieve geluiden, eigenlijk. Maar tegelijkertijd voelde ik die fundamentele pijn. Met het bloed moet er een schreeuw uit mij zijn gebarsten. Daarop maakte het beest rechtsomkeert. Misschien verwachtte ze dat het jong zou volgen, maar dat deed het niet. Was natuurlijk ook geschrokken. We waren allemaal in de war, Nadja. Jij liet dat toestel vallen, ik dacht dat je hulp ging halen. Maar je liep de andere kant op. Eerst snel, toen rustig. Het leek wel of je verdoofd was. Ik weet nog dat ik je mooi vond, zo op de rug, dat ik dacht: ik hoor hier niet, het bloed loopt uit mijn lijf als uit een lekgeprikte ballon, maar zij loopt trots door het bos dat van haar is. Vind je dat een rare gedachte? Toch voelde het zo. Ik werd achtergelaten als een kapotte plastic zak in jullie mooie bos.'

Ik word duizelig. Het is de soort duizeligheid die je overvalt wanneer de dingen niet kloppen, en dan zijn er twee uitwegen: gillen van het lachen als een aap of omvallen van de schrik als een schaap. Geen van beide lukt.

'Een beer die ooit mensenbloed heeft geproefd, zal blijven aanvallen,' zegt Dimka. Hij huilt niet, zoals zijn vader. Hij heeft nooit hoeven huilen om zijn zin te krijgen, niet eens toen hij geboren werd. Maar ik heb daar bijzonder weinig herinneringen aan. Ik weet dat hij zich doodstil hield in zijn windsels toen ze me hem de volgende dag, na de lunch, aan mij serveerden. Kaas of ham? Jongetje of meisje? Doe maar een jongetje, had ik nog niet. Het jongetje wist toen al hoe hij onbewogen moest wachten op het juiste moment om de leiding te nemen. Dat is nu. Hij gesticuleert een beetje, maar dat is om zijn Engels te ondersteunen. Esther hangt aan zijn lippen.

'Natuurlijk is het dezelfde beer geweest,' zegt hij. 'Van jou rende ze weg, maar toen, met het bloed nog op de tong, vond ze Lydia op haar pad. Die was op weg naar de picknick, wij zouden later volgen. Dit keer was één uithaal van haar klauw genoeg. Pats, raak. Op haar slagader. De artsen zeiden later dat ze nog een dreun op haar hoofd heeft gekregen, waardoor ze waarschijnlijk al het bewustzijn verloor voor ze begon te bloeden. Toen ik haar vond leek ze van papier. Haar huid was leeg. Het bos was kurkdroog, maar waar zij lag waren de dennennaalden nat. Volgens mij was ik te jong om zoiets te zien. Natuurlijk, ik kwam net uit het leger, genoeg soldaten van mijn leeftijd hebben de horror in Tsjetsjenië gezien, maar dit was niet normaal. Dit was *crazy* horror. En toen jij en Lydia waren weggebracht, moesten we die daar nog zien terug te vinden. Mijn moeder. De politie heeft het hele bos uitgekamd, gedoe, herrie. Werd ze een week later gevonden in de buurt van Tsjernoesjki. Geen idee hoe ze daar helemaal was gekomen. Ze zei dat ze een trein had aangehouden, dat die haar een lift had gegeven. Nou ja, toen hebben ze haar Barbital gegeven. Sindsdien is ze zo. Kijk maar, ze heeft geen flauw idee.'

Lev blijft maar zijn hoofd schudden, hij kan het niet helpen, de schaamte die dat hoofd in beweging heeft gezet, is te groot geworden. Maar Dimka gaat opgetogen door, alsof hij een mop vertelt.

'Er rijden hier geen treinen. In de oorlog hebben de Duitsers over de rivier een smalspoor aangelegd, daar hadden ze hier nogal een handje van. Je weet wel: *het land is van de boeren, de bossen van de partizanen, de wegen van de Duitsers en de macht van de Sovjets!* Maar die zijn allemaal opgeblazen in 1944. Veertig jaar voordat wij hier kwamen. *Completely crazy.*'

'Ik had hier allang weg moeten zijn.'

'Wat bedoel je?'

'Het is bijna middernacht.'

Als ik wegloop, kijk ik niet achterom. Niemand zal me volgen behalve mijn laatste uitroep, die wanhopiger klonk dan ik wilde. Een stevige wind steekt op, maar ik vertrouw deze bomen. Ze zullen elkaars val wel breken.

23

Er was eens een vrouw die rende om de trein te halen.

Ze had net de hand losgelaten van haar dochter, die de mooiste nimf was van de bossen tussen Vodos en Pereslegino. Het meisje kon haar niet meer bijhouden omdat ze door een slang was gebeten. Maar de tandafdruk in haar been was zo groot dat je zou zeggen dat het een krokodil was geweest. Ze kon niet meer of wilde niet meer verder, want ze had haar hart verpand aan een gifmenger uit de grote stad. Zijn toverdrankje gaf haar dromen die zo mooi waren dat ze liever niet meer wakker werd.

De machinist gaf het sein voor vertrekken. De vrouw rende zo hard als ze kon, maar het perron was erg lang. Toen ze eindelijk bij de trein was, wilde ze zien waar haar dochter bleef.

'Niet doen,' zei de machinist, en hij trok haar naar binnen. 'Niet kijken. Ze komt nog wel. Ze reist je wel achterna. Dat is nu eenmaal zo met de spoorwegen: er kan altijd een volgende trein komen. Beloofd.'

Maar de vrouw keek toch, en zag hoe haar dochter oploste in de klauwen van de gifmenger.

Je luisterde goed, machinist, ook al kon je me niet horen. Daarvoor was het gedreun in de vestibule tussen de treinstellen te luid. We drukten onze peuken uit in het daarvoor opgehangen conservenblikje en slopen langs een woud van fluitneuzen en reutelkelen naar jouw coupé. Niemand werd wakker. In het gele licht van het leeslampje schonk je ons een beetje cola in, dat je aanvulde met een scheut uit je heupfles. We gingen zitten op de zee van verward beddengoed en dronken. Jij viel in slaap met je hand om mijn borsten, die je de mooiste vond die je ooit had gevoeld. Maar ik kreeg een angstdroom.

Eerst was alles alleen maar wit. Ik wist al hoe laat het was, zo begon het namelijk steeds. Als een spin klampte mijn blik zich vast aan een uiterste hoek van de kamer om maar niet te zien wat er in het midden op de tafel lag. Ik hoorde het bloed weer stromen. Maar nu waren het er drie. Drie afgehakte hondenkoppen lagen hijgend naast elkaar op een roltafel, door een ingewikkeld slangenstelsel verbonden met dezelfde tank. Ze waren niet van elkaar te onderscheiden, alsof ze aan een en dezelfde hond hadden toebehoord.

'Dat is ook zo,' zei het linkerhoofd, de ogen op een vurig kiertje openend, 'wij waren de beroemde Kerberos, waakhond van de onderwereld. Kijk maar eens goed, dat zijn geen rubberslangen.'

En inderdaad, op hun doorkliefde halzen wemelde het van de addertjes, grote en kleine, vechtend om het bloed.

'Laat me je een verhaal vertellen,' vervolgde het middelste hoofd, 'heb je daar de tijd voor?'

Er was eens een vrouw die rende om de trein te halen. Ze was uit haar huis gejaagd door een heks. Het was een knappe en vriendelijke heks die het op haar man had voorzien. De vrouw kende het bos op haar duimpje, maar de heks had haar een drankje gegeven waardoor ze toch verdwaalde. Toen begon het ook nog te regenen en te donderen. Zo kwam ze op een glibberig pad terecht dat zo steil naar beneden liep dat ze weggleed in de diepte. Gelukkig hield een woekerende boomwortel haar tegen.

'Kom maar,' zei de wortel, 'volg mij maar. In mijn bast zit je tenminste droog.'

Hij leidde haar naar een holle eik en verstrengelde zich met haar vingers, zodat ze veilig omlaag kon klimmen. Maar toen ze de bodem bereikte zat daar al iemand. Het was een oude soldaat uit de Grote Vaderlandse Oorlog. Hij had het zo koud dat alle kleur uit hem was weggetrokken, zelfs uit de stof van zijn uniform. En daar zat geen enkele onderscheiding op, terwijl hij toch duidelijk had gevochten.

'Daar ben je eindelijk,' zei hij met een vage glimlach, 'heb je mijn jas meegenomen?'

'Nee,' zei de vrouw, die hem nu pas herkende. 'Die hangt nog aan de kapstok in de datsja.'

'Loop dan maar door,' gebaarde hij. 'Ze zitten achter die deur, grote ogen op te zetten. Maar verwacht er niet te veel van. De kisten onder hun poten zijn leeg, op een paar kopeken na, en daar heb je tegenwoordig niks meer aan.'

Toen ze de deur opende zag ze de lobbesen inderdaad op de geldkisten zitten. De eerste had ogen zo groot als schoteltjes, van de tweede waren ze beslist groter dan molenraderen en van de derde vielen ze steeds dicht, zo groot en zwaar waren ze. Die voerde dan maar het woord, met een stem zoals je die zou verwachten van een grote hond.

'Luister niet naar die man maar luister naar mij,' sprak hij. 'Honden vangen alles op wat jullie ontgaat. We zijn op de hoogte. We weten wat jullie hebben aangericht. In het laatste quartair zijn jullie bijna alle zoogdieren kwijtgeraakt. De arrogantie! De arrogantie!'

De andere twee gromden instemmend. Arrogantie, dat was het woord waar ze al die tijd niet op konden komen.

'De ellende begon pas echt met die mannetjesgoden uit die heilige boeken, waarin het dier steeds in een paar korte versjes de rol van voedsel en slaaf kreeg toebedeeld. Terwijl iedereen weet dat God zelf een dier was. Een groot, goedmoedig godsbeest, dat was Hij.'

'Waarom spreek je in de verleden tijd?' vroeg de vrouw.

'Simpel,' antwoordde de hond, een verveelde blik op zijn nagels werpend. 'Omdat jullie Hem hebben uitgeroeid. Dat doen jullie nu eenmaal met dieren. Ga zitten en luister, dan vertel ik verder.'

Er was eens een vrouw die rende om de trein te halen.

Ze moest eerst door een groot en donker bos, maar gelukkig waren er veel dieren die haar kwamen helpen. Vleermuizen wezen haar de weg en er was een geitje met een gouden vacht, dat licht gaf in het donker. Een hond ging voor haar uit zodat ze niet zou struikelen en een raaf vloog boven haar hoofd voor het geval er een tak te laag hing. En toen ze te moe werd om door te rennen, sprong er een paard uit de struiken, dat haar op zijn rug nam. Na een hele tijd kwamen ze bij een rivier. Het water was paars als Siberische toermalijn, en in het midden stond een mannetje op een bootje. Hij hield een stok in zijn handen die vanuit de diepte tot aan de hemel reikte, daarmee bewoog hij het bootje voort. De dieren vertrouwden het niet. Kom terug, riepen ze, het is hier niet pluis, het ruikt hier naar de dood. Het paard steigerde zelfs, maar de vrouw luisterde niet en sprong van zijn rug om met het mannetje te praten.

'Weet u misschien waar de trein vertrekt?'

'Dat ligt eraan welke u bedoelt.'

'Ik heb een afspraak met de machinist,' verduidelijkte de vrouw.

'Toch niet de *Grote Machinist op de Locomotief der Geschiedenis*?'

En het mannetje barstte in bulderlachen uit. Je moest lang geleden hebben geleefd in het grootste land ter wereld om die grap te begrijpen.

'Vindt u zelf dat het tijd voor u is?' zei hij. 'Want dan kan ik u wel helpen.'

En hij duwde het bootje nog een paar meter dichterbij. Pas op, fluisterden de vleermuizen tegen de vrouw, blijf aan deze kant. Al zet je maar één stap in dat water, je zult er nooit meer op kunnen terugkomen.

'Ik kom te laat,' zei de vrouw, 'over een kwartier is het al middernacht.'

Het geitje sprong heen en weer op de oever, schudde zijn schitterende vacht in de hoop de veerman te verblinden. Het mocht niet baten, want die overbrugde de afstand spookachtig snel.

'Rustig maar allemaal,' zei hij tegen de dieren, 'het is nog geen tijd. Niet die van haar, in ieder geval.'

En daar sprong hij al op de oever. Hij was veranderd, zag de vrouw. Zijn neus was niet meer plat en zijn tatoeages waren veel mooier geworden, alsof ze net waren gezet met de kostbaarste inkt van de wereld. Het waren geen schepen of koepels, maar mythologische wezens die knipoogden als je goed naar ze keek.

'Ga toch terug naar huis,' zei hij, 'je man en je zoon wachten op je. Ze zullen je verschrikkelijk missen als je niet meer terugkomt.'

'Mijn huis is bezeten door een heks,' zei de vrouw, 'er is geen plaats meer voor mij.'

De veerman knikte, hij begreep het probleem. Deze streek ging al eeuwen gebukt onder heksen, grote en kleine, magere en dikke, maar geen van hen had het land wat zinnigs gebracht.

'Goed, kom dan maar.'

'Ik twijfel,' zei de vrouw.

'Twijfel is goed. Zelfs God twijfelt, zoals elke goede kunstenaar. Wie niet twijfelt, is een tiran. En tirannen zijn niet creatief. Ze hebben niet de humor om een wereld te maken zoals deze.'

En hij maakte een galante buiging om haar in het bootje te helpen. Op dat moment brak de lucht even open, alsof de zon zich had vergist. Het werd licht en weer donker, het donderde en bliksemde en alle slakken kwamen tevoorschijn om aan de wandel te gaan. Maar de dag zou niet meer komen, en in de verte klonk de trein, die doorreed zonder af te remmen.

Wacht op mij, machinist. Het is koud, en zwarter dan dit kan een nacht niet worden. Weet je nog wat je zei toen we in elkaars armen lagen? 'Het einde van mijn adem is het begin van de uwe.' Maar toen ik 's ochtends wakker werd, zat je ver van me af. Je had je uniform alweer aan en staarde uit het raam naar de voorbijflitsende staanders. We passeerden een beuk in een weiland. Vera's lievelingsboom. Ik wilde niet terug naar huis zonder haar. Ik hoopte dat er nooit meer een station zou komen waar we moesten stoppen.

Nu ben ik buiten adem, machinist, dus waar is die van jou? Wil ik het halen, dan moet ik blijven rennen. Ik hoor je alleen als de wind gaat liggen. Ben je er nog?

Of ben ik alleen?

Ik versta je niet.

Zojuist doemde er een fel licht op tussen de bomen, ik hoopte dat het de koplampen waren van de locomotief, maar toen verdween het weer.

Wie is daar?

Is het waar dat het *hiernamaals*, heel het hiernamaals, in dit leven is?

Zijn we allemaal alleen?

Nee, er is toch iets.

Hoor je? Dit is een zeer lage toon, hooguit tien hertz. Ongeschikt voor het menselijk oor. Alles wacht – bomen, wolken, maan – want iets reusachtigs en zachtpotigs zit me op de hielen. Voel je? Het is geen beer, deze stappen zijn veel groter, een meter of twee. Hij heeft niets kwaads in de zin. We minderen vaart, het zand stuift vanonder onze voetkussens omhoog. Hij hijgt nog harder dan ik, zijn lange vacht komt tot bedaren. Ik draai me om.

'Je bestaat dus.'

Hij heft het kolossale hoofd, wiegt zijn slurf. Ik ontwijk de slagtanden en leg mijn oor tegen zijn warme hartenklop. Ruik je? Het ruikt hier naar het pleistoceen. Het resoneert nog een beetje daarbinnen, dan zinkt de toon als een dieptelood door de bosgrond omlaag.

Uitgeverij Querido stelt alles in het werk om op milieuvriendelijke en duurzame wijze met natuurlijke bronnen om te gaan. Bij de productie van dit boek is gebruikgemaakt van papier dat het keurmerk van de Forest Stewardship Council (FSC) mag dragen. Bij dit papier is het zeker dat de productie niet tot bosvernietiging heeft geleid.

FSC
www.fsc.org
MIX
Papier van verantwoorde herkomst
FSC® C004472